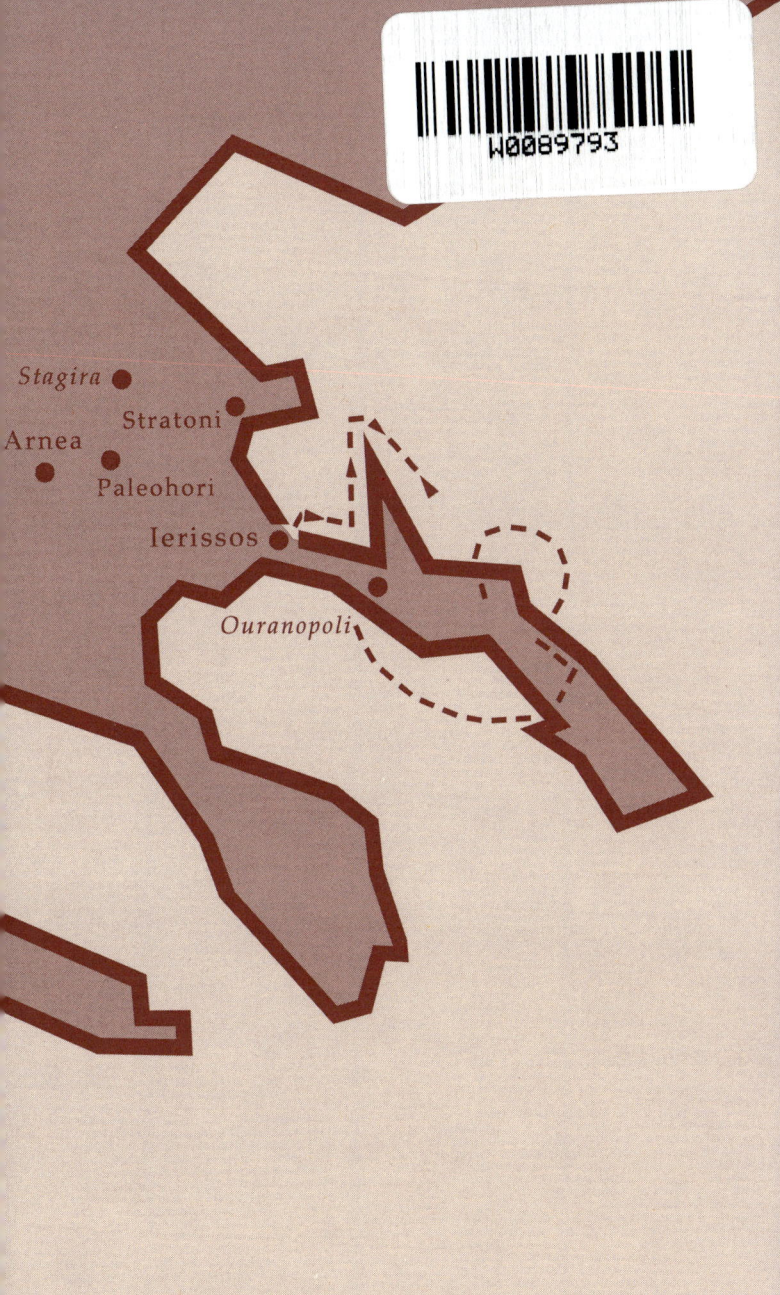

Stagira

Stratoni

Arnea

Paleohori

Ierissos

Ouranopoli

Gerhard Roth
Der Berg
Roman

S. Fischer

2. Auflage Februar 2000
© 2000 S. Fischer Verlag GmbH, Frankfurt am Main
Gesamtherstellung: Clausen & Bosse, Leck
ISBN 3-10-066612-7

Ein Geschichtsschreiber, auch der bloße Liebhaber dieser Kunst, besitzt natürlich immer Dokumente. So hat denn auch der Erzähler dieser Geschichte die seinen: zunächst sein eigenes Zeugnis, dann dasjenige der anderen, und schließlich die Schriftstücke, die ihm in die Hände fielen. Er hat die Absicht, sie zu verwenden, wenn es ihm gut dünkt und wie es ihm gefällt.

Albert Camus, *Die Pest*

Das schwarze Notizbuch I

Die Falle

Der Wagen setzte ihn an der Ecke vor dem Hauptein-
gang zur Aristoteles-Universität in der Panepisti-
miou ab. Es war fünf Minuten vor zehn, am 1. Mai
199.. In der Nacht zuvor hatte Gartner von einem
Film geträumt, den er vor vielen Jahren gesehen
hatte. Vielleicht musterte er deshalb das Areal durch
die Windschutzscheibe wie eine Kinoleinwand. Das
von Betongebäuden umgebene Gelände lag verlassen da, und der kalte Regen und die Windstöße
draußen ließen ihn schon jetzt frösteln.

Er bat den Fahrer, auf ihn zu warten, bis er zurückkehren würde. Erst dann stieg er aus. Der Platz, über
den er schritt, ähnelte mit seinen Haufen Mörtelre-
sten und verrosteten Eisengittern einer Baustelle. Er
suchte die Wegbeschreibung in seiner Hosentasche.
Dabei berührte er das Medaillon, das er am Tag seiner Ankunft in Thessaloniki von einem Straßenhändler gekauft hatte, ein Stück Bernstein mit einer
darin eingeschlossenen Heuschrecke. Aber das Medaillon war natürlich aus Kunststoff, und nur das
Insekt war echt. Er wäre bestimmt nicht darauf her-
eingefallen, wenn er nicht betrunken gewesen wäre.
Gartner vergewisserte sich, daß er das Paläontologische Institut vor sich hatte. Plötzlich wurde er von

jemandem angesprochen. Er blickte sich irritiert um: Hinter einem Holzverschlag stand ein Mann, der ihn, eine Zigarette in der Hand, um Feuer bat. Gartner ging mit einer bedauernden Geste weiter, aber er war beunruhigt. Er hatte es doch vermeiden wollen, gesehen zu werden, dachte er, als er auf das mit Bildern und Sprüchen besprayte Haus zuschritt. In der Vorhalle war es vollkommen still. Die schmalen, verschmutzten Gänge waren leer, im ersten Stock wies ein Pfeil zum Institut, in dem Dr. Bosič arbeitete. Vor der unversperrten Tür hingen Schaukästen mit Fossilien, Muscheln, Steinen und kleinen Tierplastiken: ein Elefant, ein Nashorn, ein Gürteltier. Gartner fiel jetzt wieder die Heuschrecke in seiner Hosentasche ein.

Noch vor einer Woche hatte er zu den angesehensten Redakteuren seiner Zeitung gehört, aber ein Artikel, in dem er einen Politiker beschuldigt hatte, von einem illegalen Waffengeschäft gewußt zu haben, ohne dies aber juristisch beweisen zu können, hatte nicht nur seinem, sondern auch dem Ruf der Zeitung geschadet, weshalb man ihn kurzfristig zum Wochenend-Journal strafversetzte, einem Tummelplatz für freie Mitarbeiter, gescheiterte und vor der Pensionierung stehende Kollegen. Der Chefredakteur, der ihm eine Reisereportage zur Mönchsrepublik Athos zuteilte, ahnte allerdings nicht, daß Gartner mit diesem Auftrag eigene Absichten verband, für die er die Hilfe von Dr. Bosič benötigte. Er wollte den serbischen Dichter Goran R. im Kloster Chilandar auf dem Berg Athos ausfindig machen. R. hielt sich dort angeblich versteckt, weil er im Jugoslawienkrieg Augenzeuge des Massakers von S. geworden war, bei dem sechstausend bosnische Moslems ermordet worden waren. Dr. Bosič war vor zwanzig Jahren Novize im Kloster Chilandar gewesen. Der gebürtige Serbe war Assistent am Paläontologischen Institut Thessaloniki, in dem sich der älteste, nahezu vollständig erhaltene Schädel eines Europäers befindet. Also konnte Gartner ihn treffen, ohne Verdacht zu erregen. Natürlich hatte er Dr. Bosič über einen Mittelsmann, einen Literaturprofessor und Übersetzer, von seinen wirklichen Absichten informiert und sich mit ihm geeinigt, aber Dr. Bosič, von dem Gartner nur eine Fotografie gesehen hatte, war bei aller Höflichkeit ein mißtrauischer Mann und behandelte Gartner mit größter Vorsicht.

Der Flur führte zu einem kleinen Studienmuseum mit verschiedenen Skelettfunden. Die meisten anthropologischen Präparate in der Vitrine waren aus Knochensplittern zusammengesetzt – Beweise für die akribische Forschungsarbeit von Dr. Bosič. Gartner lauschte und beschloß, an Ort und Stelle Notizen für seine Geschichte zu machen. Er holte seine Pocketkamera heraus und fotografierte die braunen altmodischen Vitrinen, aus denen ihn die leeren Augenhöhlen der Tierschädel anstarrten. In Kisten lagen verschiedene in Packpapier eingewickelte Schachteln, Gartner vermutete darin weitere Knochenstücke. Er widmete sich dann den schwarzgerahmten Fossilien an den Wänden, den versteinerten Fischen und Vögeln, die ihn zusammen mit den farbigen Drucken von Sauriern und Urtieren an Bücher seiner Kindheit erinnerten.

Gartner öffnete die Tür zu einem weiteren Raum. Dr. Bosič hatte offenbar schon alles vorbereitet: Auf dem abgenutzten Metallschreibtisch stand ein Aluminiumkoffer, daneben, in eine Schaumgummimanschette gebettet, der pergamentgelbe Skelettkopf des Archäanthropus, dessen Alter beinahe 800000 Jahre betrug. Gartner hätte ihn für einen Affenschädel gehalten, wegen der starken Überaugenwülste, der fliehenden Stirn und der großen Nasenöffnung, doch hatte er gehört, daß diese Merkmale auch beim Neandertaler und beim stammesgeschichtlich älteren Homo erectus zu finden sind. Er hatte sich vom Wiener Anthropologen Professor Zeidler in die komplexe Materie einführen lassen, denn die Reiseschilderung, sofern er sie wirklich verfassen würde, sollte mit diesem Kopf beginnen. Er schob den Schädel gegen das Fensterlicht, fotografierte ihn, und wunderte sich insgeheim, weshalb Dr. Bosič nicht erschien. Gleichzeitig registrierte er, daß die Tür zum Nebenraum durch einen Keil am Zufallen gehindert war. An der Wand gegenüber hing eine geologische Landkarte von Griechenland in zarten Abendwolkenfarben, die Gartner, wie es seine Gewohnheit war, ebenfalls aufnahm. Er wollte gerade seine Kamera einstecken, als er hastige Schritte und hierauf eine Tür in das Schloß fallen hörte. Instinktiv wußte er, daß etwas Ungewöhnliches passierte.

Er bewegte sich nicht. Leise klatschten Regentropfen gegen die Fensterscheibe, es kam Gartner wie eine Entdeckung vor, daß sie, unbeeindruckt von dem, was geschah, durchsichtige Rinnspuren auf dem Glas hinterließen. Der automatische Objektivschutz seiner Kamera schloß sich mit einem kaum vernehmbaren Surren, während er den Namen von Dr. Bosič in die Stille rief. Seine Stimme versickerte ohne Echo. Noch einmal rief er den Namen, aber tatsächlich schien ihn niemand zu hören. Er trat in den Flur und erschrak: im Glas einer Vitrine sah er jemanden auf sich zukommen. Die Bewegung der Gestalt hielt inne, und erst jetzt erkannte er sie als seine eigene. Er atmete leise zischend die Luft ein. Hinter der Scheibe des Schaukastens lagen asselhafte Trilobiten und Querschnitte großer Gehäuse von Ammoniten, die ihm wie Modelle von turbinenförmigen Maschinen vorkamen.

Seit seiner Kindheit war ihm klar, daß ihn ein Universum der Gleichgültigkeit umgab, in dem alles nur vorläufig existierte. Ihm fielen die nebensächlichsten Details besonders dann auf, wenn eine Nachricht ihn niederschmetterte, er in Gefahr war oder wenn er vor einer schweren Entscheidung stand. Die Einzelheiten erinnerten ihn immer an den Tod, der ihn häufig beschäftigte wie auch an diesem Morgen, als er beim Erwachen nicht gewußt hatte, wo er sich befand.

Am Ende des Flures entdeckte Gartner eine halboffene Tür, dahinter ein kleines Büro. Er näherte sich vorsichtig und sah an einem Schreibtisch eine massige Gestalt, deren Kopf auf die Brust gefallen war. Der korpulente Mann mit schütterem Haar und brauner Hornbrille schien zu schlafen. Sein Hemd, soweit es nicht durch ein Jackett verdeckt war, war von Blut tiefrot gefärbt. Es hatte auch auf der eleganten, eierschalenfarbenen Sommerjacke dunkle Flekken hinterlassen. Ein Ohr war verstümmelt, und von dort lief ein dünner Blutfaden in den Kragen. Dr. Bosič rührte sich nicht. Gartner bückte sich, blickte in sein Gesicht und schaute in große, braune Augen, die über eine andere Welt staunten. Quer über den Hals verlief ein klaffender, blutiger Schnitt. Nachdem Dr. Bosič durch einen Schlag, der offenbar ein Ohr getroffen hatte, betäubt worden war, hatte man ihm die Kehle durchgeschnitten, dachte Gartner. Er blieb stehen und bemühte sich, nichts zu übersehen. Neben dem Löschpapier lag ein Militärmesser mit einem grünen Kunststoffgriff und einer scharfen, blutigen Klinge. Der Mörder hatte den Wissenschaftler möglicherweise in dem Moment getötet, als Gartner den Schädel fotografierte, überlegte er weiter. Jedenfalls hatte er hierauf die Schritte und das Geräusch der ins Schloß fallenden Türe gehört.

Gartner ging zurück in den Flur und sah schon von weitem, daß die Institutstür innen keine Klinke, sondern nur einen Knopf aufwies – er war mit dem Ermordeten eingeschlossen. Er versuchte die Tür trotzdem durch das Drehen des Knopfes zu öffnen, was, erwartungsgemäß, vergeblich war. Resigniert kehrte er in das Büro zurück. Gartner kannte den Anblick von Leichen aus der kurzen Zeit seines Journaldienstes im Lokalteil und später vom Jugoslawienkrieg, deshalb wohl blieb er gefaßt.

Dr. Bosič war vermutlich vom Geheimdienst ermordet worden, um zu verhindern, daß er mit ihm, Gartner, zusammenarbeitete, dachte er weiter. Er hatte immer damit gerechnet und in seinem tiefsten Inneren sogar gehofft, eines Tages in einen schwierigen, gefährlichen Fall verwickelt zu werden. Nun aber befürchtete er insgeheim, der Situation nicht gewachsen zu sein. Dr. Bosič hockte da. Das Blut tropfte von seiner Hemdbrust langsam auf die Schreibtischplatte. An der Wand hinter seinem Kopf hing ein Farbdruck mit Delphinen und Sauropoden im blauen Gewässer, ein behäbiger, tonnenschwerer Iguanodon fraß Laub von Bäumen, während ein Rudel räuberischer Deinonychi gerade hinter einem Hügel zum Vorschein kam. Das Bild wirkte wie ein ironischer Kommentar zu dem Verbrechen, das in diesem Raum begangen worden war. Ein anderes gerahmtes Bild zeigte Fossilien von Meeresschnecken, die ihn durch die Windungen ihrer versteinerten Gehäuse an eine Lehrtafel für Daktyloskopie erinnerten. Er stellte fest, daß die schwarze Halogen-Leselampe über dem Schreibtisch abgebrochen war, der kleine Schirm lag zu Füßen des Toten. Es waren vielleicht sogar zwei Mörder gewesen, überlegte Gartner. Der eine hatte den Wissenschaftler festgehalten, während der andere zuschlug. Er bemerkte auch, daß eine Kunststoffflasche mit Wasser in der Blutpfütze stand, daneben zwei Trinkbecher und eine Schachtel mit Kleenex-Taschentüchern.

Gartner hörte ein dumpfes Prasseln. Er trat ans Fenster und sah, daß der Regen stärker geworden war. Er machte von Dr. Bosič mehrere Bilder – aus der Nähe und mit dem Büro als Hintergrund. Dann zog er ein Buch aus der Jackentasche des Toten, das ihm beim Fotografieren aufgefallen war und das er sofort erkannt hatte. Es war der Lyrikband *Ikonen* von Goran R.

Gartner hatte den gleichen Gedichtband vom Schriftsteller erhalten, als er ihn während des Jugoslawienkrieges kennenlernte, und hatte sich die Gedichte bei seiner Recherche von einem Dolmetscher aus dem Serbischen übersetzen lassen, da er vorhatte, R. im Kloster Chilandar mit seinen Kenntnissen zu beeindrucken. Er wußte aus langjähriger Erfahrung, daß nichts so sicher die Lippen eines Menschen, der zum Schweigen entschlossen ist, öffnete wie das unverblümte Interesse an seiner Person. Die Ikone auf dem Umschlag stellte einen bärtigen König dar mit samtroter, edelsteingeschmückter Krone, in einem schwarz und golden verzierten Königsmantel, dessen roter Kragen und dessen Schärpen mit Perlen bestickt waren. Die Abbildung war von zahlreichen kleinen Bildern eingerahmt, die Stationen aus dem Leben des Monarchen zeigten. Der Umschlag verwies auf Goran R.'s Gedicht »Der Geblendete«, das die Verbindung von Legendenbildung und Geschichtsschreibung zum Thema hatte und einem serbischen König aus dem 14. Jahrhundert, Stephan III. Decansky, gewidmet war. Gartner wischte seine Fingerabdrücke sorgfältig vom Umschlag des Buches, bevor er es in das oberste Regal mit den wissenschaftlichen Werken stellte.

Eine Minute lang stand er gedankenlos im Raum. Die rote Pfütze unter Dr. Bosič dehnte sich weiter aus. Voller Schrecken bemerkte Gartner, daß auch aus einem Ärmel des Sakkos Blut auf den Boden floß. Mit seiner Wunde am Ohr und dem Schnitt durch den Hals ähnelte der tote Dr. Bosič selbst dem serbischen König Stephan III. Decansky, der zum Märtyrer geworden war. Gartner leistete sich nur selten einen Anflug von Zynismus, wie er sonst den Gesprächston seiner Kollegen bestimmte. Er entwickelte seine Hartnäckigkeit, Ausdauer und Unerbittlichkeit auch nicht wie die meisten aus beruflichem Ehrgeiz, sondern aus einer detektivischen Obsession, die sich immer verstärkte, wenn er sich unter Druck gesetzt fühlte oder sein Gerechtigkeitsgefühl beleidigt sah.

Er suchte in seinem amerikanischen Armeeparka, den er sich für sein Vorhaben gekauft hatte, das Mobiltelefon, verließ den Raum und setzte sich auf einen gepolsterten Stuhl im Flur. Er wußte, wie deprimierend das Warten zwischen den Skelettabdrükken und Kieferknochen sein würde. Er blickte auf die Uhr, ohne die Zeit zu registrieren. Aber sogar an einem Feiertag wie diesem erreichte er den Chefredakteur problemlos. Den langen, abgebrochenen Stoßzahn eines Mammuts betrachtend, der ihn an die alten, geschnitzten Billardkugeln auf dem grünen Filz eines Spieltisches denken ließ, berichtete er ihm, was vorgefallen war, ohne den wahren Hintergrund zu erwähnen. Der Chefredakteur erfaßte instinktiv, daß an der Sache etwas nicht stimmte, allerdings fehlten ihm eindeutige Anhaltspunkte. Er löcherte Gartner mit Fragen, bis der ungeduldig wurde und ihn anherrschte, er möge zusehen, daß er den Anwalt der Botschaft erreiche, bevor die Polizei eintreffe.

»Sie haben recht«, antwortete der Chefredakteur und legte auf.

Gartner hörte das Rauschen des Regens, obwohl der Flur kein Fenster hatte. Er war unentschlossen, zurück in das Büro des Toten zu gehen. Er stieß ihn ab und zog ihn gleichzeitig an, wie er bleich und massig, halb kniend dasaß, in stummem Aufruhr.

Erneut trat Gartner an das Fenster und sah eine Gestalt in einem beigen Overall aus dem Institut über den Platz schlendern. In einer Hand trug der Mann einen Schraubenschlüssel, mit dem er gegen seinen Oberschenkel schlug. Plötzlich drehte sich der Fremde um und starrte hinauf zum Institutsfenster, er schien ihn hinter der Scheibe zu erkennen, lachte und hob kurz die Hand. Gartner war so überrascht, daß er nicht reagieren konnte. Die sichtbare Schadenfreude und der unverhohlene Hohn des Unbekannten erschreckten ihn. Daß der Mann der Mörder von Dr. Bosič war, daran zweifelte Gartner keinen Augenblick. Die Distanz zwischen ihnen war viel zu groß, als daß Gartner seine Augen hätte erkennen können, aber er hatte den Blick körperlich gespürt, wie eine unangenehme, aufdringlich-intime Berührung, die ihn mit ihrer Unverschämtheit erniedrigte. Wo war sein Komplize? Vielleicht war er vorausgeeilt, weil er Angst gehabt hatte, entdeckt zu werden, während der Mann im Overall sich offenbar nur schwer von der Stätte seines Triumphes trennte.

Der Platz lag nun leer und trostlos im Regen, eine nüchterne Bühne nach der Vorstellung. Eine Zeitlang beobachtete er den Bretterzaun, hinter dem der Mörder verschwunden war, dann drehte er sich um. Die Saurier auf den Farbdrucken schwammen noch immer im Gewässer und fraßen Laub von den Bäumen, und der tote Dr. Bosič war noch weiter in sich zusammengesunken. Gartner wählte die Telefonnummer seines Wiener Anwalts und verspürte plötzlich das dringende Verlangen nach seinem Hotelzimmer, auch fiel ihm ein, daß der Taxifahrer noch immer auf ihn wartete.

Offenbar war Dr. Jenner schon auf den Beinen, denn sein Anschluß war besetzt, und es dauerte geraume Zeit, bis er sich meldete. In den letzten Jahren hatte Gartner die einzelnen Schritte und Ziele aller Recherchen zuvor schriftlich bei seinem Rechtsanwalt hinterlegt, als Rückversicherung bei unvorhergesehenen Schwierigkeiten. Selbstverständlich unterlag der Anwalt der Schweigepflicht. Jenner galt als gerissen, und er haßte es, im Unterschied zu seinen Kollegen, in der Tagespresse erwähnt zu werden. Er war im selben Alter wie Gartner, sein Haar war schütter, und seinen langsam sichtbar werdenden Bauch verdeckte ein geschickter Schneider hinter weiten Sakkos. Jenner war ein wendiger Mann, von zynischer Höflichkeit und witzelnder Grausamkeit des Wortes. Eigentlich mochte ihn Gartner nur wegen seines bösartigen Scharfsinns, den er unter einer schläfrigen Maske versteckte.

»Sind Sie's, Gartner?« fragte er ohne Umschweife, »ich habe gerade mit Ihrem Chef telefoniert.«

»Ja.«

Gartner stierte in eine Vitrine mit Elefanten-, Hyänen-, Nashorn-, Bären- und Giraffenkiefern, einer wahren Zahnstation für Urtiere.

»Ich habe ihm nichts gesagt«, fuhr Jenner fort, »Sie wissen, wie hinterlistig er fragt.« Er lachte. »Ich bestätigte ihm nur, daß Sie Ihrem Reiseauftrag nachgehen; im übrigen hätten Sie zuerst mich anrufen sollen, nicht ihn.« Gartner ärgerte sich, daß er die Neugierde des Chefredakteurs nicht genügend bedacht hatte.

»Ich halte Sie auf dem laufenden«, antwortete er Jenner, und bevor der noch etwas fragen konnte, beendete Gartner das Gespräch, denn er hörte vom Gang her Schritte.

Auf dem Revier

Im kalten Weiß der Neonlampen lagen die Gegenstände, die man ihm abgenommen oder eilig aus dem Hotelzimmer herbeigeholt hatte. Eine Sonnenbrille, das Mobiltelefon, die schwarze Pocketkamera »Olympia«, unbelichtete Filme, die in Kunststoff-Bernstein eingeschlossene Heuschrecke, ein Plastikfeuerzeug und ein rotes Schweizer Armeemesser mit Klinge, Korkenzieher und Flaschenöffner. Außerdem sein IBM-Laptop »Thinkpad«, der Pocketcomputer »Psion«, das Sony-UKW-Radio-Shortwaver, mit dem er zu jeder Stunde hören konnte, was zu Hause geschah, und der Sony-Kassettenrekorder mit Tonbändern, sein Paß, der Presseausweis, 850 Dollar, die er »für alle Fälle« in der Gesäßtasche bei sich trug, die Breitling-Armbanduhr für drei Zeitzonen, eine Spezialanfertigung anläßlich der 21. Segelflugweltmeisterschaften, und zwei verchromte Kugelschreiber Marke »Fisher Space-Pen«, deren Minen auch schrieben, wenn man sie vertikal nach oben hielt, das Flugticket und seine Geldbörse mit verschiedenen Scheckkarten. Natürlich hatte man den belichteten Film gefunden und ihn Gartner abgenommen, die gespeicherten Daten des Laptops ausgedruckt und von einem Beamten untersuchen lassen. Gartner hatte Notizen zu mehr als hundert Geschichten auf der Festplatte, dazu Entwürfe von Stories und deren endgültige Fassung, ein Telefonbuch mit Adressen, (nicht aber die geheimen) Satzgefüge, Artikelanfänge und zwei Computerspiele, für den Fall, daß ihm die Zeit lang wurde. Alles, was geheim und wichtig war, pflegte Gartner unauffällig zu tarnen. Telefonnummern schrieb er von hinten nach vorne und gab ihnen eine irreführende Bezeichnung als Datum mit Uhrzeit, Flugnummer oder Gepäckschein, oder er schrieb sie wie beiläufig an den Rand einer Serviette. Immer versteckte er die vertraulichsten Daten zwischen harmlosen Papieren, so daß sie einen zufälligen Eindruck hinterließen. Wichtige Notizen machte er auf lose Papierstück-

chen, dabei verwendete er selbsterfundene Kurz-
schriftkürzel, die auch ein Spezialist nur mühsam
würde entziffern können. Er stellte befriedigt fest,
daß keines dieser Papiere auf dem Tisch lag. Dr.
Hatzaridis, sein Anwalt, und ein übergewichtiger
Dolmetscher übersetzten und kommentierten die
Fragen des Kommissars, ein schweigsamer Polizist
führte Protokoll. Das Verhörzimmer lag irgendwo in
dem verwinkelten, alten Polizeigebäude, das zum
Großteil mit Baugerüsten umgeben war, an denen
man grüne Netze befestigt hatte. In den Gängen war
der Verputz bis zur Decke heruntergeschlagen, so
daß die nackten Ziegelwände zum Vorschein kamen.
Die Lampen hingen an langen Kabeln, überall waren
Wasser- und Gasleitungen sichtbar, Fensterscheiben
waren zersprungen, durch Löcher in den Mauern
knapp über dem Fußboden konnte man einen Blick
ins Freie werfen. Es roch erstickend nach Feuchtigkeit, Schimmel und Schutt, der bei jedem Schritt unter den Sohlen knirschte. Im Hof standen Polizeiwagen neben Baugeräten, die Stämme der Bäume waren zum Schutz mit einem Mantel aus Holzplanken
umgeben.

Der Kommissar hatte sich Zeit gelassen, mit Gartner auf das Revier zu fahren. Ausführlich mußte
Gartner, unterstützt vom mühsam dolmetschenden
Dr. Hatzaridis, zuerst demonstrieren, wie er in das
Paläontologische Institut gekommen und was er
dort Handgriff für Handgriff getan hatte. Der Geruch des Blutes von Dr. Bosič breitete sich allmählich
im Institut aus. Das Gesicht des Kommissars mit

dem Filouschnurrbärtchen erinnerte Gartner an die Karikatur eines Friseurs oder das Flair eines Slapstick-Komikers der dreißiger Jahre. Seine Finger und Handrücken waren behaart, und die tiefen braunen Ringe unter den Augen gaben ihm das Aussehen eines Leberkranken.

In dem wie durch eine Explosion zerstört wirkenden Polizeigebäude begegnete Gartner auf dem Gang dem Taxifahrer, der sich zerstreut auf seine Einvernahme vorbereitete. Er blickte Gartner vorwurfsvoll an. Gartner bat Dr. Hatzaridis, einen eleganten, angegrauten Mittfünfziger mit Wellen im Haar und einem Diamantring am kleinen Finger, den Fahrer zu entlohnen. Dann wurde Gartner in einen giftiggrünen Laborraum gebracht, wo ihm ein glatzköpfiger Beamter in Hosenträgern die Fingerabdrücke abnahm. Er beobachtete aufmerksam, wie Gartner seine Kleidung bis auf die Unterwäsche ablegte. Dann rieb er seine Finger mit Waschbenzin ab, rollte sie einzeln über die teerschwarze Farbschicht und wiederholte den Vorgang auf den angegebenen Feldern des Fingerabdruckblattes. Gartner hatte sich im Zusammenhang mit einer Recherche, es ging um den Diebstahl von Regierungspapieren, über die Grundlagen der Daktyloskopie unterrichten lassen: Es gab im Fachjargon Inseln, Augen, Gabeln, hatte er sich gemerkt, Häkchen, Punkt- und Strichfragmente, Verästelungen und Kreuzungen, die von den feinen Papillarleisten gebildet wurden. Verwundert betrachtete er die Linien, Wellen, Spiralen und Schleifen, die seine Finger auf dem weißen Papier hinterließen. Der glatzköpfige Beamte legte das Fingerabdruckformular zur Seite und forderte Gartner auf, ihm in einen unbeleuchteten Raum zu folgen. Das Neonlicht wurde eingeschaltet und gab den Blick auf einen Drehstuhl vor einem grauen Leinenvorhang frei. Gartner nahm Platz und ließ sich von vorne und im Profil fotografieren, außerdem mußte er an sich einen Mundhöhlenabstrich vornehmen lassen. Der Teil mit der Speichelprobe wurde in eine durchsichtige Kunststoffkappe gesteckt, das Filzstäbchen vor ihm auf den Tisch gelegt. Inzwischen waren seine Kleider, Hemd, Schuhe, Hose, Sakko, die man ihm im Laborraum abgenommen hatte, um sie auf Blutspuren zu untersuchen, gegen einen grauen Drillich ausgetauscht worden. Als Gartner ihn anzog, stellte er fest, daß er ihm zu klein war, aber niemand achtete darauf. Er sah sich in einem Wandspiegel an, die Ärmel zu kurz, die Jacke so eng, daß er sie nicht zuknöpfen konnte, die Hose knöchellang. Dr. Hatzaridis, den Blick zur Decke gerichtet, versuchte ihn damit zu beruhigen, daß der Botschafter ohnedies verständigt sei, sonst unternahm er nichts, außer daß er Zigaretten rauchte oder seine Fingernägel betrachtete.

Kommissar Poulianos war anfangs überrascht, daß Gartner zwei Namen hatte: Sofort war sein Gesicht mit dem Filouschnurrbärtchen abweisend geworden, die zur Schau getragene gelangweilte Gleichgültigkeit einer argwöhnischen Aufmerksamkeit gewichen. Weshalb war ihm der Festgenommene als Gartner angekündigt worden, während die

Papiere auf den Namen Jakob Morawa ausgestellt waren? Gartner erklärte mühsam, daß er neben seinem Kunstgeschichtsstudium unter Pseudonym begonnen hatte, für eine Wiener Tageszeitung Filmkritiken zu schreiben. Und allmählich war er unter diesem Pseudonym »Gartner« bekannt geworden, war er in sein Pseudonym hineingewachsen, so daß ihm zuletzt sein wirklicher Name fremd wurde.

Während er seine Erklärung abgab, betrachtete er den Fußboden aus schwarzem Kunststoffbelag mit zahllosen Schuhabdrücken. Die Stuhllehne, die Türklinke, alles fühlte sich abstoßend schmierig an. Staub lag auf den mit Schnüren zugebundenen Protokollen in den Eisenregalen, den verschmutzten Fenstern, den Lampenschirmen.

Später, als es dunkel geworden war und Kommissar Poulianos die Fenster öffnen ließ, da die stickige Luft den Schweiß aus den Poren trieb, taumelten gelbbraune Nachtfalter aus der Schwärze des Hofes herein und stießen mit einem fast unhörbaren Klingen gegen die Glühbirne.

Dr. Hatzaridis' nikotinfarbene Finger legten Gartner schließlich das Protokoll zur Unterschrift vor, aber er weigerte sich, seinen Namen darunter zu setzen. Im Licht fingen die aufgewirbelten Staubteilchen des Zimmers zu glimmen an, wie Sand in einem sonnendurchschienenen Teich, wenn man die Augen unter Wasser öffnet, und die flatternden Nachtfalter schienen sich mit ihren Schattenfiguren zu verdoppeln und zu verdreifachen. Kommissar Poulianos sprang auf, wütend drohte er, daß Gartner, wenn er das Protokoll nicht unterzeichne, in eine Zelle gebracht würde. Der dickleibige Übersetzer erklärte es stockend, furchtsam, mit einem Blick, der Gartner zum Einlenken bewegen sollte, auch Dr. Hatzaridis hob die Augenbrauen und senkte sie nicht mehr.

Gartner hatte seit dem Frühstück nichts mehr gegessen, nichts getrunken, nicht einmal ein Glas Wasser hatte man ihm angeboten. Die Hemden von Dr. Hatzaridis und dem Kommissar wiesen große Schweißflecken auf. Am Nachmittag hatte es zu regnen aufgehört, und die kühle Luft war einer drückenden Schwüle gewichen. Gartner sah eine rote Ader im Weiß des Augapfels von Kommissar Poulianos, die ihn an die Linien seiner Fingerabdrücke erinnerte. Dr. Hatzaridis war inzwischen dazu übergegangen, ihm das Protokoll stockend zu übersetzen. Er wiederholte Gartners Antwort, er habe den Archäanthropus für einen Reisebericht fotografieren wollen und sei Dr. Bosič nie zuvor begegnet. Den Auftritt des Mörders, der ihm mit dem Schraubenschlüssel zugewunken hatte, verschwieg Gartner.

Noch immer rätselte der Kommissar über das Motiv der Tat. Wollte man den Schädel stehlen, und hatte Gartner zufällig den Dieb überrascht, der Dr. Bosič hierauf umgebracht hatte? Kommissar Poulianos schien das nicht sehr plausibel zu sein, deshalb bohrte er weiter. Inzwischen trat ein Beamter ein, der den entwickelten Film und die Fotografien vor dem Kommissar auf den Tisch legte. Poulianos zuckte zusammen, als er den toten Dr. Bosič sah, und unterbrach Dr. Hatzaridis mit der Frage, weshalb Gartner den Ermordeten aufgenommen habe.

»Ich bin Journalist«, antwortete Gartner gereizt.

»Und?« fragte Poulianos ungehalten.

Der diplomatische Dolmetscher übersetzte die Frage mit: »Glauben Sie, daß Ihre Antwort ausreicht?«

Gartner bejahte die Frage und verstand nicht, weshalb Poulianos ihn anfuhr: »Ich werde Ihnen Ihre Arroganz abkaufen!«

Der Dolmetscher übersetzte mit: »Ich werde Ihnen das abkaufen.«

»Was regen Sie sich auf?« fragte Gartner, »ich habe mit der Sache nichts zu tun.«

»Herr Gartner beteuert, daß er mit der Sache nichts zu tun hat«, beschwichtigte der Übersetzer den Kommissar.

Dr. Hatzaridis' Fremdsprachenkenntnisse waren eher dürftig, aber er verstand, daß der Dolmetscher Gartner, aus welchen Gründen auch immer, in Schutz nahm.

»Herr Gartner ist mit den Nerven am Ende«, wandte Dr. Hatzaridis sich an den Kommissar im Wunsch, sich in Szene zu setzen, »er hat jedoch Verständnis für Ihre Arbeit und will Ihnen mit seiner Aussage behilflich sein.«

Der Dolmetscher nickte zustimmend.

»Das ist sehr klug von Herrn Gartner, sagen Sie ihm das«, gab Poulianos sarkastisch zurück.

»Der Herr Kommissar hält Sie für sehr klug und ersucht Sie, ihm mit Ihrer Aussage behilflich zu sein«, erklärte der Dolmetscher.

Eine kurze Pause entstand. Kommissar Poulianos musterte Gartner, der den Blick erwiderte.

Dr. Hatzaridis setzte die stockende Verlesung des Protokolls fort, unterstützt und ausgebessert vom Dolmetscher. Als er geendet hatte, verlangte Gartner, ohne auf das Protokoll einzugehen, sich die Hände waschen zu dürfen, was ihm gestattet wurde.

Er stieg, begleitet von einem Polizisten, über Haufen von Ziegelstaub und abgeschlagenem Verputz, seine Schuhe waren mit einem grauen Puder aus Schmutz bedeckt, und der Gang aus nackten alten, roten Ziegeln erinnerte ihn an einen Schlachthof oder eine Hinrichtungsstätte.

Die Toilette wies Flecken auf, wie Gartner sie noch nie gesehen hatte. Der Verputz hatte sich schwarz und schleimiggrün verfärbt, bildete Blasen, der ganze Raum mit seinen Urinoirs und verschmutzten Fensterscheiben hatte etwas von der Atmosphäre eines üblen Traumes. In Wien kannte Gartner einen Fotografen, der vorzugsweise die Flecken im Gemäuer der Stadt aufnahm und ihr in seinen Bildern so ein eigenes Antlitz gab. Er bildete sich ein, daß die Flecken in den verschiedenen Stadtbezirken jeweils ein anderes Aussehen und eine andere Farbe hatten. Für diesen Fleckensammler waren die gelben Verputzfehler im Schloß Schönbrunn seltsame Landkarten aus der Habsburger Zeit, imaginäre Reiche, phantastische Welten aus dem Kopf des verrückten Kaisers Rudolf II. oder Kinderparadiese verstorbener Erzherzöge. Inseln tauchten da auf, erzählte er Gartner, Kontinente in gelben Meeren, graue Flüsse,

schwarze Gebirge, weiße, kreisrunde Städte in chlo-
rophyllgrünen Ländern, und der Fotograf beschwor
ihn, daß diese Länder, Meere, Gebirge, Ströme,
Städte wirklich existierten. Zumindest aber ergebe
seine Sammlung einen Atlas verschwundener Denk-
welten. Jeder Gedanke, der einmal in einem Kopf
entstehe, sei eine Energieform, und alle diese di-
vergierenden Gedanken bildeten Gedankenmeere,
Gedankenkontinente, Gedankengebirgsmassive. Immer erstaunter und angeregter hatte Gartner die
zahllosen Farbfotografien und Dias betrachtet, die
unbeachtete Fleckenwelt der Stadt, an den Außen-
wänden, in Stiegenhäusern, Kellern, Badezimmern
und Toiletten, in Gängen, Fensternischen, um Ein-
gangstüren, unter Regenrinnen, ein unerschöpf-
liches Reservoir an Formen und Farben. Gartner begriff, daß alle diese Flecken nichts anderes waren als
das wundersame, unerklärbare Universum der Ein-
samkeit des Fotografen.

Diese Gedanken tauchten blitzartig in Gartners
Kopf auf, sie übermittelten ihm vergessen geglaubte
Erinnerungen an Gerüche, an Temperaturen, an Berührungen, an Worte, Gesichter, Lichtstimmungen,
Farben, Umrisse. Im nächsten Augenblick, im dunklen Toilettenraum der Polizeidirektion, glaubte Gartner, sich selbst in jener Mauerfleckenwelt zu befinden, an die er so lange gedacht hatte. Der Belag
des Spiegels an der Wand war vermodert. Er sah sein
Gesicht darin durchbrochen von Schwärze, sche-
menhaft, als sei er selbst in Verwesung übergegangen oder als sei er dabei, eine okkulte Gestalt anzu-

nehmen, eine Geistererscheinung zu werden. Wieviel Lügen, wie viele Verbrechen, dachte er, während er sich die Hände wusch, muß dieses Gebäude gesehen und gehört haben, daß es solche ungeheuren Mauerflecken gebildet hatte, diese Überlagerungen von Klecksen, dieses Aufblühen und Absterben von Verputz.

Das klare Wasser sprudelte zwischen seinen Fingern in den Ausguß, ein kaltes, zerrinnendes Lebewesen, das im Schwarz des Loches verschwand, in das er stürzte wie in einen Schacht ...

Man hob Gartner auf einen Diwan, flößte ihm Wasser ein, gab ihm ein Stück Weißbrot und wartete, bis er sich erholt hatte. Kommissar Poulianos rauchte und blickte durch ihn hindurch. Nach einer Viertelstunde fühlte Gartner sich besser. Vermutlich war er aus Erschöpfung ohnmächtig geworden, dachte er. Er befand sich wieder im Aktenarchiv, in dem die Nachtfalter schwirrten. Nach einer Weile bot ihm Dr. Hatzaridis an, ihn zurück in das Hotel zu fahren. Man brachte ihm seine Kleidung und die Uhr, auch das Mobiltelefon händigte man ihm aus. Nachdem er sich umgezogen hatte, führte ihn Dr. Hatzaridis eilig durch das zerstörte Haus, das in der Nacht wie eine düstere Filmkulisse wirkte. Gartner fiel Dr. Bosič' Leichnam ein, das blutige Hemd, seine glasigen Augen, und er schwor sich, weiterzumachen.

Auf der Straße öffnete Dr. Hatzaridis seinen Wagen, und Gartner nahm neben ihm Platz.

»Sie müssen sich morgen früh wieder im Präsidium einfinden, um zehn Uhr, soll ich Sie abholen?«

fragte er. »Dann erhalten Sie auch Ihre anderen Sachen und Ihren Paß zurück.« Er fuhr, ohne eine Antwort abzuwarten, los.

Eine Statue tauchte aus der menschenleeren Dunkelheit auf, Alleebäume, Zeitungskioske.

»Brauchen Sie einen Arzt?« fragte Dr. Hatzaridis.

Gartner schüttelte den Kopf. Ein Arzt, der wieder Fragen stellte, war das letzte, was er jetzt wollte.

»Kommissar Poulianos vermutet nun auch, daß der Mörder hinter dem Schädel her war und Sie ihm in die Quere gekommen sind. Außerdem wird jetzt das Leben von Dr. Bosič durchleuchtet. Ich hoffe aber, Sie morgen freizubekommen. Kann ich etwas für Sie tun? Jemanden anrufen? Übrigens läßt Sie der Botschafter grüßen. Er ist über jeden Schritt informiert. Sie verstehen, daß er sich nicht persönlich eingeschaltet hat, aber einer seiner Beamten kümmert sich um alles. Sie können ihn gerne anrufen, wünschen Sie seine Telefonnummer?«

Gartner schüttelte wieder den Kopf und blickte weiter durch die Windschutzscheibe auf die nächtliche Stadt, die vor ihm lag wie die Großaufnahme eines Filmes.

Nocturno

Das Elektra Palace Hotel ähnelte einem Opernhaus mit seinen roten Marmorsäulen, den großen Buchssträuchern, Palmen und weißen Blumenbottichen aus Zement. Uniformierte Gepäckträger eilten auf die anhaltenden Taxis zu, rissen die Türen auf, und wenn der Gast sich umdrehte, erblickte er am Ende des Aristotelesplatzes das weit zum Horizont sich ausdehnende Meer. Die Dunkelheit hatte von der Schönheit des Platzes nur noch die trübgelb beleuchteten Arkaden und die darunter befindlichen Cafés übriggelassen.

Gartner nahm den Lift, schloß das Zimmer auf und sah, was er ohnedies erwartet hatte: daß es durchsucht worden war. Der Koffer mit dem aufgerissenen Deckel und die verstreute Wäsche ließen ihn an den Kadaver eines Riesenvogels denken, dem ein Flügel abgerissen war und dessen Federn über den Boden verstreut lagen. Das Telefon läutete, und der Portier wollte scheinheilig wissen, ob alles in Ordnung sei. Gartner sank erschöpft auf das Bett; sein Blick fiel auf das Nachtkästchen, wo der Gedichtband *Ikonen* mit der Widmung von Goran R. lag. Nachträglich beglückwünschte er sich, daß er das andere Exemplar aus der Tasche von Dr. Bosič genommen und in die Institutsbibliothek eingereiht hatte. Vielleicht wäre sonst den Beamten, als sie sein Hotelzimmer durchsuchten, aufgefallen, daß sie das gleiche Buch auf seinem Nachtkästchen wie bei dem Toten gesehen hatten. Er nahm es in die Hand und betrachtete das Umschlagbild. Er wußte, daß die Ikone Stephan III. Decanskys vom gelehrtesten serbischen Maler aus dem 16. Jahrhundert, dem leprakranken Mönch Longin aus Pec, stammte. Longin war auch Dichter gewesen und hatte seine Ikonen und Fresken, literarischen Werke und Paramente signiert. Goran R. hatte Longins Leben und die von ihm geschaffenen Bilder voller Anspielungen auf kulturgeschichtliche und mythologische Begebenheiten zu einem surrealistischen, religiösen Epos verarbeitet, weshalb Gartner sich die Reproduktionen von Longins Christus Pantokratoros mit Aposteln besorgt hatte, von seiner thronenden Madonna mit Kind und Propheten und seiner erweiterten Deesis, außerdem noch von zehn beidseitig bemalten Ikonen, die früher an den entsprechenden Festtagen im Kirchenschiff ausgestellt wurden. Sie zeichneten sich durch eine ungewöhnliche Kombination von Ocker, Olivgrün und Blau aus.

Gartner hatte bald vergessen, daß er sich auf ein Gespräch mit Goran R. vorbereiten wollte, so sehr hatte ihn Longins Kunst beeindruckt. Am meisten faszinierte ihn der Wunsch des Malermönchs, Stephan III. Decanskys Martyrium durch Schönheit zu verherrlichen, eine Absicht, die auch in Goran R.'s Werk spürbar wurde. Außerdem studierte er Longins Schilderung der Schlacht von Velbuzd.

Im Halbschlaf gingen Gartner die Bilder durch den Kopf, und der Anblick des blutigen Dr. Bosič vermischte sich mit der Erinnerung an die Wandflecken im Polizeipräsidium. Er schlug die Augen auf, setzte sich in ein Fauteuil und dachte in der Dunkelheit nach. Auch in der Redaktion seiner Zeitung, wenn ein Artikel wegen neuer Informationen knapp vor Mitternacht rasch umgeschrieben werden mußte, drehte er zunächst das Licht ab, um sich besser konzentrieren zu können, bevor er zu arbeiten begann.

Nach Redaktionsschluß streifte er dann durch Nachtlokale, Cafés, Bars und Amüsierbetriebe, denn sein Schlaf wollte sich immer erst in den frühen Morgenstunden einstellen, wenn es hell wurde.

Etwas später knipste er das Licht der Stehlampe an. Er bückte sich zur Börsenseite der *Frankfurter Allgemeinen Zeitung* hinunter, die neben dem Koffer lag und an deren Rand er sich eine unscheinbare Notiz gemacht hatte. In flüchtigen Buchstaben stand dort: Abb HiFE BICo Coo. Die Notiz mußte von hinten nach vorne gelesen werden, jeder Buchstabe stand für eine Ziffer, nämlich für die Stelle, die er in der Reihenfolge des Alphabets einnahm. Also bedeutete die Notiz, 122 8965 2930 300. Von hinten nach vorne gelesen war es die Telefonnummer seines Mittelsmannes Joannis Avramis. Der Literaturprofessor und Übersetzer von Goran R.'s Lyrik hatte eine Adresse in Nea Michaniona, außerhalb von Thessaloniki, angegeben und Gartner angewiesen, nur im äußersten Notfall, wenn sein Unternehmen zu scheitern drohte, Kontakt mit ihm aufzunehmen. Gartner, der Avramis als UNO-Dolmetscher in Bosnien kennengelernt hatte, wußte, daß der Professor nach erfolglosen Aktienspekulationen vor einem Berg von Schulden stand. Gartner hatte ihm versichern müssen, daß er das Versteck Goran R.'s nicht preisgeben würde, ebensowenig wie den Namen Dr. Bosič', der ihn zu Goran R. bringen sollte. Er übertrug eilig die Abkürzung Abb HiFE BICo Coo auf einen Geldschein, steckte diesen zu den Scheckkarten, nahm das Mobiltelefon aus der Jackentasche und wählte Avramis' Nummer. Es war drei Uhr früh. Während er darauf wartete, daß der Literaturprofessor sich meldete, stellte er fest, daß sein Herz unrhythmisch schlug, was er der Anstrengung der letzten Stunden zuschrieb.

Gartner hatte gewußt, daß er bei seiner Suche nach Goran R. mit Schwierigkeiten rechnen mußte. Als das UNO-Kriegsverbrechertribunal für das ehemalige Jugoslawien Goran R. in Den Haag als Zeugen vorlud, um General M., der das Massaker an den bosnischen Moslems befohlen hatte, des Kriegsverbrechens zu überführen, verloren sich die Spuren des Dichters in Belgrad. Avramis hatte Gartner mehrfach gewarnt, daß er es, wenn er hinter Goran R. her war, mit dem serbischen Geheimdienst zu tun bekäme, der für seine »Effizienz«, wie Avramis sich ausdrückte, bekannt sei. Avramis war es auch gewesen, der Goran R. im Kloster Chilandar auf dem Berg Athos versteckt glaubte.

»Ja?« Die Stimme am anderen Ende der Leitung klang unwirsch.

»Wie geht es Ihnen?« fragte Gartner auf englisch.

Es war vereinbart worden, daß Avramis auf diese Frage hin die Adresse in Nea Michaniona aufsuchen würde, daher beendete Gartner das Gespräch sofort und erhob sich aus dem Fauteuil. Nachdenklich durchblätterte er Goran R.'s Gedichtband mit den schönen dunkel und golden schimmernden Abbildungen, bevor er ihn auf das Nachtkästchen zurücklegte. Er hätte es später nicht einmal sich selbst eingestanden, daß er für einen kurzen Augenblick überlegte, die Angelegenheit fallenzulassen und die Reise am nächsten Morgen als gewöhnlicher Tourist fortzusetzen. Dieser Gedanke war noch dazu mit der verlockenden Aussicht auf ruhige Sommernachmittage am Meer verbunden, aber Gartner schob ihn zur Seite. Da der Professor nicht zurückrief, was sie für den Fall akuter Gefahr vereinbart hatten, verließ er das Zimmer und begab sich in den Lift.

Die Hotelhalle war schwach beleuchtet. Die verspiegelten Säulen, die rot überzogenen Sofas, die venezianischen Wandlampen und der schwarze Marmorboden strahlten eine verschlafene Theatralik aus, die Gartner mochte. Ein großer Strauß weißer Lilien auf einem Glastisch mit Kupferfüßen und die pflanzengemusterten Tapeten verstärkten den Kulissencharakter der Empfangshalle. Gerade als Gartner durch die Schwingtür trat, erhob sich ein bebrillter Mann in einem Burberry-Mantel verschlafen von einem der Sofas und folgte ihm, bis er sich in das Taxi setzte.

Gartner reichte dem Fahrer den Zettel mit der Adresse, die er zuvor aufgeschrieben hatte und gleich wieder zerriß. Der Fremde im Burberry-Mantel folgte ihm in einem uralten Peugeot.

»Streit in der Hotelbar«, wandte sich Gartner auf englisch an den Chauffeur, »fahren Sie, so schnell es geht.«

Der Lenker nickte und bog gleich darauf gegen die Fahrtrichtung in eine Einbahnstraße ab, bremste, schaltete den Motor und das Licht aus und wartete, bis der klapprige Peugeot vorübergefahren war.

»Okay?« fragte er nach einer kurzen Wartezeit. Dann fuhr er wieder an.

Gartner hatte sich die Strecke nach Nea Michaniona auf der Landkarte eingeprägt. Die Route führte an Kalamaria vorbei zum Flughafen und von dort am Meer entlang zum Fischerdorf Agia Triada, das dreißig Kilometer von Thessaloniki entfernt lag.

In Nea Michaniona gab es nichts Besonderes. Es war ein Badeort, mit einem Hafen, einer Kirche, einem Krankenhaus, einer Post und einer Bank sowie öffentlichen Toiletten unter der breiten Treppe gegenüber der byzantinischen Kapelle, wie er dem Reiseführer entnommen hatte. Vom Scheinwerfer des Taxis wurden Rapsfelder aus der Schwärze gerissen, Pinienzäune und Wälder, Äcker, niedere Häuser mit kleinen Gärten, Zypressen, Telegrafenmasten, eine vertrocknete Flußlandschaft, kleine Fabrikanlagen. Der Taxilenker unterhielt sich geraume Zeit mit einer Stimme im Sprechfunk, vermutlich gab er das Fahrtziel weiter, dann schaltete er das Radio ein, aus dem ein Schlager ertönte. Glashäuser tauchten auf, Straßenschilder in griechischer und lateinischer Schrift, Tankstellen, zwei Stockwerke hohe Neubauten und immer wieder gelbe Rapsfelder.

Vor Agia Triada bogen sie zu einer Nebenstraße ab, erreichten einen großen Campingplatz, wo Bafkobäume mit weiß bemalten Stämmen den Straßenrand säumten. Der Fahrer verlangsamte die Geschwindigkeit, und Gartner sah den kleinen Ort, durch den sie fuhren, die Häuser, Hotels, einen verlassenen Platz mit Bänken und rechter Hand schwarz und flach das Meer. Am Ende der Ortschaft hielten sie vor einer Bucht. Im Scheinwerferlicht erblickte Gartner die Wracks von kleinen Fischkuttern, der Kaikis, Jachten und zerfallenen Ruderboote, die rundherum wie Scherenschnitte aus der Dunkelheit ragten.

Gartner, der keine Ahnung hatte, was er auf dem stockdunklen Schiffsfriedhof tun sollte, hieß den Fahrer wenden, gab ihm Geld und ließ ihn warten.

»Wie lange?«

Gartner zeigte ihm auf seiner Armbanduhr eine halbe Stunde an, bevor er losging.

Allmählich entfernte er sich vom Licht der Autoscheinwerfer, und es dauerte, bis sich seine Augen an die Dunkelheit gewöhnt hatten. Er zweifelte daran, daß Avramis mitten in der Nacht vor dem Schiffsfriedhof auf ihn warten würde. Andererseits, was konnte wichtiger und alarmierender sein als die Ermordung von Dr. Bosič, der ihn zum Kloster Chilandar auf dem Berg Athos hätte bringen sollen?

Er stolperte und fluchte laut. Die Straße führte ein Stück bergab. Allmählich tauchten aus dem Dunkel wieder die Silhouetten der verrosteten Kaikis und Jachten auf. Es roch faulig nach Algen und stehendem Gewässer, und nun, eingeschlossen in die Nacht, konnte er auch Details unterscheiden: abgesägte Rümpfe, wie von einem Sumpf verschluckte und wieder ausgespiene Kutter mit Rissen und Löchern in den Wänden, kleinere Schaluppen, die zu verfaulen schienen und deren Skelette nun zum Vorschein kamen. Die Boote, Kähne, Schlepper lagen durcheinandergewirbelt wie nach einem Sturm im Gestrüpp, sie gehörten nicht mehr dem Wasser an, sondern verwandelten sich allmählich in Erde.

Er erreichte eines der kleinen Schiffe, der Rost hatte Spuren der Zerstörung im Eisen hinterlassen, die selbst noch in der Dunkelheit der Nacht sichtbar waren. Für Insekten mochte es eine bröckelnde, rotbraune Landschaft sein, eine Art Wüstengebirge, ging es Gartner durch den Kopf. Er berührte mit der Hand einen umgestürzten Kutter, versuchte durch eine Luke hineinzuschauen und erkannte erschrocken einen Hund, der ihm aus der Finsternis entgegenstarrte. Rasch trat er zurück, seine Angst, der Hund könne zu bellen beginnen, war merkwürdigerweise größer als die, Bekanntschaft mit seinem Gebiß zu machen. Der Hund sprang auf das Deck und lief gemächlichen Schrittes davon, als sei er es gewesen, der sich unerlaubt in Gartners Reich aufgehalten habe. Während Gartner sich vorsichtig zurückzog und das Tier nicht aus den Augen ließ, bis es hinter dem Hügel verschwand, überlegte er, was zu tun war. Zehn Minuten waren vergangen, seit er den Taxifahrer verlassen hatte, er mußte sich also allmählich mit dem Gedanken abfinden, daß Avramis nicht auftauchen würde. Mit Erstaunen registrierte er, daß er trotz der Dunkelheit die Farben an den zerfressenen und zerfallenen Schiffsteilen wahrnahm. Das Weiß war von Anfang an deutlich zu erkennen gewesen, nun aber unterschied er sogar zwischen einem abblätternden Blau und rostigem Schwarz, zwischen Rot und Grün. Der Mond und der Sternenhimmel waren von Wolken bedeckt, und nirgendwo war ein Haus zu sehen. Während er sich umschaute, wurde ihm klar, daß er sich keinen besseren Platz hätte aussuchen können, um niedergeschlagen oder ermordet zu werden. Er fühlte, wie ein Schweißtropfen die Brust hinunterlief.

Eine Taschenlampe leuchtete in der Dunkelheit auf und blendete ihn. Er war so überrumpelt, daß er das Weitere einfach geschehen ließ. Zunächst konnte er nur erkennen, daß es ein Mann war, der ihm die Taschenlampe vor das Gesicht hielt.

Der Unbekannte fragte ihn etwas in einem sachlichen Tonfall, und als Gartner nicht antwortete, versetzte er ihm einen leichten Schlag, eine unmißverständliche Aufforderung, rasch zu verschwinden.

Gartner machte sich eilig auf den Weg zurück und war erleichtert, als er das Scheinwerferlicht des Taxis in der Dunkelheit auftauchen sah.

»Du bist ein Narr«, beschimpfte er sich in Gedanken, »der größte Idiot auf dieser Erde.« Er hätte sich denken können, warf er sich vor, daß der Literaturprofessor nicht hierherkommen würde ...

Sich vom Meer entfernend, bemerkte er, daß das Wasser rauschte, daß es die ganze Zeit über gerauscht haben mußte. In seiner Anspannung hatte er nichts gehört, sagte er sich. War es normal, daß das Gehör ausfiel, wenn er Angst empfand? Das Gegenteil hätte wohl der Fall sein müssen. Stumm ließ Gartner sich in das Taxi fallen, in dem nach wie vor der Lärm aus Schlagermusik und Sprechfunk eine

Verständigung unmöglich machte, und als der Chauffeur eine Frage an ihn richtete, rief er nur »Retour!«.

Draußen war es kühl gewesen, er bemerkte nachträglich, daß es ihn fröstelte.

Hinter dem Fischerdorf Agia Triada stießen sie wieder auf das nächtliche Meer, der Anblick löschte in seinem Gehirn alle übrigen Gedanken. Gleich darauf machte die Straße neuerlich eine Biegung, und das Wasser verschwand hinter einem Pinienwald. Der Taxifahrer warf zwischendurch einen Blick in den Rückspiegel, Gartner sah hinter einem schwarzbraunen Nebel nur seine Augen. Sie richteten sich kurz auf ihn und schweiften wieder zur Straße. Er mußte die ganze Wartezeit über geraucht haben, denn der Wagen stank nach Zigaretten. Gartner ärgerte sich über den vergeblichen Ausflug mitten in der Nacht. Er sehnte sich nach seinem Hotelbett.

Dann läutete das Telefon in seiner Jackentasche. Automatisch holte er es heraus und hielt es an sein Ohr.

»Morgen um vier Uhr früh auf dem Markt in der Modiano-Halle, wo die Fische und das Fleisch verkauft werden«, hörte er die Stimme des Literaturprofessors. Er sah ihn vor seinem geistigen Auge. Damals, als er ihn zusammen mit Goran R. kennenlernte, hatte er ihm sofort mißtraut. »Der bewußte Mann wird Sie ansprechen, vor der Treppe zu den Toiletten.« Avramis fuhr, ohne sich zu unterbrechen, fort: »Sie erkennen an einem gemalten Schild, daß Sie sich am richtigen Ort befinden: Es zeigt zwei Gäste im Smoking, die vor einer Flasche Wein und einer Schale Kaffee sitzen. Wenn niemand Sie anspricht, gehen Sie die Treppe zu den Toiletten hinunter. Dort treffen Sie einen Mann. Er wird Sie führen, wohin Sie wollen.«

Ohne Gruß hatte Avramis aufgelegt. Offenbar war es für ihn zu riskant gewesen, zum Schiffsfriedhof zu kommen. Vielleicht hielt er es überhaupt für gefährlich, in der Nacht sein Haus zu verlassen, dachte Gartner, oder er wurde beobachtet. Jedenfalls mußte er in der Zwischenzeit erfahren haben, daß Dr. Bosič ermordet worden war, und er mußte sich bemüht haben, jemanden zu finden, der die Stelle des Toten einnehmen konnte.

Gartner hatte das Gefühl, jetzt wieder voranzukommen. Bei dem Mord ging es vermutlich nicht nur um ihn, überlegte er, sondern auch um interne Abrechnungen, deren Motive er nicht kannte. Wenn er mit einer Recherche begann, spielte man ihm häufig Dokumente zu, versuchte ihn zu verwirren, bedrohte ihn und stellte seine Geduld auf die Probe. Selten stand er einem einzigen Gegner gegenüber, zumeist hatte er es mit zwei oder sogar mehreren zu tun, die miteinander rivalisierten.

Auf den wenigen beleuchteten Schildern, die am Straßenrand vorüberzogen, fielen ihm jetzt die Schriftbilder einzelner griechischer Buchstaben auf. Ein gelbes A. Es floß durch sein Denken, verschwand, wurde von einem blauen I abgelöst, dann von einem ganzen Wort, das er nicht lesen konnte, von einem weiteren Wort. Schließlich fuhren sie nur noch an dunklen, fleckigen Wänden von Wohnhäusern vorbei, in einem kriegsgelben Nachtlicht ohne Schatten. Der Wagen rumpelte, warf ihn auf den Rücksitz oder nach vorn, und als er sich an einen Griff über dem Fenster klammern wollte, mußte er feststellen, daß die Halterung abgerissen war. So blieb ihm nichts anderes übrig, als die Füße gegen den Vordersitz zu stemmen und sich an die Armlehne der Tür zu klammern.

Endlich erreichte das Taxi das Hotel, ein verschlafener Gepäckträger öffnete die Tür, wartete, bis Gartner bezahlt hatte, und eilte ihm voraus. Gartner folgte ihm und sah im Foyer den Burberry-Mantel des Mannes, der ihm im Peugeot gefolgt war, achtlos über einem der rotgepolsterten Rattanstühle hängen. Er zweifelte nicht daran, daß er einem Polizeibeamten gehörte, der den Auftrag hatte, ihn zu observieren. Im Halbrund waren an den Wänden über den Sitzmöbeln fensterartige Spiegel angebracht, vor denen Lampen mit zylinderförmigen gelben Schirmen ein gedämpftes Licht im Raum verbreiteten, das von den Spiegelsäulen reflektiert wurde. Das Wildrosenmuster der Tapeten, die venezianischen Glasschirme der Wandlampen und die Topfpflanzen versuchten hartnäckig, das vergangene Jahrhundert heraufzubeschwören. Linker Hand lag der Frühstücksraum im Dunkeln, Gartner konnte die weißgedeckten Tische, die Stühle, die Anrichte mit den metallenen Kaffeekannen und den umgedrehten Gläsern erkennen. Gerade als er zum Lift abbiegen wollte, entdeckte er den Mann, der in einem schwachen Lichtschimmer auf einem Stuhl hockte, mit nach hinten gefallenem Kopf und auf die Stirn geschobener Brille. Einen Augenblick hielt Gartner inne, um den erschöpften Schlafenden anzusehen. Vor dem Polizeibeamten befanden sich ein mit Kippen gefüllter Aschenbecher, eine halbleere Flasche Ouzo und ein Wasserglas. Gartner dachte an den ermordeten Dr. Bosič, das Blut und das Messer und bemerkte, daß ihn der Portier am Empfang musterte.

Er trat in den Lift, suchte sein Zimmer auf, entkleidete sich und wurde kurz darauf zu einem winzigen physischen Teil der endlosen Schwärze.

Streifzüge

Eine Münze schimmerte auf dem Parkettboden. Er dachte im Halbschlaf, alle Geheimnisse des Daseins seien in ihr eingeschlossen wie in einer materialisierten Weltformel, die er nicht begriff. Irgend etwas hatte ihn aus dem Schlaf gerissen. Der zerknitterte Ärmel seines weißen Hemdes hing schlaff vom Tisch und schien auf seinen Schuh zu zeigen, der mit der Sohle nach oben wies. Auf diese Weise verstreute Kleidungsstücke und Gegenstände hatte er einige Male an Tatorten von Gewaltverbrechen oder nach Selbstmorden und Unfällen gesehen. Ihm fiel ein, daß er irgendwann aufgewacht war und die Kleider abgelegt hatte.

Das Telefon mußte schon einige Male geläutet haben. Er hob den Hörer ab und vernahm zu seinem

Unbehagen, daß Dr. Hatzaridis in der Empfangshalle auf ihn wartete. Benommen eilte er ins Bad,
machte sich Gesicht und Haare naß und putzte sich
die Zähne. Wieder im Zimmer, wechselte er die Unterwäsche. Das Buch von Goran R. auf dem Nacht-
tisch lag da, er bewunderte daran besonders die kleinen Bilder, die ähnlich Filmstreifen drei Seiten der
Ikone umgaben. Die beiden unteren, größeren (eine
Darstellung der Schlacht von Velbuzd im 14. Jahrhundert mit einem rotflügeligen Engel und abgebröckelten Farben) faszinierten ihn besonders.

Es war Gartners Eigenart, sich gerade, wenn er sich
unter Druck gesetzt fühlte, für absurde Dinge Zeit zu
nehmen. Das Sichzeitnehmen stärkte sein Selbstver-
trauen, ließ ihn die Situation, der er ausgesetzt war,
leichter akzeptieren und brachte ihm den Gedanken
nahe, daß es Wichtigeres gab als das, was ihm gerade zustieß. Während er das Hemd zuknöpfte, fiel
ihm auf, daß zwei der Pferde auf der Darstellung von
weißen und blauen Schuppenpanzern aus kreisför-
migen Elementen bedeckt waren. Das Bild war so an-
gegriffen, daß die Figuren im Hintergrund sich in
schwarzblaue tintige Flecken auflösten und gesichtslos geworden waren, nur ihre haardünnen Lanzen
ragten in eine Luft, die aus goldgelben Wolken bestand, in die die Sprünge des Ikonenholzes Zeilen ge-
schnitten hatten. Über dem Bild stand etwas in einer
winzigen kyrillischen Schrift, die er nicht entziffern
konnte, vermutlich die Bildlegende. Ein roter König
mit Heiligenschein lag, halb sich erhebend, auf dem
Boden. Soviel er sich erinnerte, hatte Stephan III. De-

cansky in Velbuzd 1330 den bulgarischen Zaren Michael besiegt. Das Bild zeigte aber nur etwas Blasses, sich Auflösendes und Verfärbendes, als sei vor langer Zeit Wasser darüber geronnen und habe Teile der Farbschicht mit sich genommen und Grundierungsfarben bloßgelegt, so daß etwas ganz anderes daraus geworden war als die bloße, naiv gemalte Darstellung einer Schlacht: ein Bild des Entschwindens der Geschehnisse aus dem Gedächtnis. Eilig verließ er das Zimmer, ohne daß er das Buch versteckte oder zuklappte, er ließ es aufgeschlagen liegen.

Dr. Hatzaridis saß rauchend in der Empfangshalle. Sie fuhren in seinem Wagen, gefolgt vom alten, rostigen Peugeot, durch die nun belebte Stadt. Das Sonnenlicht und die Buntheit verursachten Gartner Kopfschmerzen. Er hatte, wie gewöhnlich, nicht gefrühstückt und fühlte sich unwohl. Neubauten, Alleebäume, Rhododendronsträucher, Geschäfte mit kleinen Kiosken aus Glas oder Holz, bestückt mit Zeitschriften, flogen an ihnen vorbei. An den Kreuzungen wurden sie von Motorrädern und -rollern überholt, zur Straße hin hatten die Cafés Tische, Stühle und Sonnenschirme aufgestellt.

Hinter der nächsten Ampel war auf einem Kinoposter groß das Gesicht von Marcello Mastroianni zu sehen. Das grelle Plakat ließ ihn an seine Zeit als Filmkritiker denken. Da die Zeitung, für die er arbeitete, über großen Einfluß verfügte, hatte man zumeist ein Kino für ihn allein reserviert. Er saß in dem leeren Saal, das Licht verlosch, der Vorhang öffnete sich, und mit dem Getöse einer Zirkusvorstellung brach die magische Zelluloidwelt über ihn herein. Tatsächlich war Gartner, wie er selbst sagte, ein bereitwilliges Opfer. Er wartete geradezu darauf, die Außenwelt zu vergessen, war aber unnachsichtig, wenn es ein Film nicht schaffte, ihn in seinen Bann zu ziehen. Als er einige Male seinem Unmut freien Lauf gelassen hatte, gewährte man ihm das Privileg der Einzelvorführung nicht mehr und lud ihn nur noch zu den allgemeinen Journalistenterminen ein. Bald darauf deckte er die Machenschaften eines Stadtrates auf, der für ein Multiplex-Kino ein Grundstück zur Verfügung stellte, an dem er selbst Millionen verdiente. Gartner gab sein Kunstgeschichtsstudium auf und arbeitete seither als Reporter im innenpolitischen Ressort.

Vor dem Polizeipräsidium fanden sie keinen Parkplatz. Sie mußten ein Stück zu Fuß gehen und verspäteten sich. Der klapprige Peugeot hielt in zweiter Reihe, der Fahrer beobachtete sie durch die Windschutzscheibe.

Kommissar Poulianos erwartete sie in seinem verschmutzten Büro. Gartners Geräte und beschlagnahmtes Eigentum lagen auf einem Tisch, und er erfuhr, daß es keine Anhaltspunkte für seine Verwicklung in den Mord gab. Der Polizeibeamte war sichtlich unzufrieden mit dem Untersuchungsergebnis. Er trug ein kurzärmeliges blaues Hemd und eine schwarze Krawatte.

»Ich weiß, daß etwas faul ist an der Angelegenheit, aber ich kann Ihnen nichts beweisen«, sagte er verärgert. »Ich habe den Eindruck, daß man Sie mit dem

Mord an Dr. Bosič belasten wollte, aber ich finde kein Motiv dafür, und Sie würden es mir auch nicht sagen, wenn es so wäre.« Er machte eine kurze Pause. »Ich kann mir vorstellen, daß Sie in Gefahr sind. Wenn das der Fall ist, haben Sie jetzt noch einmal Gelegenheit zu sagen, was Sie wissen.«

Gartner schwieg. Der Kommissar erhob sich und verließ grußlos das Büro. Dr. Hatzaridis' Strahlen gab Gartner zu verstehen, daß er gelobt werden wollte, also schüttelte Gartner ihm anerkennend die Hand.

Ein Beamter erstattete ihm sein am Vortag beschlagnahmtes Eigentum zurück. Er mußte ein Formular unterschreiben, daß er alles unversehrt erhalten habe, was ihm abgenommen worden war.

»Und die Fotos, die ich im Paläontologischen Institut von Dr. Bosič gemacht habe?« fragte er.

Der Anwalt antwortete, daß sie beschlagnahmt blieben, man benötige sie für die weiteren Ermittlungen. Auch die Negative. Leider.

Im Innenhof setzte der Lärm von Preßluftbohrern ein. Während Dr. Hatzaridis Gartner seine Visitenkarte »für alle Fälle« hinstreckte, beeilte sich der Dolmetscher, sie zu warnen, auf den staubigen Gang hinauszutreten. Er öffnete eine Wandtür und führte sie zuerst in ein Archiv. Der Parkettboden war aufgeworfen, einzelne Dielen fehlten, eine flackernde Neonröhre hing schief von der Decke. Es roch scharf nach ungebranntem Kalk. Zwischen den langen Reihen leerer Regale war ein Pfad aus Zeitungspapier ausgelegt, aber die Seiten hatten sich zum Teil selbständig gemacht, waren zerrissen oder bildeten kleine unordentliche Haufen. Riesige Aktenmengen mußten in den Holzkisten verstaut worden sein, die man an den Wänden aufgestapelt hatte.

Ein Wasserrohrbruch infolge der Bau- und Renovierungsarbeiten habe die Sammelstelle in Mitleidenschaft gezogen, erklärte der Dolmetscher. Er öffnete die Tür zu einem anderen weiträumigen Zimmer, auf dessen Boden, Tischen und Stühlen man Akten zum Trocknen ausgelegt hatte. Sie verließen den Raum über eine Wendeltreppe. Die Stiege war ebenfalls mit Zeitungspapier ausgelegt, vielleicht sollte sie nicht weiter beschädigt werden, aber durch die ständige Benutzung waren einzelne Seiten an den Schuhen der Beamten klebengeblieben oder unter den Schritten verrutscht, jedenfalls sah man da und dort das schwarze, glatte Eisen hervorschauen.

Auf der Straße verabschiedete sich der Dolmetscher eilig, und Dr. Hatzaridis bot Gartner an, ihn ins Hotel zu bringen. Als Gartner ihm erklärte, er wolle sich Notizen für seine Reisereportage machen und deshalb zu Fuß zurückgehen, schlug ihm der Anwalt vor, die Kunststofftasche mit den Gegenständen für ihn beim Portier abzugeben, da sein Weg in die Kanzlei ohnedies am Elektra Palace Hotel vorbeiführe. Das war Gartner nur recht. Er war jetzt nicht mehr müde und wollte auf andere Gedanken kommen, auch hatte er keine Lust, Anrufe der Redaktion oder der österreichischen Botschaft entgegenzunehmen, daher steckte er das Mobiltelefon zu den übrigen Geräten in die Kunststofftasche.

Er wartete, bis Dr. Hatzaridis' Wagen im Verkehr

verschwunden war, dann schlug er den Weg zum Kino ein, vor dem das überdimensionale Plakat mit Marcello Mastroianni hing. Es war ein schöner, heller Tag, und Gartner zögerte im Foyer, sich eine Karte zu lösen. An der Kasse erfuhr er dann, daß die Vorstellung des Angelopoulos-Filmes *Der Bienenzüchter* nur am Abend stattfinde, während *Der Blick des Odysseus* mit Harvey Keitel für die nächste Stunde angesetzt war.

Er nahm in einem kleinen Restaurant um die Ecke Platz, wo er einen Imbiß bestellte *und* durch ein Fenster den Koch beobachtete, wie er Oktopusstücke aus einem Behälter heraushob, in einen Topf gab und diesen mit gehackten Tomaten, Sellerie, Zwiebelwürfeln und Knoblauch anfüllte. Neben Gartner saßen zwei Schachspieler, die eine Menge fehlerhafter Züge machten. Gartner amüsierte das, denn auf diese Weise blieb das Spiel unberechenbar. Er war schon hungrig, als der Oktopuseintopf, der durch die Tomatensoße einen blutigen Eindruck erweckte, mit Weißbrot und trockenem, rotem Vin de Cret serviert wurde. Als er seine Mahlzeit beendet hatte, bestellte er ein Glas Kitròn. Der Zitronenlikör kam gelb leuchtend mit leise klickenden Eiswürfeln in einem Glas, das ein Noppenmuster aus Seesternen und Muschelschalen aufwies.

Gartner bezahlte, überquerte die Straße und erblickte hinter einer Litfaßsäule einen alten, weinroten Peugeot, ohne ihn weiter zu beachten. Im Kinofoyer war es kühl, er fühlte sich zwischen den Ankündigungsplakaten und Standfotos wohl.

Seine Mutter hatte das kleine Apollo-Kino in Wien geerbt, wo sie am Nachmittag immer hinter der Kasse saß. Gartners höchstes Glück war es gewesen, sich während der Vorstellung im kleinen Vorführraum aufhalten zu dürfen und durch eine Öffnung auf die Leinwand zu schauen. Anfangs hatte er Heimatfilme, k.u.k. Komödien und Musikfilme gesehen, später stellte seine Mutter das Programm um, und er sah Ingmar Bergmans *Wilde Erdbeeren*, *Das siebente Siegel*, *Das Schweigen*, Kurosawas *Rashomon* und Orson Welles' *Citizen Kane*. Er versuchte jede Vorstellung von Bressons *Geld* zu besuchen, ebenso wie Buñuels *L'âge d'or*, Pasolinis *Evangelium des Matthäus* und Fellinis *Achteinhalb* oder John Cassavetes' *Gloria* und Antonionis *Blow-up*. Seine Kindheit war für ihn das kleine Kino, die Dunkelheit und die Leinwand gewesen, mit den großen Gesichtern der Darsteller, die er imitierte, und der Schauspielerinnen, in die er sich verliebte. Vom Film ging Erregung aus, Energie, Benommenheit, Aggression und Übermut. Er setzte sich manchmal in die Kabine der Kinokasse, um gleichzeitig mit dem Kartenverkauf die Gesichter der Besucher hinter der Glasscheibe zu beobachten. Auch führte er die Zuspätkommenden mit der Taschenlampe auf einen Platz, Bruchstücke des Films, der gerade lief, zu wiederholtem Male vor Augen. Noch bevor er die Matura ablegte, lernte er mit dem Vorführapparat umzugehen. Einige Male wurde er auch Augenzeuge, wie Liebespärchen während der Vorführung miteinander schliefen … Vielleicht war es seine Liebe zum Film gewesen, die Liebe zu

51

Bildern, die ihn Kunstgeschichte hatte studieren lassen.

Das Kino war kühl, nur wenige Zuschauer hatten sich eingefunden. Er liebte es jedoch, in einer nur schwach besuchten Vorstellung zu sitzen. Gerade als er Platz nahm, stellte er fest, daß ein Mann, der Polizist mit der Brille, sich hinter ihm vorbeistahl. Er drehte sich um und starrte ihn an, bis er ihm seinen Kopf zuwendete, ihn dann aber rasch wieder zur Seite drehte. Gleichzeitig ging das Licht aus.

Gartner stand auf und eilte zurück zum Eingang. Sofort erhob sich auch der Mann, er gab vor, auf die Toilette zu müssen. Gartner ließ ihn hinausgehen, lief dann durch das dunkle Kino in die entgegengesetzte Richtung zum Notausgang und ins Freie.

Er hastete die belebte Straße hinunter, sprang in den nächsten Bus, fuhr zwei Stationen, stieg wieder aus und fragte sich zu den Markthallen durch.

Ein weinroter, alter Peugeot hielt an der Kreuzung, und Gartner versuchte sofort den Fahrer zu erkennen. Vielleicht war es besser, das Hotel zu wechseln, überlegte er. Vor allem mußte er so rasch wie möglich Thessaloniki verlassen. Die Besuchserlaubnis für die Mönchsrepublik Athos hatte er am Tag seiner Ankunft von einem ehemaligen Korrespondenten abgeholt, der jetzt an einer Lungenkrankheit litt und in der Werbeabteilung einer Lokalzeitung arbeitete.

Ein Bub, der rhythmisch auf eine Trommel einschlug, bettelte ihn um Geld an. Sofort als Gartner in die Hosentasche griff, stürmte ein Mädchen mit in

Zellophan eingewickelten Nelken auf ihn zu und forderte ihn auf, ihm eine abzukaufen, und eine taubstumme Frau streckte ihm das Abziehbild einer griechischen Flagge entgegen und bat um ein Almosen. Er teilte Dollarnoten aus, zog aber dadurch nur weitere Kinder an und einen grauhaarigen Mann mit einer Polaroidkamera, der hartnäckig ein Porträt von ihm schießen wollte.

Der Fotograf plazierte ihn vor einem Café mit einer langen Theke, Palmen in Kübeln und weißen, kugelförmigen Lampen, was er unwillig geschehen ließ. Er sah dabei, daß die Trommel des Buben einen durchsichtigen Boden hatte und ihm als Geldbehälter diente. Sie war vollgestopft mit Münzen und Banknoten. Als ihm der Fotograf kurz darauf das Polaroidfoto in die Hand drückte, zeigte es einen gut erhaltenen vierzigjährigen Ausländer, mit ersten grauen Strähnen und einem vom Alkohol etwas aufgeschwemmten Gesicht. Auch der Dreitagebart war grauer als vor ein paar Jahren, die Scheidung von seiner Frau und die Trennung von seinen beiden Töchtern Nora und Thelma hatte Gartner in der ersten Zeit arg mitgenommen, obwohl er, wie er sich eingestand, der schuldige Teil war, da er seinem Hang zu nächtlichen Ausflügen nach Redaktionsschluß immer wieder nachgab. Er steckte das Bild zu den Scheckkarten in der Brusttasche, bezahlte und ging, begleitet von den lärmenden Kindern, weiter. Die Stadt bestand aus vielen Neubauten, Wohnhäusern mit Klimaanlagen und Geschäften, und wäre ihm ohne die Zeitungskioske und Alleebäume gesichtslos vorgekommen. Vor einem hohen Arkadengang verkauften zwei Männer geschnitzte Spazierstöcke und verschiedene martialische Steinschleudern. Obwohl Gartner sich zuerst für die Stöcke interessierte, kaufte er, einem plötzlichen Einfall nachgebend, eine der kräftigen Steinschleudern, denn er war davon überzeugt, daß er damit einen Menschen töten konnte. Als er ein paar Schritte weiter einen nußgroßen weißen Stein neben der Fahrbahn liegen sah, bückte er sich danach und steckte ihn ein.

Der verschmutzte Arkadengang war vollgestellt mit Mopeds und Fahrrädern, und vor den Eingangstoren mit zum Teil zersprungenen Glasscheiben saßen ältere Männer in Anzügen auf Stühlen, Aktentaschen auf dem Schoß, und sprachen mit Menschen, die sich zu ihnen hinunterbeugten. Er erfuhr, daß es Amateurjuristen waren, die hier vor dem Gebäude eines Bezirksgerichts Rechtsauskünfte gaben. Allen Winkeladvokaten war eine scheinbare Unbeteiligtheit zu eigen. Sie verzogen nicht ihr Gesicht, füllten teilnahmslos Formulare aus, steckten Geldscheine, ohne sie anzusehen, in ihre Jacken, verabschiedeten sich nickend und warteten schläfrig auf das nächste Geschäft, wobei sie darauf bedacht schienen, den Eindruck zu erwecken, sie würden bei komplizierten Gedankengängen gestört, wenn man sie ansprach.

Er erkundigte sich nach dem Markt, der nicht weit entfernt war, bog um einige Ecken und fand den Eingang zur Modiano-Halle, in der Fleisch verkauft wurde, wie Avramis es ihm beschrieben hatte. Die Mittagshitze verstärkte den Geruch von Blut, und eine leichte Brise wehte den Gestank zu ihm herüber. Ein Papiergeschäft gegenüber der Modiano-Halle erinnerte ihn daran, daß er sich Aufzeichnungen für seine Geschichte machen wollte, daher betrat er es und kaufte sich drei Notizbücher, zwei schwarze und ein rotes. Auf der Straße dann entschloß er sich, zuerst ein schwarzes zu verwenden. Wie gewohnt notierte er Datum, Uhrzeit und den Ort, blieb stehen und fing an, den Markt zu beschreiben. Es war unvermeidlich, daß er an Dr. Bosič dachte. Vermutlich wurde er gerade irgendwo in einem gerichtsmedizinischen Institut obduziert.

An Gestängen mit zahllosen Fleischerhaken hingen halbe Lämmer, Ziegen, Schweine. Man hatte ihnen den Schwanz belassen, damit sich die Kunden selbst überzeugen konnten, welches Tier sie kauften. Daneben erblickte Gartner einen halben Ochsen, der ihn an Rembrandts Stilleben denken ließ. Auf dem Trottoir standen kleine, von Fliegen wimmelnde Blutpfützen. Einer der Gehilfen begann gerade, sie mit einem Wasserschlauch wegzuspritzen. Gartner ging auf dem Straßenpflaster weiter, in die dunklen Markthallen hinein, in ein Gedränge von Käufern, die vor den verchromten, runden Waagen standen und zusahen, wie ihre Ware gewogen wurde. Er schrieb alles auf, hin- und hergestoßen von der Menschenströmung. Der Gestank war so intensiv geworden, daß er an Verwesung denken mußte. Hätten die Glühlampen, die bogenförmig an Stielen über den Fleischteilen hingen, nicht geleuchtet, wäre es ihm zwischen den blutverschmierten, ehemals weißgekleideten Gehilfen unheimlich geworden. So aber empfand er Lebensfreude, trotz der blutgetränkten Preiszettel, dem halben Dutzend abgezogener Schafsschädel mit Augen und im Maul sichtbaren Zähnen, trotz der Schweinestelzen und dem Knochengeknirsch von den Hackstöcken, auf denen Verkäufer mit Beilen Stücke zerkleinerten. Noch weiter im Dunkeln stieß er auf Schauvitrinen, voll mit gerupften Hühnern. Andere hatten Organe von Lämmern und Ziegen ausgelegt, dunkle, glatte Leberlappen, Herzen, Lungen, Mägen. Übergangslos stand er im grellen, weißen Neonlicht und im Gestank der Fischbuden, der geflieste Boden unter seinen Füßen war naß, er hörte seine Schritte leise und klatschend wie fremde. Entschuppte kleine rosa Ungeheuer waren in zerstampftes Eis gebettet, metallisch-silberne Haufen von Sardinen auf den Tischen, schwarzweiß gefleckte Sepias, Scampi wie glatte große, rotgetupfte Raupen. Eine Languste mit ihren Spinnenbeinen, den schwarzen Stielaugen, den langen Fühlern und großen Scheren flößte ihm Respekt ein. Er bewunderte aber die Schönheit der Meerestiere, automatisch stellte er sich ihr Leben im Dunkeln, unter Wasser vor. An den Ständen hingen überall Büschel von Einwickelpapier, manche Holzkisten waren ganz mit Zeitungsseiten ausgeschlagen, und dort, wo die Ware bereits verkauft war, hatten die Fische und das Eis die Artikel mit Nässe und Körpersäften imprägniert, so daß sie gelb geworden waren wie von Urin. Die getrockneten Zeitungsseiten waren faltig und steif geworden, und die Buchstaben und Bil-

der darauf sahen verzerrt und verbogen aus ... Eine
Weile stand Gartner notierend da. Als er den Kopf
hob, erblickte er die Dachkonstruktion weit oben, in
deren Mitte rotgestrichene Glasfenster eingelegt waren. Ihre Farbe war abgeblättert, weswegen das Glas
wie blendend helles Eis mit Schmutzflecken aussah
und ihn an ein beleuchtetes Gemälde des spanischen
Malers Tàpies erinnerte. Endlich fand Gartner das
Schild, das ihm der Literaturprofessor Avramis beschrieben hatte. Auf einer großen, von Drahtgittern
begrenzten, rechteckigen Öffnung hing die im Men-
schendunst und Dampf der geschlachteten Tiere immer monochromer gewordene Reklametafel mit den
beiden Herren, die aussahen, als besuchten sie ein
Casino, einer eine Zigarre im Mund, den Lauf der
imaginären Kugel verfolgend. Er las das Angebot:
ΤΕΪΑ, ΚΑΚΑΟ, ΓΑΛΑ. Gegenüber fand er die Bar,
die lange Theke, an der sich ein Mann, einen Hund
zu Füßen, betrank. Der Boden war von einem tiefen
Dunkelrot und so glatt poliert, daß sich das schöne
Tier verschwommen darin spiegelte. Da Gartner die
dicken Wassergläser und die langen Reihen der Flaschen im Regal sah, bestellte er einen Ouzo, den er
sofort hinunterkippte. Dabei fiel ihm eine andere,
halbkreisförmige Hinweistafel auf, die Avramis nicht
beschrieben hatte. Sie war blaßgelb und mit ungelen-
ken Buchstaben beschriftet: ΜΥΡΟΒΟΛΟΣ war da
zu lesen und ΣΜΥΡΝΗ. Das Schild paßte in einen
weißen, gemauerten Fensterbogen, und darunter
führten Stiegen in den Keller, vermutlich zu den Toiletten, von denen der Professor gesprochen hatte.

Gartner bezahlte, warf einen Blick auf das verschwommene Spiegelbild des Hundes am Boden und ging die Treppen hinunter. Der heftige Fäkalien- und Uringestank traf ihn unvorbereitet. Die Wände waren von Salzausblühungen verkrustet und verschimmelt. Der schwarz-braun gesprenkelte Steinboden machte einen verschmierten Eindruck, grüne Kabinentüren standen offen, dahinter gähnten dunkle Öffnungen für die Fäkalien. Er beeilte sich, die Treppen wieder hinaufzusteigen, bevor seine Eingeweide rebellierten. Erst der süße Duft von Obst auf der Straße beruhigte ihn wieder, und als er sich umdrehte, stellte er fest, daß er umgeben war von Marktbuden mit Bananen, Zitronen und Orangen, die in Netzen neben Ananasfrüchten von der Decke hingen. Die Bilder und Gerüche machten ihn unternehmungslustig, und für einige Zeit vergaß er beim Schauen und Notieren sein Vorhaben, Goran R. und den ermordeten Dr. Bosič. Er fühlte die Steinschleuder in der Tasche, griff nach ihr, berührte aber zuerst die in Kunststoff eingesargte Heuschrecke. Auf der anderen Straßenseite fiel ihm eine Buchhandlung auf, und als er an die aquariumglatte Auslage trat, sah er eine Schwarzweißfotografie von Goran R. auf einem Stapel von Büchern. Es konnte sich nicht um den Gedichtband *Ikonen* handeln, dafür war es zu dick. Neugierig betrat er das winzige Geschäft. Der Buchhändler, den er auf englisch ansprach, war ein weißbärtiger, etwa sechzigjähriger Mann in Polohemd und Jeans. Er trug eine Brille mit dunklen, im Licht sich verfärbenden Gläsern.

Gartner erkundigte sich nach den Büchern und der Fotografie in der Auslage, und der Mann erklärte ihm, es handle sich um eine Biographie des Dichters, »der vom Erdboden verschwunden ist«. Er holte ein Taschentuch heraus und schneuzte sich. Gartner wußte zunächst nicht weshalb, aber der Raum, der Boden, die Wände, der Buchhändler kamen ihm seltsam gelb vor.

»Ein sehr merkwürdiger Mann«, sagte der Buchhändler. »Ich glaube, er wollte als verrückt gelten. Das Buch ist voller Geschichten davon. Übrigens hat es ein Professor aus Thessaloniki geschrieben. Joannis Avramis, sein Übersetzer.«

Er ging zu einem Tisch und nahm ein Exemplar von einem Stapel, auf dem Goran R. im Kloster Decani abgebildet war. Im gelben Licht sah Gartner Goran R. mit zu Boden gerichtetem Blick, vor einem im Hintergrund verschwommenen Heiligenbild.

»R. ist ein Trinker, er nahm Drogen, hatte Affären, aber er ist auch leidenschaftlich religiös, Sozialist, Nationalist.«

Schweigend hatte Gartner ihn in Sarajevo erlebt, eingehüllt in einen Militärmantel und, obwohl es warm war, frierend. Er trank Traverica und streichelte eine Katze, die auf seinem Schoß lag. Avramis, der sich aufspielen wollte, aber als Dolmetscher überflüssig war, da sie sich auf englisch unterhielten, war bald beleidigt eingenickt. R. wollte weder über Politik sprechen, noch über den Krieg oder Dichtung und schon gar nicht über sich selbst. Er teilte Gartners Begeisterung für Goya. Er rauchte, trank, starrte vor sich hin, streichelte die Katze und lud ihn schließlich zu einer Partie Schach ein, die Gartner verlor, ebenso wie die darauffolgende Revanchepartie. Die ganze Zeit über hatte R., »ein Katzenliebhaber«, wie er sich selbst bezeichnete, das Tier auf dem Schoß. Irgendwann dann schenkte R. Gartner den Lyrikband *Ikonen*. Im Morgengrauen erhob sich Gartner betrunken und schwankend. R. trat mit ihm aus dem Vorstadthaus ins Freie und umarmte ihn dort. Avramis hatte mürrisch ein Frühstück aus Kaffee, Schwarzbrot und Marmelade zubereitet. Den folgenden Tag hatte Gartner im von Granaten beschädigten Wohnzimmer geschlafen, das von seinen Besitzern verlassen worden war.

Die Erinnerung hatte sich in Gartners Kopf kurz aufgespannt und wieder zusammengefaltet wie ein Regenschirm, dessen Funktion man überprüft, alle Einzelheiten waren vor ihm deutlich sichtbar geworden, sogar das Tapetenmuster in der Küche, blaue Sterne auf gelbem Grund. Es war dasselbe Gelb, das auch in der Buchhandlung herrschte, wie ihm auffiel, während er das Buch durchblätterte und Fotografien von Goran R. betrachtete. Die Bilder zeigten ihn als Kind, einmal mit einer Kerze in der Hand bei einer Prozession, einmal auf einem Dreirad, dann mit seiner Katze und anderen Schülern. Er war verheiratet gewesen, lebte aber von seiner Frau, einer Italienerin, getrennt. Zu seinen Freunden zählten vor allem Dichter und Maler und auch der Ministerpräsident der serbisch-bosnischen Republik, der Psychiater war und selbst Gedichtbände veröffentlichte.

Über ihn hatte Goran R. den General M. kennengelernt, mit dem er auf einem der Fotos zu sehen war. Der General konnte lange Passagen von Goran R.'s Lyrik auswendig, erklärte der Buchhändler in ironischem Tonfall. Er wies ihn zuletzt auf eine ganzseitige Abbildung hin, die Goran R. und Professor Avramis zeigte. Es mußte unmittelbar vor oder nach der Nacht, die Gartner mit beiden verbracht hatte, aufgenommen worden sein – denn sie trugen dieselben Kleidungsstücke wie damals: R. war todernst, hatte eine Zigarette im Mund, Avramis rauchte ebenfalls. Die Katze hatte sich zu ihren Füßen eingerollt.

»Von Professor Avramis«, erklärte der Buchhändler, »wird behauptet, er sei ein griechischer Agent gewesen, seine Mutter ist ja selbst Griechin. Er war mit Goran R. schon aus der Zeit vor dem Zerfall Jugoslawiens befreundet. Seither aber hat sich seine politische Haltung geändert. Er wirft R. vor, daß er zu General M.s Massaker in Bosnien schweigt, bei dem R. unbeabsichtigt Zeuge war.«

Gartner hatte gewußt, daß Avramis an einer Biographie über Goran R. arbeitete, allerdings nicht, daß sie so bald erscheinen würde. Auch, daß der Literaturprofessor früher ein griechischer Agent gewesen sein sollte, war ihm bekannt. Und daß er wünschte, Goran R. bräche sein Schweigen über das Massaker, bei dem sechstausend bosnische Moslems ermordet worden waren. Avramis selbst hatte das als Grund dafür genannt, daß er bereit war, ihm das Versteck von Goran R. zu verraten.

Der Buchhändler mit seinen tintenfleckigen Fingern, die ihm etwas von einem Schüler gaben, packte die Biographie ein. Gartner kam es vor, als ob das gelbe Licht im Laden noch intensiver geworden war und sich draußen die Luft gelb verfärbt hätte.

»Wußten Sie, daß Professor Avramis verheiratet war? Seine Frau lebt jetzt mit Goran R. zusammen. Eine bekannte Geschichte. Angeblich ist sie nach Istanbul geflüchtet.«

»Nach Istanbul?« Gartner war erstaunt. Es war klar, daß R. nicht mit ihr hatte in die Mönchsrepublik fliehen können, zu der Frauen der Zutritt verwehrt war, aber weshalb hatte sich Goran R. dann nicht mit ihr gemeinsam nach Istanbul abgesetzt?

Er überreichte dem Buchhändler einen Schein, und dieser gab ihm mit den tintenverschmierten Fingern das Wechselgeld heraus. Erst jetzt, ganz nah vor ihm stehend, sah Gartner, welch seltsame Augen er hatte. Nicht nur, daß er schielte, die Augäpfel standen auch weit aus den Höhlen heraus, er wußte, weil seine Mutter unter dieser Krankheit litt, daß es sich um die Basedow-Symptome handelte, eine Überfunktion der Schilddrüse.

»Ich führe die Biographie wegen Professor Avramis, und nicht, weil ich Goran R. besonders schätze«, sagte der Buchhändler, »er ist ein Verrückter, schade, daß Sie das Kapitel über seine Schulzeit nicht lesen können.«

»Ja?« Gartner konnte den Blick von den tintenverschmierten Fingern des Buchhändlers nicht abwenden, die ihn jetzt an die eigenen nach der daktyloskopischen Untersuchung im Polizeigebäude erinnerten.

62

Mit der Biographie, die er nie würde lesen können, ging er ins Freie, überrascht, daß das Licht auf der Straße hell und sommerlich leuchtete. Gleichzeitig stellte er fest, daß die Luft in Bewegung geraten war, es stürmte. Erst als er sich umdrehte, fiel ihm auf, daß an der Auslage der Buchhandlung und der Glastür gelbe Stoffjalousien heruntergelassen waren.

Er ließ den Markt links liegen und schritt, gegen den Wind ankämpfend, der sein Haar zerzauste, die Augen mit Staubkörnern reizte und die Hose gegen seine Beine preßte, zum Aristoteles-Platz vor dem Elektra Palace Hotel. Es war kühl geworden, die Jacke zerrte an ihm, aber er genoß es, »durchlüftet zu werden«. Er hatte das Gefühl, der Wind reinige ihn, blase durch ihn hindurch und nehme die schweren Gedanken aus seinem Kopf mit sich.

Er setzte sich vor dem Café Tottis ins Freie, wo noch vereinzelt Gäste anzutreffen waren, und trank schwarzen Kaffee mit Ouzo unter dem flatternden und knatternden, gelbweiß gestreiften Sonnendach. Der Wind wurde immer heftiger, das Licht immer heller, blendender. Zwischen den einzelnen Stühlen bogen sich die Grasbüschel auf den Wiesenstreifen, das Glas rutschte vor seinen Augen über die Tischplatte, fiel zu Boden und zerplatzte in scharfe Splitter. Sie glitzerten in dem dunklen Fleck, den der Schnaps auf dem Katzenkopfpflaster erzeugte. Eine gelbe Limonadenflasche kippte gleichzeitig auf dem Tisch des Nachbarn um, rollte ein Stück und knallte zu Boden. Auch das Sonnendach riß sich los, peitschte jäh in die Luft und flatterte wie ein zerrissenes Segel im Wind. Die Kellner in weißen Sakkos eilten aufgeregt von Gast zu Gast und kassierten die Rechnungen.

Gartner verspürte trotz des Sturmes keine Lust mehr, in das Hotel zurückzukehren, er machte sich, noch immer an seinem Tisch sitzend, umständlich Notizen, beobachtete einen rollenden Hut, gegen die Böen ankämpfende Menschen, dahintreibende Papierbecher, Zeitungsseiten, Blätter, einen Luftballon über den Dächern und das wellenschlagende, graue Meer. Als ihm schließlich die Staubkörner so sehr zusetzten, daß ihm die Augen schmerzten, stand er auf und ging an den Hauswänden entlang.

Im Markt war es still geworden, und einige Minuten lang stellte sich Gartner neben einem geschlossenen Geschäft zu anderen Wartenden, die den Sturm beobachteten.

Er blickte hinauf zum Glasdach der Markthallen, das jetzt in der Abenddämmerung gelblich geworden war. Die Rostflecken hatten die Farbe von Heiligenscheinen angenommen, weiter hinten gab es zwei andere Glasdächer ohne Farbe, auf denen das Abendlicht wie eine grelle Gaswolke lag und sich allmählich in der weiten Dunkelheit der Markthalle verlor. Noch immer wehte der Sturm, noch immer waren Gegenstände auf der Straße in Bewegung. Eine Flasche, die in kleinen Schüben über den Gehsteig rollte, eine sich überschlagende Gladiolenblüte, ein Lockenwickler, Schachteln und eine sich aufbäumende Kunststofftasche.

Gartner klemmte sich die Biographie von Goran R.

unter den Arm, ging zu einem Kiosk und verlangte eine Tageszeitung. Neugierig versuchte er, sie gegen den Wind aufzuschlagen. Es war eine Seite, die nur aus griechischen Buchstaben bestand, aber der Wind riß ihm die Zeitung beinahe aus der Hand. Er blätterte trotzdem weiter und erblickte zu seinem Erstaunen eine Fotografie von Dr. Bosič auf dem flatternden Papier – ungläubig starrte er sie an. Da er die griechische Schrift nicht entziffern konnte, war es ihm nicht möglich festzustellen, ob man seinen Namen in dem Bericht erwähnt hatte. Jedenfalls wurde über den Mord berichtet. Ein Gefühl der Panik überkam ihn. Er fürchtete, erkannt und auf der Straße angesprochen zu werden, bis er sich klarmachte, daß die Fotografie ja nicht ihn darstellte. Ein Taxi fuhr vorbei, Gartner winkte ihm zu, öffnete die Tür und verlor die Zeitung, die, während er einstieg, sogleich von einer Windböe mit dem Foto von Dr. Bosič kopfüber gegen das Seitenfenster gepreßt wurde. Dann flog die Zeitung in die Luft, zerflatterte und stürzte, sich in die einzelnen Blätter auflösend, zu Boden.

Während der Fahrt durch die vom immer stärkeren Wind durchwirbelten Straßen, als Kieselsteine gegen die Windschutzscheibe knallten wie Schüsse, entschloß sich Gartner, die Stadt so rasch wie möglich zu verlassen. Mitten auf der Fahrbahn lag ein weißes, losgerissenes Schild mit einer Reklame für ein pharmazeutisches Präparat.

Er bezahlte den Fahrer, gab einem Gepäckträger Geld und ließ sich durch den Hintereingang in das Hotel bringen.

Der uniformierte Bursche besorgte ihm auch, während Gartner in der Teeküche wartete, den Schlüssel und brachte ihn auf sein Zimmer. Tatsächlich saßen in der Empfangshalle, erfuhr er, ein Fotograf und ein Journalist. Auch übergab der Gepäckträger ihm ein Dutzend Nachrichten mit Bitten um Rückruf und die Kunststofftasche, die Dr. Hatzaridis für ihn abgegeben hatte.

Er rief die Rezeption an, ersuchte um die Rechnung und daß, falls jemand nach ihm fragte, die Auskunft erteilt werden möge, er sei nicht im Hotel. Nachdem er aufgelegt hatte, fing er an zu packen. Dabei sah er zufällig aus dem Fenster Möwen in der bewegten Luft treiben, sah zu, wie sie auf unsichtbaren Wellen ritten, emporgeschleudert wurden, wieder hinunterfielen und im Kreis segelnd Aufwind suchten. Eine setzte sich auf die Fensterbank und schaute zu ihm herein. Als einer der Portiere erschien, beglich er bei ihm die Rechnung und ließ sich wieder zum Hintereingang bringen, wo, wie er es gewünscht hatte, bereits ein Taxi auf ihn wartete.

In seinem Reiseführer hatte er das Hotel Esperia in der Odos Olympou gefunden, das nahe genug an der Modiano-Markthalle lag.

Gartner bezahlte bei seiner Ankunft für eine Nacht, erkundigte sich danach, ob das Hotel am frühen Morgen geöffnet sei, und erfuhr, daß ein Portier anwesend und das Tor unversperrt sei. Da man ihn nicht nach seinem Paß fragte, trug er sich als Viktor Gartner im Anmeldeformular ein.

Das Zimmer war hübsch, das Bett, ein Sofa und

die Vorhänge wiesen dasselbe grüne Pflanzenornament auf, das mit dem zitronenfarbenen Stoff einen heiteren Eindruck hervorrief. Er entkleidete sich, duschte, setzte sich erfrischt und tropfnaß an den Tisch und überprüfte die Geräte, die er aus der Kunststofftasche nahm. Bis auf den Laptop, den jemand mutwillig beschädigt hatte, funktionierte alles. Eine Weile saß er ratlos da. Es hatte keinen Sinn, sich im Polizeipräsidium zu beschweren, da er ja die Absicht hatte, unterzutauchen. Obwohl ihn die Zerstörung des Computers irritierte, sagte er sich schließlich, daß er auch ohne ihn auskommen würde. Hatte er nicht schon längst begonnen, sich handschriftlich Notizen zu machen? Das Wichtigste waren das Mobiltelefon und selbstverständlich der Fotoapparat.

Er schrieb alles, was ihm widerfahren war, in sein schwarzes Notizbuch, wobei er das Wesentliche in Abkürzungen festhielt. Er stellte den Wecker auf seiner Armbanduhr ein und holte, um die Zeit bis zum Einschlafen zu verkürzen, den *Ikonen*-Band von Goran R. aus dem Koffer, um das Umschlagbild zu betrachten.

Longin hatte die feierliche Gestalt des Königs mit den Insignien in der Mitte dargestellt und sie mit Szenen aus dessen Leben umgeben. Er zählte die kleinen Bilder: Es waren siebzehn. Der Maler folgte dabei, hatte der Übersetzer in Wien für ihn angemerkt, Gregorij Camblak, der Anfang des 15. Jahrhunderts Abt von Decani war. Camblak hatte sich weder auf historische Dokumente, noch auf die

Schriften des zeitgenössischen Biographen des Königs, eines serbischen Erzbischofs, gestützt, sondern die Vita aus einer momentanen Eingebung verfaßt und zum Teil erfunden. Er verherrlichte die Leiden des Monarchen, der in seiner Jugend geblendet und als König erwürgt worden war, und sah ihn als Opfer der Hofintrigen. Gartner betrachtete nachdenklich die Szene, die »Nikolaus heilt die Blindheit des serbischen Königs Stephan III. Decansky« heißen konnte und ein Kernstück von Goran R.'s Gedichtzyklus war. Der König saß mit Krone und Augenbinde auf seinem Thron, mit gesenktem Haupt, und Nikolaus segnete ihn. Beide hatten Heiligenscheine. Gartner wußte, daß Stephan III. Decansky sich zuvor mit seinem Vater Milutin um das Erbe des serbischen Throns gestritten hatte. Milutin besiegte ihn in der Auseinandersetzung, blendete ihn als Rebell und verbannte ihn ins Exil nach Konstantinopel, wo sein Sohn unter der Obhut des Kaisers Andronikos II. Palaiologos sieben Jahre im Hospital des berühmten Klosters Pantokratoros auf einen politischen Umschwung wartete. Diese sieben Jahre der Blendung, die Wunderheilung und das anschließende neuerliche Sehen waren es, was Goran R. inspiriert hatte. In visionären Bildern schilderte er Stephan III. Decanskys Phantasiewelt, den ersten Schneefall, das Erwachen des Frühlings, Berührungen, Bilder auslösende Worte und Geräusche, Versuche der Rekonstruktion der Wirklichkeit und phantastische Einblicke in unsichtbare Welten.

Gartner legte den *Ikonen*-Band zur Seite und blätterte, langsam und von Müdigkeit bedrängt, in Avramis' Biographie über Goran R. Der Dichter, stellte er fest, gehörte nicht zu den Menschen, die sich gerne aufnehmen ließen. Zum Schluß des Bildteils hatte Avramis zwei Fotografien vom Ort des Massakers in das Buch eingefügt, Schädelknochen, Kleiderfunde in abgesteckten Planquadraten und zuletzt einen anonymen »Schnappschuß«, der Goran R. mit Ministerpräsident K. und General M. beim Schachspiel zeigte. Mit Sicherheit war R. selbst in Gefahr, denn wenn er sein Schweigen brach, bedeutete das sowohl die Verurteilung des Politikers als auch des Militärs.

Gartner erwachte durch das Signal der Armbanduhr. Er verstaute den Pyjama und die Bücher, wechselte die Wäsche, steckte das Mobiltelefon ein und stellte den Koffer in einen dafür vorgesehenen Raum, den ihm der verschlafene Nachtportier zeigte.

Der Sturm hatte nachgelassen, und die Gehsteige und die Fahrbahn sahen aus wie Zufahrtswege zu Müllhalden. Er ging, wie er es sich zuvor auf dem Stadtplan zurechtgelegt hatte, die dunklen Straßen hinunter, an einer Moschee vorbei zu den Markthallen. Der Verkehr war spärlich, und Gartner begann, an die Story zu denken, die er schreiben würde. Wenn der Vertrauensmann von Avramis erschien, war ein wichtiger Schritt getan. Er wollte alles auf sich zukommen lassen. Seine Erfahrung sagte ihm aber, daß sich die Dinge anders entwickelten, als er es erwartete.

Gerade als er die Markthalle erreichte, ließ ihn ein lautes Kreischen zusammenfahren. Erschrocken bemerkte er, daß er sich vor einer Zoohandlung befand. Die Tiere hinter der Auslagenscheibe waren schon erwacht. Es handelte sich um kleine Ceylon-Hutaffen, mit greisenhaftem Aussehen, gelben Zähnen, aufrecht stehenden Kopfhaaren und roten, wie entzündeten Augen. Sie schnitten hysterisch Gesichter, schrien ihn an, einer machte mit seinem Geschlechtsteil obszöne Gesten. Gartner atmete tief ein, sein Herz schlug so heftig, daß er es im Hals fühlte. Er ging weiter und erreichte das Tor des Fleischmarktes, vor dem die Lieferautos und Lastwagen hielten. Gerade hoben zwei Männer in Gummischürzen einen großen Sägefisch von einem Fahrzeug, aus einem anderen schleppte ein Fleischer Rinderhälften in den Eingang. Die Gemüsehändler verluden Obststeigen und Bananenschachteln. Gartner mengte sich unter sie. Das Glasfenster über seinem Kopf hoch oben war dunkel aquamarinblau, die braunen Flecken sahen aus wie Rost. Alle Rolläden waren heruntergelassen, die Schauvitrinen leer, ebenso die Fleischerhaken an den Stangen. Von den Warentischen waren die Holzplatten abgenommen, so daß man nur die würfelförmigen Eisenrahmen und die Quer- und Längsbalken sah. Einige geschlossene Kühltruhen standen dazwischen und schwere Eisengeräte, deren Zweck er nicht kannte.

In der ersten hellen Ladenstraße schlug ein Mann Fischen die Köpfe ab und warf sie in eine Blechtonne. Endlich fand Gartner die beiden Schilder wieder. Die Bar hatte schon geöffnet, und einige Arbeiter tranken Kaffee oder Bier. Es war fünf Minuten vor vier.

Er nahm an der Theke Platz, bestellte Tee und behielt das Schild im Auge. Im selben Augenblick, als der Barkeeper die dampfende Tasse vor ihn stellte, stieg ein Mann mit Schnurrbart und Kappe die Toilettentreppe herauf. Er blickte sich um und kam auf Gartner zu. Es war zu dumm, daß Avramis ihm die Kontaktperson nicht beschrieben hatte, dachte Gartner. Der Unbekannte blieb stehen, musterte Gartner und bestellte dann eine Flasche Bier, die er langsam leerte. Gartner wartete darauf, daß der Fremde ihn ansprach, aber es geschah nichts. Wenn dies der Mann war, den er treffen wollte, dann war es vermutlich das Klügste, die Toiletten aufzusuchen, wo sie ungestört sprechen konnten. Gartner bezahlte und schritt ohne Hast die Treppe unter dem Schild hinunter. Der Boden war überschwemmt von einem Gemisch aus Wasser und Urin. Niemand wartete, niemand kam, und der üble Geruch drehte Gartner beinahe den Magen um. Er stieg die Treppe wieder hinauf und warf einen Blick in die Bar, der Mann mit der Kappe war verschwunden. Gartner fühlte Schwindel in sich aufsteigen, und er fürchtete, zu stürzen, daher wartete er in der Bar vor der Tasse Tee, bis er sich wieder beruhigt hatte.

Nach einer halben Stunde, in der nichts geschah, ging er die Ladenstraße hinaus, kam an einem unbeleuchteten Geschäft vorbei und sah einige Schritte weiter den Fremden mit der Kappe eine Zigarette rauchen. Er lehnte ruhig an einem Rollbalken und schaute ihn an. Gartner war, er wußte nicht warum, heftig atmend stehengeblieben. Der Mann war größer als er. Er hatte ein Muttermal auf der Wange, buschige, schwarze Augenbrauen, lockiges Haar. Seine Nase war breit und seine Lippen schmal. Er mochte ungefähr dreißig Jahre alt sein, trug Jeans und eine Lederjacke und wandte sich einer korpulenten, schlampig gekleideten Frau zu, die das Geschäft aufsperrte und es betrat. Der Mann folgte ihr und kümmerte sich nicht weiter um Gartner, also konnte er nicht die gesuchte Kontaktperson sein. Gartner bog hierauf in eine hell erleuchtete Nebengasse ab, in der die Fleischerläden gerade öffneten und die Verkäufer begannen, die Ware an die Haken zu hängen und auf den Tischen auszulegen. Er nahm den Weg zum Ausgang, vor dem gerade wieder ein Lieferwagen hielt, und eilte in der Dunkelheit an der Außenseite der Markthalle davon. Wieder schrien die Affen, als wollten sie ihn warnen.

Er hatte den Eindruck, der Fremde habe ihn erkannt. Gartner war davon überzeugt, daß man ihn dazu bringen wollte, aufzugeben, indem man ein Treffen nach dem anderen platzen ließ. Er überlegte, wie er in das Hotel zurückkehren sollte. Vermutlich war es am besten zu Fuß, damit er niemandem auffiel. Als er in die Tasche nach dem Mobiltelefon griff, spürte er die Steinschleuder, die immerhin eine Waffe war. Er nahm die Geldbörse heraus und den Geldschein mit der Abkürzung von Avramis' Telefonnummer, wählte und ließ es läuten.

Endlich hob der Literaturprofessor ab. Er nannte keinen Namen, sondern stieß nur einen Brummton aus.

»Ihr Mann ist nicht erschienen«, sagte Gartner.

»Ich habe Ihnen alles gesagt, was ich weiß«, antwortete Professor Avramis nach einer kurzen Pause. Er schien das Gespräch beenden zu wollen.

Gartner schwieg.

»Fahren Sie nach Ierissos«, schwenkte der Professor plötzlich um. »Nehmen Sie ein Taxi, und lassen Sie sich in die Karakasi-Straße in der Nähe der Martiou-Straße bringen. Um sechs Uhr geht von dort der erste Bus nach Ouranopolis über Arnäa, Paläochori und Stratoniki. Beeilen Sie sich. In Ierissos suchen Sie den Schuster. Eine kleine Werkstatt in der Nähe der Werft. Fragen Sie nach Bruder Elias. Er war Mönch im Kloster Chilandar und kennt sich dort sehr gut aus. Sie müssen sich Ihr Diamonitirio eigentlich in Ouranopolis bestätigen lassen, eine Formsache, die Sie aber umgehen können. Wenn Sie im Kloster Chilandar angemeldet wären, würden Sie sogar legal mit einem Schiff von Ierissos einreisen können, aber es ist besser, niemand weiß von Ihrer Ankunft. Bruder Elias wird Sie begleiten. Bieten Sie ihm Geld an, sagen Sie ihm jedoch um Gottes willen nicht, weshalb er Sie nach Chilandar begleiten soll, das hat schon einen Menschen das Leben gekostet. Und noch etwas: Rufen Sie mich nie mehr an.«

Unterwegs

Der Bus war nur spärlich besetzt, alte Leute und Bäuerinnen hockten auf den Sitzen, starrten hinaus oder dösten vor sich hin. Ein dunkelblauer Mercedes überholte sie, im Halbschlaf empfand Gartner Furcht vor dem Fahrzeug, dessen Kofferraum offen war. Auf der linken Seite erstreckten sich grauschwarz gefleckte Hügel, auf der rechten waren sie braungrün, dazwischen wie hingewürfelt Häuser mit Wellblechdächern und Ziegen- und Schafherden.

Blühende Ginsterbüsche erregten Gartners Aufmerksamkeit, dann wieder die tiefen Sandgruben in der Landschaft und die Müllhalden neben der Straße. Es ging weiter bergauf. Das Holpern und Stoßen des Busses erschöpfte ihn, dazu kamen der Gestank und Lärm durch den vorausfahrenden Lastwagen. Gartner hatte an einer Baustelle das Gefühl, daß der Bus angefüllt war mit dem Staub, aus dem die Landschaft draußen wie aus gelbgrauen Nebelwolken auftauchte. Vor einer einsamen Tankstelle parkte ein Tankwagen, bevor die Staubfahne sich über ihn senkte. Das Lastauto bog ab, und nun endlich hatten sie wieder freie Sicht auf eine Ansammlung halbfertiger, unverputzter Häuser, wie Gartner sie in Sizilien gesehen hatte. Manche Siedlungen bestanden nur aus primitiven Hütten, provisorisch mit Plastikplanen gedeckt, unter gelbgrauen Felsen.

»Ein gutes Versteck«, dachte Gartner. Niemand würde ihn finden, wenn er sich in einer solchen Hütte verkroch, um die Geschichte über Goran R. zu schreiben.

Er holte das Notizbuch heraus und begann, sich für die Reisereportage, die er nicht vergessen hatte, Aufzeichnungen zu machen. Grasbewachsene Wege durchzogen die ockerfarbene Landschaft und verloren sich in den verschiedenen Grünschattierungen der Büsche und des Grases. Sie reizten ihn, auszusteigen und einfach weiterzuwandern. Vor ihnen tauchte ein Tal unter einer Nebelwolke auf, darüber träge die Silhouetten eines Möwenschwarmes.

Kurze Zeit darauf lag das Meer tief unter ihnen, still, rosa in der grauen Luft, während der Bus schwankend durch das Grün fuhr. Die Vegetation nahm zu, der Bus raste die kurvige, bergabführende Straße hinunter, daß die vor sich hindösenden, alten Leute aufschreckten.

Endlich, in der Ebene, führte die Straße am Strand entlang, links und rechts gesäumt von frühlingsgrünen Bäumen. Der Bus verringerte seine Geschwindigkeit, bog näher zum Meer hin ab und steuerte auf einen Ort zu, der sich hinter halbfertigen, größeren und kleinen Schiffen versteckte. Der Chauffeur hielt, nickte Gartner freundlich zu, sprang auf den Gehsteig und holte aus dem Gepäckfach den Koffer heraus. Bis in das Dorf hinein erstreckte sich die Werft. Gartner schaute sich um und entdeckte, daß sich auf den umliegenden Hügeln ein Großbrand ereignet haben mußte. Sie waren schwarz versengt und von verkohlten Baumstämmen bedeckt. Ein gefleckter Hund schnüffelte an seinem Schuh. Gartner genoß es, unter den Gestellen mit den Schiffen, die im Rohbau die gelbe Farbe des Holzes oder einen roten Anstrich hatten, dahinzugehen. Er holte die Kamera aus der Tasche, das Zoom brachte ihm surrend die gewünschten Ausschnitte nahe. Er erreichte den Hafen mit einem Fast-food-Restaurant, Snackbars, Tavernen und einem neugebauten Hotel.

Unterwegs fiel ihm ein, daß er seinen Anwalt anrufen mußte, um ihm zu berichten, was geschehen war und was er vorhatte. Als Gartner ihn informierte, daß seine Kontaktperson in Thessaloniki nicht erschienen war und er die Absicht hatte, einen neuen Begleiter zu finden, mahnte Jenner ihn zur Vorsicht.

Nach dem Telefonat blieb Gartner eine Weile stehen, um das Meer zu betrachten, dann fragte er einen vorbeikommenden Werftarbeiter nach dem Schuster Elias und erhielt die Auskunft, er arbeite in einer Hütte »dort hinten«.

Der breite Sandstrand war menschenleer. So weit er blicken konnte, war der Strand voll von kleinen, schwarzen Kügelchen, die wie erstarrte Teertropfen aussahen und an den Sohlen klebenblieben. Vermutlich war es Öl von den vorbeifahrenden Schiffen, das von den Wellen angeschwemmt wurde.

Eine Menge neuer, roter Kaikis war weiter hinten zwischen der Straße und dem Wasser aufgebockt. Unmittelbar neben der Werft entdeckte er einen Olivenhain und einen Verschlag, davor eine halbe Schaluppe. Die vermorschten Planken und ein Ruder lagen wirr auf einem Haufen. Der Bewohner des Verschlages verwendete offenbar das ausgediente Boot als Brennholz. Gartner kam näher, rief den Namen Elias, aber niemand meldete sich, nur einige Nebelkrähen flogen krächzend davon. Die Tür des Verschlages war mit einem Vorhängeschloß versperrt.

Gartner seufzte resigniert, es blieb ihm wohl nichts anderes übrig, als zu warten. Er ging zur Werft zurück, nahm vor einem der halbfertigen Schiffe auf seinem Koffer Platz und schaute zu, wie die Arbeiter strichen, nagelten und hobelten.

Nach einer Stunde kehrte er müde zurück zur Hütte, um nachzusehen, ob der Schuster inzwischen gekommen war. Tatsächlich war das Vorhängeschloß entfernt und die Tür geöffnet. Neben dem Eingang brannte eine Glühbirne über einem Eisenregal, in dem Schuhe lagen, Schachteln und Kisten mit Werkzeugen, Nägeln, Pasten und Bürsten. Ein vor Schmutz starrender Mönch, mit einer blauen Schürze über der Kutte, grünen Ärmelschonern, einer geflickten Brille, grauem Haar und Bart, musterte ihn argwöhnisch. Er saß auf einem Stahlrohrhocker, aufgeschreckt aus dem Versuch, mit Hilfe einer Trittbrettnähmaschine eine Naht an einer Schuhsohle anzubringen. Der Mann senkte langsam seinen Kopf wieder, und ein Ekzem, das eine Gesichtshälfte verunstaltete, wurde sichtbar. Der Ausschlag gab seinem Antlitz etwas Gespaltenes, er teilte es in zwei Hälften, von denen die eine wie tätowiert aussah, jedoch in einem wahnsinnigen, vom Zufall geformten Muster.

Der Schuster zog eine Polaroidfotografie aus der Tasche, betrachtete sie und zeigte sie Gartner: Es war dasselbe Bild, das der Fotograf von ihm in Thessaloniki am Markt aufgenommen hatte. Nur sah es aus, als ob es beim Entwicklungsprozeß durch Chemikalien beschädigt worden war, denn es bestand in erster Linie aus Flecken einer gelblichen Flüssigkeit.

Der Hintergrund wiederum ähnelte rotem, gefrorenem Wasser.

»Viktor Gartner«, sagte der Schuster langsam.

Er streckte ihm noch immer das Bild hin. Gartner nahm es und sah es sich genauer an: Er war nicht leicht darauf zu identifizieren, weil die Abbildung so stark zerstört war, aber es bestand kein Zweifel, es war vor dem Markt gemacht worden.

Der Schuster griff in eine der Laden, nahm eine Flasche Anisschnaps heraus, hielt sie ihm hin und nickte ihm zu.

Gartner trank einen vorsichtigen Schluck, noch immer das Bild in der Hand, daraufhin bediente sich der Schuster selbst und sagte feierlich: »Elias.«

Elias holte ein Stück Kreide aus der Tasche, skizzierte seinen Kopf auf dem Koffer und schrieb anstelle des Gehirns feierlich seinen Namen hin.

Abrupt stand er auf, griff sich einen krempenlosen, schwarzen Hut, verließ den Verschlag, sperrte ihn hinter Gartner ab und eilte ihm voraus zwischen den nach frischer Farbe riechenden Schiffsgerippen und halbfertigen Kaikis auf eine Bude zu, die etwas abseits von den Booten am noch immer menschenleeren Sandstrand stand.

Der Ausschlag in seinem Gesicht sah von der Seite und bei hellem Tageslicht noch schrecklicher aus, als in der dunklen Hütte. Er war purpurrot und bestand zum Teil aus Wasserblasen, zum Teil aus blutigem Schorf. Es machte den Eindruck, als verwandle sich das Gesicht zur Hälfte in eine von Fäulnis befallene Weintraube. Sie erreichten die Bude am Strand, vor der zwei Arbeiter milchigen, mit Wasser angereicherten Ouzo tranken.

Hinter der Theke langweilte sich ein schwarzhaariger Mann mit einem goldenen Kettchen am Handgelenk. Er wärmte nach einem kurzen Wortwechsel zwei Portionen Souvlakia auf einem elektrischen Grill, die schon vorbereitet im Kühlschrank bereitlagen. Dabei übersetzte er Gartner radebrechend, was Elias ihm erzählen wollte: Der Autobus habe einen Eilbrief für den Schuster mitgebracht (die Werft sei telefonisch davon verständigt worden und habe ihn benachrichtigt), daher sei er zum Postamt gelaufen, um ihn abzuholen. Der Brief habe ein Polaroidfoto enthalten und eine Mitteilung von Vater Chrisostomos aus Thessaloniki, der in der Gutsverwaltung des Klosters arbeite, mit der Bitte, den Mann auf dem Bild nach Chilandar zu begleiten und ihm während des Aufenthaltes zur Verfügung zu stehen.

Der Budenbesitzer stockte, servierte die Souvlakia, beriet sich mit dem Schuster und fragte Gartner, ob er vorhabe, Elias für seine Dienste zu bezahlen.

Gartner nickte. Obwohl er wußte, daß es notwendig war, das Honorar vorher auszuhandeln, unterließ er es, um nicht einen falschen Ton in das Gespräch zu bringen.

Der Mönch nahm das Stück Kreide aus seiner Jakkentasche, wischte das Selbstporträt und seinen Namen vom Koffer und zeichnete in wenigen Strichen eines der Fischerboote, so wie sie in der Werft lagen. »Chilandar«, ergänzte er. Dann spuckte er auf den Koffer, um die Kreidestriche wieder zu entfernen, und entwarf eine Kartenskizze. Sie zeigte eine Bucht, in deren Mitte Ierissos lag. Sie ging in das kleinfingerförmige Kap Arapis über und lief in einer Küstenstrecke bis zum »Arsena Chilandariou« aus, dem Hafen des Klosters, um den Elias einen Kreis machte.

»Papiere?« fragte der Budenbesitzer indessen.

Gartner zeigte die Genehmigung aus Thessaloniki Elias, der sie dem Budenbesitzer weitergab.

»Diamonitirio!« rief der Budenbesitzer.

»Diamonitirio, Ouranopolis!« wiederholte er.

Er beriet sich mit Elias und den beiden Werftarbeitern, während Gartner die stark gesalzenen und nach Knoblauch schmeckenden Lammfleischstücke aß.

Schließlich erklärte ihm der Budenbesitzer, daß Elias und ein Fischer ihn noch am selben Tag mit einem Kaiki nach Chilandar bringen würden, für dreihundert Dollar, es sei aber wegen des schlechten Wetters und der fehlenden Bestätigung, die nur in Ouranopolis erhältlich sei, nicht ohne Risiko. Gartner nickte, obwohl er wußte, daß der Preis zu hoch war. Und Elias erhalte überdies hundert Dollar für die Begleitung zum Kloster und für den Aufenthalt dort, fügte er hinzu.

Gartner, dem es in erster Linie darum ging, einen ortskundigen Begleiter zu finden, nickte abermals. Elias wischte die Skizze vom Koffer ab, zeichnete eine Taschenuhr, deren Zeiger auf neun standen, und wiederholte, heftig mit der Hand in eine Richtung deutend: »Athos. Agion oros.« Dann wies er auf den Strand vor der Bude.

»Um neun Uhr, heute nacht«, ergänzte der Budenbesitzer. »Von hier aus.«

Gartner nickte. Zugleich meldete sich sein Mißtrauen. Wer sagte ihm, daß der Schuster ihn nicht hinterging? Es konnte sein, daß er mit einem Geheimdienst zusammenarbeitete, von wem sonst hatte er das Polaroidfoto?

Und wer war Vater Chrisostomos? Was war mit dem bebrillten Mann im klapprigen Peugeot? Und dem Polaroid-Fotografen? Vielleicht gehörte auch er zu dem Unbekannten im Peugeot und hatte das erste Bild nur gemacht, um keinen Argwohn in Gartner aufkommen zu lassen? Er holte die beiden Fotografien aus seiner Brusttasche und verglich sie miteinander.

»Viktor Gartner«, wiederholte Elias, der ihn aufmerksam beobachtete.

Tatsächlich war es nicht dasselbe Bild, für das er bezahlt hatte. Auf dem fast zerstörten Foto konnte man erkennen, daß er ein Bild in der einen Hand hielt, während er mit der anderen nach Geld suchte. Also hatte der Fotograf ihn ein zweites Mal aufgenommen und das Entwicklerblatt zu früh und so hastig von der Folie entfernt, daß die chemische Flüssigkeit den Abzug beschädigte.

Es war heiß, und einer der beiden Arbeiter bestellte Ouzo und Wasser.

»Wer ist Vater Chrisostomos?« fragte Gartner.

»Ah, Vater Chrisostomos!« rief der Schuster, nahm ein Glas Wasser und schüttete es auf den Koffer, so daß die Taschenuhr verschwand. Er wischte hierauf die Kunststofffläche mit dem Ärmel trocken und zeichnete unter dem leisen Knirschen der Kreide die Umrisse eines Menschen mit Heiligenschein.

Nachdem Gartner bezahlt und sich verabschiedet hatte, wanderte er zwischen den roten Schiffsgerippen den Sandstrand entlang. Er bemühte sich, nicht auf eines der Teerkügelchen zu treten, hörte die Wellen am Ufer auslaufen und stellte fest, daß das Meer, wie Homer schrieb, weinfarben war.

An einer Mole sah er einen Fischer, der mit einem Holzprügel auf einen Fang Tintenfische einschlug. Der Mann trug eine grüne Latzhose über einem gemusterten Pullover, auf dem Kopf hatte er eine Kunstledermütze mit Ohrenschützern. Gartner stellte den Koffer in den Sand, holte die Kamera heraus und fotografierte den Fischer. An einem langen, dünnen Brettersteg hinter ihnen schaukelte ein Kaiki. Klack, klack, klack, schlug der Fischer mit der von der oftmaligen Benutzung glatt und rund gewordenen Latte auf die Tiere ein. Er nahm sich jedes einzeln vor, entfernte die Innereien und goß Wasser aus einer verrosteten Blechdose darüber.

Gartner hielt seine Beobachtungen auch im Notizbuch fest, um bei der Reisereportage darauf zurückkommen zu können.

Inzwischen hob der Fischer die Tintenfische auf und trug das schlaffe, leblose Bündel an das Ufer, wo er es vorsichtig abzuwaschen begann. Eine dunkelgrüne Wolke sickerte aus den toten Seetieren, die sich zuerst an der Wasseroberfläche kreisförmig ausbreitete und ganz allmählich auflöste. Die Licht-

reflexe auf dem Meer hatten die Form von schwebenden, ineinander übergehenden Gebilden. Der Fischer drehte sich wieder der Mole zu und ließ das
Bündel mehrmals gegen den Beton klatschen, bis
sich eine Pfütze aus einer zähen Flüssigkeit, mit Blasen und weißem Schaum, bildete. Manchmal lächelte
der Mann Gartner bei seiner Arbeit an, manchmal
hielt er inne, um ihm Gelegenheit zum Fotografieren
zu geben.

Während Gartner die Seetiere aufnahm, bemerkte
er, daß Schattenstreifen sie kreuzten. Er hob den
Kopf und sah drei alte Männer mit Spazierstöcken,
die den Fang betrachteten und dabei schwatzten. Einer der Greise deutete unter allgemeinem Gelächter
auf Gartners Koffer und die Zeichnung. Gartner, der
sich nicht verständlich machen konnte, war anfangs
amüsiert, dann aber, als das Scherzen kein Ende
nahm, steckte er den Fotoapparat und das Notizbuch
ein und wartete, bis die Männer kehrtmachten und
die Mole zurück zur Straße hinuntertrippelten. Es
war heiß geworden, und der Fischer hatte seine Arbeit beendet.

Ein gelbes Wasserflugzeug kam vom Meer her lärmend auf Gartner und den Fischer zu, bis es schließlich über ihre Köpfe hinwegraste und hinter dem
verbrannten Hügel am Horizont verschwand.

Gartner rätselte, wohin es flog.

Der Fischer schien seine Frage zu erraten, rief
»Athos« und deutete zum Land hin.

Vermutlich war auch Goran R. auf diese Weise in
das Kloster gelangt, überlegte Gartner. Aber ebenso

konnte er inzwischen wieder verschwunden sein. Das gelbe Wasserflugzeug kam Gartner wie eines der Sprachbilder aus dem *Ikonen*-Gedichtband vor, eine Vision, ein Blick in die Zukunft des geblendeten Königs Stephan III. Decansky vielleicht. Sein Blick fiel auf den Koffer, die Zeichnung des Mannes mit dem Heiligenschein, und er beschloß, sie nicht auszulöschen, da sie ihm im Gasthaus behilflich sein konnte, das Gespräch auf den Schuster zu bringen. Niemand wußte allerdings etwas davon, daß Elias ihn auf nicht ganz legalem Weg in die Mönchsrepublik begleiten würde, und sosehr ihm das auch paßte, es war zugleich die ideale Voraussetzung dafür, ihn aus dem Weg zu räumen.

Die teerigen Kugeln im Sand waren inzwischen an der Sonne weich geworden und hatten das Aussehen von schwarzen Tropfen angenommen. Auf der Mole, dort, wo der Mann die Oktopusse gegen die Mauer geschlagen hatte, war ein großer, weißer Schaumfleck zurückgeblieben.

Das gelbe Wasserflugzeug kam zurück, Gartner drehte sich um, schon aber war es im scheinbaren Wettlauf mit seinem eigenen kreuzförmigen Schatten dröhnend auf das Meer hinausgeflitzt. Gartner fiel *Der unsichtbare Dritte*, einer seiner Lieblingsfilme ein – wie Cary Grant in einem Maisfeld auf der Flucht vor einem Ungezieferflugzeug stürzte und sich, mit Chemikalien weiß bestäubt, wieder aufrichtete.

Nicht weit vom Kai entfernt fand er eine Gaststätte: weiße Plastikstühle und Tische mit blauen Tüchern unter einem Sonnendach. An einem Strick hingen tote Tintenfische für die Abendgäste. Auch im nächsten Restaurant, ein paar Schritte weiter, baumelten die toten Seetiere wie Wäschestücke an einer Leine.

Gartner fragte einen jungen Mann in Jeans und Polo-T-Shirt nach dem Wirt und erfuhr, daß er ihn vor sich hatte. Er bestellte Bier, wobei er den Koffer so neben sich stellte, daß sein Gegenüber die Zeichnung sehen konnte. Der Wirt bemerkte sie sofort.

»Sie kommen von Elias?« fragte er mißtrauisch und deutete mit dem Kopf auf den heiligen Chrisostomos.

Gartner antwortete, er schreibe eine Reisereportage über den Berg Athos. Der Schuster sei ihm als »Original« vorgestellt worden, ob er Grieche sei?

»Alle Mönche auf dem Athos sind griechische Staatsbürger«, sagte der Wirt. »Sie nehmen auf dem Berg einen neuen Namen an, Elias heißt eigentlich Ivan Ognanovic, er war zehn Jahre im Kloster Chilandar, Schüler eines berühmten Lehrers, Vater Chrisostomos, eines Serben. Der Schuster behauptet, er könne erkennen, was die Menschen vorhaben.«

Um sie herum, auf dem Fußboden, hüpften Spatzen, sie flogen auf, zwitscherten von den Bäumen und Dächern, und ihre Laute vermischten sich mit dem Gegurre der Tauben, die ebenso auf eine Brotkrume oder einen Speiserest warteten.

»Und?« fragte Gartner ungeduldig.

»Es gibt nur Gerüchte«, antwortete der Wirt. »Angeblich hörte er eines Tages auf zu essen und wurde gegen einen Bruder gewalttätig. Schließlich schickte man ihn herunter nach Ierissos, wo das Kloster eine Kirche und ein Grundstück besitzt und er die Schuhe für die Mönche flickt. Vater Chrisostomos, der weltlicher ist als Elias, ging nach Thessaloniki, um das Vermögen und die Mietshäuser zu verwalten, aber ihre Verbindung brach nie ab. Chrisostomos schickt ihm Geld. Manchmal besucht er ihn auch in seinem Verschlag. Er sagt, Elias ist verrückt geworden.«

Der Wirt erhob sich, denn ein bärtiger Mann in schwarzer Kutte hatte an einem der Tische Platz genommen. Es war der erste Athosmönch, den Gartner zu Gesicht bekam. Er fragte nach einem Hotel und erfuhr, daß im Gasthaus ein Zimmer frei sei.

Der Wirt griff nach seinem Koffer, rief etwas in die Küche und geleitete ihn zu einem unverputzten Nebengebäude, vor dem Agaven in Töpfen standen. Das Zimmer war von der Sonne so hell erleuchtet, daß er die Augen schließen mußte. Er setzte seine dunkle Brille auf und sah dann durch das Fenster auf das Gerippe eines Kaikis und das Meer hinaus. Ein Arbeiter strich gerade die Holzbalken rot an, und Gartner nahm zugleich den Geruch von Farbe und Salzluft wahr.

»Brauchen Sie noch etwas?« wollte der Wirt wissen, bevor er höflich das Zimmer verließ.

Gartner zog die Schuhe aus, entfernte zwei der klebrigen, schwarzen Kugeln von der Sohle und hörte durch die Wand ein leises Stöhnen. Das Stöhnen wurde deutlicher, und gleichzeitig waren Geräusche zu vernehmen, aus denen Gartner schloß, daß sich ein Paar liebte. Das Stöhnen der Frau wurde rhythmisch, dann klang es so, als würde sie weinen. Gleichzeitig sprach eine Männerstimme beruhigend auf sie ein. Gartner lauschte weiter und weiter und bemerkte dabei nicht, daß es dunkel in ihm wurde.

Die Irrfahrt

Als er die Augen wieder aufschlug und sein Blick aus dem Fenster fiel, sah er das letzte Aufglimmen des Lichts. Der Anstrich des Kaikis war fertig, und das Boot schimmerte rot in der einbrechenden Dunkelheit. Rasch streifte er die Schuhe über, nahm den Koffer und eilte um das Nebengebäude auf den Strand zu. Er fühlte sein Herz klopfen. Das unbeleuchtete Fischerboot war an einem der Holzstege, der grotesk hoch, wie auf Stelzen, aus dem Wasser ragte, vertäut. Er unterdrückte die kindliche Furcht vor dem Ungewissen. Ganz weit hinten am Horizont ballten sich Wolken zusammen, auch wehte ein leichter Wind. In diesem Augenblick rief jemand seinen Namen.

Er erkannte das vom Ausschlag verunstaltete Gesicht des Schusters, der inzwischen auf den Steg getreten war und ihn mit wehenden Kleidern zu sich heranwinkte. Die Bretter federten, und die Vorrichtung begann zu schwanken. Das Meer klatschte monoton gegen das Ufer. Elias hatte um seine Kutte einen Strick gebunden, in dem ein verrosteter Revolver und ein ebenso verrostetes Messer steckten. Sie mußten jahrelang in feuchter Erde oder im Wasser gelegen haben. Eigentlich sahen sie eher wie Kinderspielzeug aus und bestätigten Gartners Verdacht, daß Elias verrückt war. Im zweiten Teil des Filmes *Der Pate* von Francis Ford Coppola gab es eine Szene auf einem See, in der ein Familienmitglied beim Fischen von hinten erschossen und ins Wasser gekippt wurde. Die Szene war plötzlich vor Gartners innerem Auge aufgetaucht. Der Fischer ließ sich zunächst nicht blicken, aber im Kaiki wurde der Motor angeworfen, und das Fahrzeug bewegte sich tukkernd auf das Meer hinaus. Elias hatte eine Hand in die Hüfte gestemmt, die vom Ausschlag befallene Gesichtshälfte war gepudert, und über seinen langen Haaren trug er den Mönchshut. Er streckte unmißverständlich einen Arm aus und öffnete die Hand.

Gartner stellte den Koffer an Deck, suchte in der Hose nach dem Geld, gab Elias die vereinbarte Summe und holte dabei unabsichtlich auch das in künstlichem Bernstein eingeschlossene Insekt heraus, nach dem Elias gierig griff. Gartner bemerkte, wie seine Pupillen sich weiteten, und bedeutete dem Schuster, daß er die Heuschrecke behalten durfte.

Es wurde jetzt rasch dunkel und kalt, und Gartner setzte sich müde auf ein zusammengerolltes Tau, während Elias eine Taschenlampe an- und ausknipste. Auf das Zeichen hin erschien ein kleiner, stämmiger Mann in einem Anorak über einer dicken Wollweste und einer Mütze, wie sie der Fischer am Kai getragen hatte; grußlos nahm er seinen Teil des

Geldes und verschwand wieder. Gartner öffnete den Koffer, holte einen Pullover heraus; die Nacht auf dem offenen Meer, der Fahrtwind und die Schläfrigkeit ließen ihn seit geraumer Zeit frösteln. Während sich Gartner das Kleidungsstück über den Kopf zog, fragte er sich, ob Blutspuren auf der weinroten Farbe sichtbar sein würden. Er schlüpfte wieder in seine Jacke, der Motor lärmte, das Wasser rauschte, und Schwärze umfing sie. Neuerlich machte der Schuster mit der Taschenlampe ein Lichtsignal, und Gartner griff nach dem Tau, auf dem er inzwischen saß. Er hatte nicht vergessen, daß er einen Stein und die Schleuder eingesteckt hatte. Der Mann trottete heran, bückte sich nach Gartners Koffer, und auch Elias, der auf einem Stapel Netze saß, erhob sich. Gartner folgte ihnen zum Bug, wo er vor der vierekkigen, schwarzen Öffnung zum Laderaum anhielt, in die der Fischer mit dem Koffer verschwand, und Elias ihm folgte. Unter Deck knipste der Schuster die Taschenlampe an und forderte Gartner lebhaft auf, zu ihm herunterzukommen. Es war eine schmale Leiter aus Eisen, die in die Dunkelheit führte. Gartner zögerte, da er unter Deck den beiden Männern noch mehr ausgeliefert war. Außerdem war aus dem Laderaum ein intensiver Gestank wahrzunehmen. Der Mann wartete nicht so lange, bis Gartner sich entschieden hatte, sondern kletterte energisch die Leiter hinauf. Offenbar suchte er Streit.

Gartner erklärte ihm auf englisch, daß er nicht die Absicht habe, in die Ladeluke zu steigen, der Fischer ignorierte jedoch seine Bemühungen und begab sich, ohne ihn weiter zu beachten, in das kleine Steuerhaus mit dem Ruder.

Da er dort blieb, rutschte Gartner endlich die Leiter in den finsteren Laderaum hinunter, wo noch immer die Taschenlampe des Mönchs Blitze zeichnete. Der penetrante Gestank nach totem Fisch und fauligem Wasser nahm ihm den Atem.

Elias zog die Luke über ihren Köpfen zu und schaltete das mit Drahtgitter geschützte Arbeitslicht an der Decke ein. Trübes Gelb erhellte das Schiffsinnere und die Wasserpfützen auf dem Boden, in denen Unmengen silbriger Schuppenplättchen trieben. Während Gartner gegen seine Übelkeit ankämpfte, wischte Elias die Heiligenfigur auf dem Koffer mit seiner Kutte ab, setzte sich auf ein Faß und begann wieder zu zeichnen. Zunächst erkannte Gartner nicht, was die weißen Striche darstellen sollten. Der Laderaum war so niedrig, daß Gartner gebückt stehen mußte. Da die Planken auch innen rot gestrichen waren – die Farbe war allerdings an zahlreichen Stellen abgewetzt –, überkam ihn die Vorstellung, sich im Magen eines riesigen Fisches zu befinden. Außerdem spürte er, wie ihm durch die Schaukelbewegungen des Bootes allmählich schwindlig wurde. Er nahm sich daher vor, den Laderaum so rasch wie möglich zu verlassen, aber er ahnte auch, daß das Schiff ohne Beleuchtung fuhr, damit es unbemerkt die Grenze zur Mönchsrepublik passieren konnte. Außerdem war es an Deck auf die Dauer zu kalt.

Neben dem Faß fiel ihm inzwischen ein Enterhaken auf, nach dem er sich bückte und den er heim-

lich neben seinen Koffer legte. Er sah dabei Elias'
Wange mit dem Ausschlag vor seinen Augen, beinahe hätte er sie mit seinem Gesicht gestreift. Das
Ekzem aus Bläschen und Krusten, aus denen Haar-
stoppel wuchsen, ähnelte aus der Nähe einer Sumpf-
landschaft. Sein Blick fiel auf die Zeichnung, die
Elias anfertigte. Anfangs glaubte er, die Skizze zeige
die Bucht, die sie entlangfuhren, dann erkannte er,
daß sie eine Ohrmuschel darstellen sollte, den äuße-
ren Gehörgang, das Trommelfell, die Paukenhöhle
mit den Gehörknöchelchen, den Hammer, der das
Trommelfell mit dem Amboß verband, und den
Steigbügel, dessen Fußplatte in das ovale Fenster
reichte. Alles war genau festgehalten. Gartner war
über Elias' Kenntnisse erstaunt, er vergaß für einige
Augenblicke den Gestank und beugte sich tiefer hinunter. Auch das Labyrinth des Innenohres hatte der
Mönch festgehalten, das knöcherne Felsenbein, die
Bogengänge und die Schnecke, die sich zweieinhalb-
mal um die Achse windet. Der Schuster zeigte energisch nach oben, bis Gartner begriff, daß er den
Fischer meinte, dann machte der Mönch das Geräusch einer Explosion nach, um Gartner zu erklären, daß der Mann schwerhörig war, weil er vor Jahren beim Fischen mit Dynamit einen Unfall gehabt
hatte. Schließlich malte Elias ein Kaiki in die Ohr-
trompete und wies auf sich und ihn.

Gartner lehnte sich erschöpft zurück, schloß die
Augen, öffnete sie wieder, blickte auf die Uhr und
bemerkte, daß er jedes Zeitgefühl verloren hatte. Der
faulige Geruch verursachte ihm noch immer Ekel.

Elias hatte sich auf ein trockenes Stück Boden gelegt, den Kopf auf den Koffer gebettet, die Zeichnung mit dem Ohr und dem Schiff nach unten, und war eingeschlafen. Eine Weile hörte Gartner nur den Lärm des Schiffsmotors. Durch das fortwährende Schaukeln in dem roten, schwimmenden Sarg und seine Müdigkeit fielen auch ihm die Augen zu, weshalb er sich nach einigem Zögern neben den Schuster legte und auf die Decke des Laderaums blickte …

Das Boot schaukelte heftig, rüttelte hin und her, vibrierte, und die Nacht dröhnte. Soeben war sein Koffer weggerutscht, wurde Gartner klar, sein Kopf war auf den Boden aufgeschlagen. Er erhob sich in der Dunkelheit, tastete um sich, stürzte und begriff, daß er eingeschlafen war und sich nun allein im Laderaum befand, dessen Gestank ihm augenblicklich wieder zu Bewußtsein kam. Er rief Elias' Namen, aber der Lärm des Sturms, der draußen tobte, verhinderte, daß ihn jemand hörte. Polternd kam das Faß näher, schlug gegen die Planken und rollte zurück. Er suchte nach dem Lichtschalter, immer mit dem Gleichgewicht kämpfend, fand aber nur die mit Draht vergitterte Arbeitslampe. Außer dem Lärm, den das Faß verursachte, hörte er den Koffer auf dem Boden herumrutschen, als sei er ein lebendiges Wesen, das nach einem Ausgang suchte, und den Enterhaken klirrend gegen Eisen schlagen.

Seine Hände tappten zur Ausstiegsluke, sie ließ sich aber nicht öffnen, auch nicht, als er sich mit dem Rücken dagegenstemmte. Dann warf ihn ein starkes Schwanken des Bootes an eine Wand, er wirbelte herum, schlug mit dem Kopf auf, spürte den Koffer in seinen Rippen, wurde wieder emporgeschleudert und krachte heftig gegen die Leiter, die zur Luke führte und an die er sich instinktiv klammerte. Dadurch war er nicht mehr das Opfer der Stöße und Schläge, und er konnte am schleifenden Geräusch des Koffers, dem dumpfen Poltern des Fasses und dem Klirren des Enterhakens feststellen, daß es vorerst besser war, auf diese Weise den Sturm abzuwarten. Das ekligste war das Brackwasser mit den Fischschuppen, das gegen sein Gesicht schwappte. Seine Hände, die sich an die Leiter klammerten, fingen an zu schmerzen, einmal schlug sein Kinn gegen eine Sprosse, so daß er sich in die Lippe biß und blutete, einmal wurde der Enterhaken gegen seinen Arm geschleudert, er bekam ihn irgendwie zu fassen und dachte daran, ihn für alle Fälle als Waffe bereitzuhalten. Schließlich wurde auch das Faß gegen seine Brust geworfen. Zuerst befürchtete er, daß er sich eine Rippe gebrochen hätte, aber bald klang der Schmerz ab.

Nachdem Gartner schon jede Hoffnung aufgegeben hatte, wieder lebend aus dem Laderaum zu kommen, beruhigte sich der Wellengang, der Lärm des Schiffsmotors war wieder lauter zu hören, dazu das Glucksen des Wassers, das Rauschen des Regens vom Deck wie auch das Geschaukel und Gerüttel, das wieder den normalen Bewegungen eines dahinfahrenden Schiffes entsprach. Zu seiner Erleichterung wurde die Fahrt immer ruhiger, nur die Dunkelheit und der Gestank blieben unverändert. Er wußte, daß er unverletzt geblieben war, und er bekam auch den Koffer zu fassen, der zwar naß, aber noch immer verschlossen war, so daß er annehmen konnte, der Großteil seines Inhalts wäre gerettet. Bevor er sich zu dem Kloster aufmachte, mußte er irgendwo Gelegenheit finden, sich zu waschen, umzukleiden und auszuruhen, ging es ihm durch den Kopf. Er fragte sich, weshalb und wohin Elias verschwunden war. Und warum er das Licht ausgeschaltet und nicht mehr nach ihm gesehen hatte. Er zweifelte daran, ob es klug war, sich ihm anzuvertrauen, noch dazu, da Gartner wußte, daß auf dem Berg verschiedene Geheimdienste tätig waren ... Bilder tauchten in seinem Kopf auf und verschwanden wieder, sie erschienen wie aus einem Zusammenhang gerissen: eine verrußte Glasscheibe, weiße Hühnerfedern, Mäusekot, gesprungener Lack, ein von Feuchtigkeit verbogener Kofferdeckel, auf dem verschiedene übermalte Kreidezeichnungen erschienen. Er sagte sich, daß Erschöpfung und vielleicht das Anschlagen seiner Stirn an den Planken die Ursachen dafür waren. Er schloß die Augen, öffnete sie wieder und tastete nach dem Meerwasser, um sich die Stirn zu befeuchten. Plötzlich verstummte der Motor, er nahm wahr, daß das Kaiki lautlos auf dem Wasser dahinglitt und dann mit einem Ruck und zwei Schlenkern gegen etwas Festes prallte, um jählings anzuhalten. Jemand öffnete die Luke, er blickte hinauf in die Nacht und kämpfte sich, zerschlagen, den Koffer in der Hand und mit zitternden Knien, die Leiter hoch. Mühsam stolperte er über das nasse

Deck, kletterte das schräge, zum Ufer gelegte Brett hinunter und erkannte Schatten von Schiffsgerippen am Sandstrand.

Sie waren wieder nach Ierissos zurückgekehrt! Einige Schritte vor ihm wartete der Mönch mit seinem verunstaltenden Ausschlag und erklärte ihm, soviel verstand Gartner, daß sie wegen des Unwetters hätten umkehren müssen. Er gab ihm den halben Lohn des Fischers und seinen ganzen zurück, nur die Heuschrecke behielt er, wie er Gartner durch Zeichen zu verstehen gab. Gartner wußte, daß Stürme an der Küste keine Seltenheit waren, aber er war so enttäuscht, daß er sich neben seinen Koffer in den feuchten Sand fallen ließ.

Nach einiger Zeit blickte er auf die Uhr, es war halb drei in der Früh, Elias und der Fischer waren gegangen, und das Kaiki schaukelte verloren hinter dem Steg auf den Wellen. Jedesmal, wenn er die Augen schloß, schwankte der Boden unter ihm wie im dunklen Laderaum während des Sturms. Er stapfte mit nassen Kleidern und Haaren zwischen den halbfertigen Schifferbooten zum Verschlag des Schusters, um eine neue Überfahrt zu verabreden, denn zumindest eines hatte das gescheiterte Unternehmen bewiesen, daß Elias nicht die Absicht gehabt hatte, ihn zu töten – das wäre ihm ansonsten ohne Mühe gelungen.

Die Hütte lag still da hinter der Silhouette der halben Schaluppe. Er klopfte an die Bretterwand, niemand öffnete ihm. Es war natürlich möglich, daß Elias mit dem Fischer mitgegangen war, um bei ihm zu übernachten. Oder in die Niederlassung des Klosters neben der Kirche. Die Tür öffnete sich in diesem Augenblick, und ein Schwall von Beschimpfungen, die Gartner nicht verstand, ergoß sich über ihn. Als er nicht sofort das Weite suchte, kamen Schuhe herausgeflogen, hölzerne Paßformen und zuletzt ein Hammer, der seinen Kopf nur knapp verfehlte. Wütend taumelte Gartner zur Mole hinunter; der Schaumfleck der Oktopusse war vom Regen weggewaschen, nur ein Sepiaknochen lag weiß in der Nacht zwischen den teerigen Kügelchen am Ufer. Als er in die Straße zum Gasthaus einbog, stellte er fest, daß die Stricke, an denen die Oktopusse gehangen hatten, entfernt waren, die Stühle standen aufgestapelt an den Hauswänden, von den Tischen hatte man die Tücher abgezogen.

Halb besinnungslos entkleidete er sich im Zimmer und ging unter die Dusche, sie war eiskalt. Trotzdem ließ er das Wasser über seinen Körper laufen, der Wunsch, sich gereinigt zu fühlen, den Schmutz, die Schmach, die Angst wegzuwaschen, beseelte ihn, und langsam entstand neben dem Schmerz ein gewisser Abstand zu dem, was er erlebt hatte. Der Gedanke, etwas erfahren zu haben, was sich zu Papier bringen ließ, war weit weg, wenngleich er in seinem Gehirn aufblitzte. Er fand ein Handtuch, rieb sich ab und knipste das Licht aus. Von weitem hörte er das Meer, irgendwo Schritte und dann, ganz leise, so daß er es zunächst kaum wahrnahm, wieder Stöhnen. Er richtete sich trotz seiner Müdigkeit noch einmal auf, betrachtete die Falten auf dem Leintuch und lauschte den Liebesgeräuschen. Er wartete nicht auf den Schlaf, der jedoch so schnell über ihn kam, daß er nicht mehr merkte, wie er die Augen schloß.

Das schwarze Notizbuch II

Die Himmelsstadt

Von weitem sah er eine überfahrene Ziege am Straßenrand. Leblos lag sie da in einer grünen Hügellandschaft mit gelben Rapsfeldern. Dazwischen erhoben sich weiße Villen, umgeben von Hainen und Gärten.

Am Morgen war er durch das Klopfen des Zimmermädchens erwacht und hatte festgestellt, daß sein Koffer, den er stets auf seinen Flügen mitnahm, zwar zerbeult, aber bis auf die Schrammen und Dellen unbeschädigt war. Von Elias' Kreidezeichnung waren nur einige verwischte Linien übriggeblieben, die keinen Sinn ergaben. Er öffnete das Schloß und versuchte, das Kurzwellenradio einzuschalten. Als er es in die Hand nahm, konnte er hören, daß einzelne Teile, vermutlich Transistoren, sich abgelöst hatten und im Gehäuse hin- und herklapperten. Die Schrift im schwarzen Notizbuch war durch das Meerwasser unleserlich geworden. Die Tinte war verschmiert, das Papier aufgeworfen, die Deckel ließen sich nicht mehr zusammenlegen. Er blätterte seine Aufzeichnungen durch, versuchte Sätze und Gedanken zu rekonstruieren, aber da seine Schrift ohnedies schwer leserlich war, vermochte er nicht viel mehr als unzusammenhängende Fragmente zu erraten. Dazwischen waren wenige Seiten erhalten geblieben, dann wieder bedeckten Tintenwolken das Papier, schwarze Gebilde zwischen blaßblauen Flekken, unterbrochen von zerronnenen Buchstaben. Trotz seiner Niedergeschlagenheit begriff er, daß das Notizbuch, für sich betrachtet, schön war, die verwischten Seiten und die halbzerflossenen Zeichen hatten etwas Malerisches. Auf der ersten Seite fand er ein festgeklebtes Haar, vermutlich ein eigenes. Auch Goran R.'s Gedichtband, den er in der Jackentasche gehabt hatte, war beschädigt. Die große Ikone Longins war, obwohl vom Meerwasser halb zerfressen, noch erkennbar, aber die siebzehn kleinen Bilder, die den Kopf Stephan III. Decanskys umgaben, waren von einem Geflecht aus Rissen zerstört, zum Teil hatten sie sich auch blasenförmig aufgeworfen. Er legte die beiden Bücher aufeinander, packte sie in den Koffer und stellte daraufhin fest, daß die Kugelschreiberminen nicht mehr schrieben. Er hatte jedoch im Toilettentäschchen Ersatzminen bei sich.

Das Mobiltelefon und der Fotoapparat, sorgsam im Koffer zwischen Wäschestücken verstaut, schienen hingegen intakt geblieben zu sein. Er rief seinen Anwalt unter der Nummer, die er auswendig wußte, an, erreichte ihn, wenn auch nur mit vielen Nebengeräuschen und Unterbrechungen, und beeilte sich, ihm mitzuteilen, daß er den Landweg nach Ouranopolis nehmen wollte. Zwischendurch riß die Verbindung ab, er mußte neuerlich wählen und verstand gerade so viel, daß Jenner ihm riet, nicht das Hotel aufzusuchen, in dem ein Zimmer für ihn reserviert war, sondern sich in ein billigeres Quartier einzumieten. Gerade, als er das Mobiltelefon einstecken wollte, meldete sich Jenner wieder, aber Gartner verstand nur das Wort »gestern«. Gestern, dachte Gartner, gestern. Vielleicht war etwas Bedeutsames geschehen. Es konnte aber auch sein, daß »gestern« nur ein ganz unwichtiges Wort war.

Während er im Bus Richtung Ouranopolis fuhr, hielt er das zweite schwarze Notizbuch auf den Knien und schrieb. Draußen war es heiß. Eine grün in grün gehaltene Tallandschaft öffnete sich mit Büschen, Felsen, Mulden, Wiesen und hellbrauner Erde, aus der sich weit hinten, von Schneerinnen durchzogen, der schattenfarbene riesige Berg gegen den Himmel erhob. Wo die Hügelkette den Horizont bildete, hatte sie einen kaum sichtbaren, goldflimmernden Saum. Rasch erreichten sie das Meer, zuerst Hotels mit Gärten, in denen Hortensien blühten, Tennisplätze, Olivenbäume und endlich das türkisgrüne, glatte Wasser. Palmen und mediterrane Pflanzen begleiteten die Straße, am Sandstrand standen vereinzelt bunte, aufgespannte Sonnenschirme. Im Vorbeifahren sah er das langgestreckte Gebäude des Hotels *Xenia*, in dem ein Zimmer für ihn reserviert war.

Gartner wartete an der Haltestelle, bis alle ausgestiegen waren, beobachtete, wie die Touristen ihre Koffer und Rucksäcke nahmen, und verließ als letzter das Fahrzeug, sein Koffer stand verlassen auf dem Platz. Der Bus hatte vor einem Wehrturm gehalten, der eine Reihe von Schießscharten aufwies. Schwarzgekleidete Mönche, Gepäckstücke in der

Hand, sammelten sich auf der anderen Straßenseite. Mit ihren Bärten und in ihrer Tracht erinnerten sie ihn an Elias.

Er überquerte die Fahrbahn, dabei sah er, daß diese am Ende in einen Pier überging, vor dem eine weiße Fähre ankerte. Das erstbeste Restaurant war klein und hatte eine blaue Tür, vor der ein älterer Mann mit weißer Schürze auf einem Kunststoffsessel saß und das Treiben beobachtete. Gegenüber dem Lokal war der Gastgarten mit rosa Welleternit gedeckt, ein Kind fuhr auf einem Dreirad zwischen den Tontöpfen, aus denen blatt- und blütenlose Pflanzenstengel ragten. Gartner fragte, da es ihm gerade recht schien, daß das Restaurant einen verschlafenen Eindruck machte, den alten Mann nach einem freien Zimmer. Es stellte sich heraus, daß er mit dem Wirt sprach, der einige Worte Deutsch verstand und nickte.

Das Gastschild zeigte ein Gemälde des byzantinischen Wehrturms, darunter waren die Namen des Lokals »Pyrgos« (»Turm«) und seines Besitzers »D. Sophianos« zu lesen. Handgeschriebene Speisetafeln lehnten an der Wand oder waren am Gehsteig aufgestellt.

Endlich erschien ein Angestellter. Nach einem kurzen Wortwechsel mit dem Wirt hob er Gartners Koffer auf, ging zur Rückseite des Lokals voraus und öffnete die Tür zu einem Nebeneingang.

Das Zimmer war groß, mit einem braunen Schrank, Stühlen, einem Eiskasten möbliert und einer Glühbirne, die von der Decke hing. Auf den drei grün bezogenen Betten waren gelbgeblümte Polster ausgebreitet. Die Nachttischlampe funktionierte nicht, und die Jalousien waren geschlossen. Eine Zeitlang ruhte sich Gartner aus. Schließlich blickte er durch die Jalousien auf eine Hinterhoflandschaft aus Eternitdächern, Schuppen und kleinen Höfen, in denen Baumaterialien lagen. Seufzend holte er das Notizbuch hervor und beschrieb Einzelheiten der nächtlichen Fahrt mit dem Fischerboot.

Die Fähre nach Daphni war schon ausgelaufen, und das Büro, das das Diamonitirio bestätigte, schloß um neun Uhr vormittags. Daher überlegte Gartner, zu Fuß über die Grenze zu gelangen, obwohl ihm davon abgeraten worden war. Wenn nichts daraus würde, dachte er sich, konnte er den Ort zumindest für seine Reisegeschichte studieren.

Gartner zog sich um, entnahm dem Koffer den schon in Wien gepackten Rucksack, stellte ihn neben das Bett und ging hinunter vor das Restaurant. Er hörte aus der Richtung des Wehrturms ein lautes Knattern und erblickte, als er sich zur Seite wendete, einen barfüßigen jungen Mann in blauen Bermudashorts, eine Baseballkappe auf dem Kopf, der einen Lenkdrachen steigen ließ. Mit zwei Seilen steuerte der Bursche ihn so gegen den Wind, daß der Lenkdrachen wie ein Modellflieger wilde Kapriolen in der bewegten Luft schlug und bei scharfen Böen zu knattern anfing.

Ein halbwüchsiges Mädchen mit Sonnenbrille, grüner Baseballkappe und gelber Jacke war zu dem jungen Mann hingetreten. Sie übernahm den Lenkdrachen, während ihr Begleiter sie von hinten umschlang, um mit seinen Händen ihre Arme zu führen. Im nächsten Augenblick stürzte der Flugkörper jedoch ins Wasser. Sogleich eilten die beiden ans Ufer, wickelten ruhig die Seile auseinander und lachten, als der junge Mann die Sonnenbrille des Mädchens aufsetzte.

Gartner nahm im Gastgarten Platz. Inzwischen kamen der Wirt und ein Mann mit einer Sonnenbrille aus dem Restaurant. Der Mann ignorierte Gartner, zündete sich eine Zigarette an und beobachtete ebenfalls das Treiben um den Lenkdrachen. Der Wirt stellte Rotwein auf den Tisch, und Gartner begann mit ihm ein Gespräch über den Athos. Viele Jahre, erzählte er, hatte er am heiligen Berg als Holzarbeiter sein Geld verdient. Natürlich sei er orthodox, er zuckte mit den Achseln und zeigte auf die Halbinsel, »was soll ich anders sein«.

Der Mann starrte unterdessen den Gehsteig entlang, als erwarte er jemanden.

Er kenne alle Mönche vom Aussehen, wenn auch nicht dem Namen nach, bemerkte Herr Sophianos inzwischen.

»Diesen Mann, der sich jetzt an den Tisch gegenüber setzt, kennen Sie auch den?« fragte Gartner.

Der Wirt nickte.

»Ja, kenne ich. Er arbeitet bei der Touristenpolizei, wir haben im Sommer mitunter kleinere Zwischenfälle.« Er schien ihm keine besondere Bedeutung zuzumessen.

Früher sei es am Athos schmutzig gewesen. »Ha!«
– Er machte ein leidendes Gesicht.

»Wanzen! Aber jetzt: Alles sauber! Ganz sauber!«
fuhr er fort. »Saubere Bettwäsche, saubere Fußbö-
den.«

Gartner trank den süßen, harzigen Wein und bemerkte dabei, daß eine junge Frau am Tisch des Polizisten Platz nahm. Sie hatte kastanienbraunes Haar
und war mit schwarzen Jeans und einer Sportbluse
bekleidet. Augenscheinlich hatte sie ein Papier vor
sich liegen, das der Polizist kommentierte, wobei er
Gartner nicht aus den Augen ließ, und auch die Frau
warf ihm einen verstohlenen Blick zu. Handelte es
sich bei den Papieren um Zeitungsausschnitte?

Der Wirt machte Gartner indessen auf einen
neuen Lenkdrachen in Form einer Kobra aufmerksam, die ihren gewaltigen aufgeblähten Hals als Trä-
ger verwendete, während der Körper wild in der
Luft schlängelte.

Als Gartner abermals zu dem Tisch hinschaute, an
dem der Polizist gewartet hatte, war die Frau allein
und räumte die Papiere weg. Sie bemerkte, daß Gartner sie musterte, und wandte sich ebenfalls der flatternden Kobra zu. Gartner hatte sich so hingesetzt,
daß er die Frau fortwährend aus den Augenwinkeln
beobachten konnte. Der Wirt räumte gerade das Ge-
schirr ab, als Gartner feststellte, daß sie ihm wieder
einen Blick zuwarf. Gleichzeitig nahm sie einen
Schluck aus dem Wasserglas. Vom Polizisten konnte
er allerdings keine Spur mehr entdecken, weder war
er im Restaurant, noch am Strand beim Wehrturm.

Die Frau hatte feingliedrige, gepflegte Finger und trug Kreolen, die unter dem Haar hervorlugten. Während er dasaß, abwechselnd den Drachen beobachtete und einen Schluck Wein nahm, wußte Gartner plötzlich, daß er mit der Unbekannten sprechen würde, obwohl es vorläufig keinen Anhaltspunkt dafür gab. Er bemerkte ihre weißen Zähne; schon als sie mit dem Polizisten gesprochen hatte, waren sie ihm aufgefallen. Sie erhob sich, und jetzt konnte er auch ihre Beine sehen und die wohlgeformten Füße. Der Wirt kam, sie wechselte ein paar Worte mit ihm, ließ die Tasche auf dem Sessel liegen und betrat das Restaurant. Kurz darauf kehrte sie zurück, zögerte, warf Gartner wieder einen kaum merklichen Blick zu, den er wie eine Aufforderung empfand, und nahm die Tasche in die Hand. Er verließ den Gastgarten ebenfalls und folgte ihr.

Das Dorf war noch winterleer. Sie blieb zuerst vor einem Juweliergeschäft stehen, in dessen Auslagenscheibe sie sich flüchtig betrachtete. Gartner war ein Dutzend Schritte zurückgeblieben, so daß er sich leicht in einen der Andenkenläden zurückziehen konnte. Kinder spielten vor einem Haus, ein abgestelltes Fahrrad fiel scheppernd zu Boden. Überall auf den Dächern waren Fernsehantennen montiert, das Meer dahinter sah im Abendlicht melancholisch aus. Die Frau vorweg und Gartner hinter ihr spazierten ein Stück bergauf, an kleinen Läden vorbei, die zumeist noch geschlossen waren. Die Frau betrat ein Speiselokal, wechselte mit einem Mann hinter der Theke ein paar Worte und verschwand in seiner Begleitung durch die Seitentür. Der Gastraum war leer, ein Kellner lungerte hinter der Fensterscheibe. Als sich ihre Blicke trafen, drehte er sich um und folgte der Frau und dem Mann in den Nebenraum. Nach einigen Minuten erschien die Frau wieder, überquerte die Fahrbahn und begab sich in ein Hotel, dem gegenüber sich eine Auslage mit Meeresmuscheln befand. Von dort aus konnte er leicht den Hoteleingang im Auge behalten, überlegte Gartner, und öffnete deshalb die Tür zum Geschäft. Ein dikker, glatzköpfiger Mann hinter der Kasse fragte ihn etwas auf griechisch, und da Gartner ihm zu verstehen gab, daß er die Muscheln nur ansehen wollte, verstummte er. Schließlich kaufte Gartner eine Pilgermuschel, ließ sich aber mit dem Bezahlen Zeit, bis die Frau das Hotel wieder verließ.

Sie schlug den Weg hinunter zum Strand ein, an den Gastgärten vorbei zu den Kaikis, die in allen Farben am Ufer lagen. Gartner entschied sich, ihr auf der anderen Seite der Kutter zu folgen, um von ihr nicht entdeckt zu werden. Auf einem der kleinen Schiffe waren drei Fischer damit beschäftigt, gelbe Kunststoffnetze zu flicken. Zwei andere betätigten eine Seilwinde. Als er sich umdrehte, sah er vor der Anlaufstelle des Restaurants *Pyrgos* wieder die große, weiße Fähre liegen, die ihn nach Daphni bringen würde. Die Gastgärten waren zum Strand hin mit blaugestrichenen Zäunen abgegrenzt. Langsam wurde es kühl. Alle Kaikis warfen scharf umrissene, dunkle Schatten auf den Sand. Abfall lag auf dem Boden, Blechtonnen, Holzteile. Die Frau war stehengeblieben, blickte angestrengt zum Horizont und ging auf einen verwilderten Olivenhain mit grünsilbernem, blinkendem Blattwerk, hohem Gras und gelben Blumen zu. Gartner wartete, bis sie hinter der Anlage verschwunden war, erst dann folgte er ihr. Die Erde war feucht, er sank ein wenig ein, sprang über Spuren von Autoreifen, in denen sich Schmutzwasser angesammelt hatte, und sah die Frau gerade noch auf ein Haus zugehen, vor dem mehrere Lastwagen geparkt waren. Sie betrat es aber nicht, sondern wandte sich nach links, einem vornehmen Hotel zu. Es erstreckte sich hinter Pinien, Rhododendren und Oleanderbüschen am Ortsrand. Der leere Swimmingpool lag verlassen da, eine blaugestrichene, riesige Gruft. Auch im Pavillon daneben war kein Mensch zu sehen. Gartner folgte der Frau in den gepflegten Garten mit Stechpalmen und Tonvasen, die auf dem Rasen verstreut waren, zu einem von Blumenbeeten gesäumten Eingang.

Jetzt erkannte Gartner, daß es das Hotel *Xenia* war, an dem er schon mit dem Bus vorübergefahren war. Einen Augenblick zögerte er, der Frau weiter zu folgen, aber dann fiel ihm ein, daß er ja das für ihn gebuchte Zimmer beanspruchen konnte.

Am leeren Strand waren der Reihe nach weiße Sonnenschirme neben Liegen aufgestellt. Wollte man ihn hierherlocken, um …

Er öffnete die Glastür und stand in einem Empfangsraum, der bis auf den Mann an der Rezeption leer war. Gartner nannte ihm seinen Namen, ein Zimmer sei für ihn reserviert.

»Ah, Herr Morawa!« Der Portier war sichtlich bemüht. »Wir haben Post für Sie und eine Reihe von Anrufen!« Er legte beflissen die handgeschriebenen Nachrichten auf das Pult, ein Anmeldeformular und einen waschpulvergrünen Brief ohne Absender. Während Gartner seinen offiziellen Namen angab und den weinroten Paß vorlegte, fragte er, ob er der einzige Gast im Hotel sei.

»Nein, nicht der einzige.« Der Portier lächelte. »Um diese Zeit haben wir nur Übernachtungen mit Frühstück.«

Die Nachrichten betrafen seine Zeitung, Dr. Hatzaridis und die österreichische Botschaft in Athen, und er wußte, daß er sie ignorieren konnte. Der Brief war steif. Er enthielt ein oder zwei Kärtchen, wie er mit den Fingern feststellte, bevor er ihn öffnete. Tatsächlich kamen ein Stück Karton und zwei Fotografien zum Vorschein. Eine davon, die unscharf war, zeigte einen mürrischen Mann, der Goran R. sein konnte, jedoch gekleidet als orthodoxer Mönch mit Kutte, Hut und einem struppigen Vollbart. Er hielt eine schwarzweiß gefleckte Katze im Arm. Eine Verwechslung war zwar möglich, aber Gartner glaubte, seiner Sache sicher zu sein, erst bei längerem Hinsehen meldeten sich Zweifel. Entweder war das Bild ohne Wissen Goran R.'s aufgenommen worden, und unter schlechten Bedingungen, dachte Gartner, oder es war absichtlich unscharf gemacht worden, um die Identifikation des Mönchs zu erschweren.

Das zweite Foto war schlecht belichtet. Auf ihm war eine graue Straße zu sehen und eine blonde Frau mit einer Zigarette im Mund, ein Feuerzeug in der Hand, den Kopf zur Flamme hinuntergebeugt. Das Geschäft, vor dem die Frau fotografiert worden war, war eine Waffenhandlung. Zwei Schilder mit Gewehren prangten an der Wand, auf dem einen stand CIF-SAN AV TÜFEKLERI, auf dem anderen CEYLAN AV TICARET und darunter eine Telefonnummer. Während er das Bild genau betrachtete, fiel ihm ein, wo er die Frau schon einmal gesehen hatte: in der Biographie Goran R.'s von Joannis Avramis. Kein Zweifel, es handelte sich um die zweite Frau des Dichters. Noch einmal betrachtete er das Bild, das vermutlich Goran R. darstellte, und registrierte, daß neben seinem Kopf eine Ikone hing, vermutlich Maria mit dem Jesuskind. Der Boden unter Goran R.'s Füßen bestand aus ungebrannten Ziegeln. Möglicherweise war es nur eine geschickte Fotomontage, aber der Sinn war Gartner klar: Es sollte ihm beweisen, daß der Dichter in Chilandar war, irgend jemand mußte ihn dort aufgestöbert haben. Andererseits konnte es aber auch in einem serbischen Kloster, etwa in Decani, aufgenommen worden sein.

Vielleicht hatte ihm Professor Avramis, der Gartners Reiseroute und das reservierte Hotel kannte, das Kuvert mit den beiden Fotografien geschickt, um ihm Mut zu machen, oder ein anderer, um ihn in die Irre zu führen. Der schwer leserliche Poststempel besagte jedenfalls, daß der Brief in Thessaloniki aufgegeben worden war. Auf der Rückseite waren die Fotografien weder beschriftet, noch mit dem Datum der Entwicklung versehen. Er steckte die Abzüge in die Brusttasche und bemerkte, daß der Portier inzwischen den Empfang verlassen hatte.

Daher nahm er den Schlüssel vom Pult, stieg die Treppe zum ersten Stock hinauf und fand schließlich das gesuchte Zimmer. Es war mit einem Doppelbett, einer Stehlampe, einem Fernsehapparat und einem Einbauschrank möbliert und machte mit dem lichtgelben Teppichboden einen eher luxuriösen Eindruck. Er öffnete ein Fenster und ließ die kühle Abendluft herein.

Nach einer Weile blickte er aus der Balkontür und sah die Frau mit dem Tourismuspolizisten vom Restaurant *Pyrgos* unter einem der zusammengefalteten Sonnenschirme auf einer Liege sitzen. Sie schienen sich schon länger zu kennen, denn ihr Umgang miteinander war vertraut. Der Mann hatte sich auf der benachbarten Sonnenliege ausgestreckt und trank Coca-Cola aus der Flasche. Die Frau rauchte. Sie trug einen roten Bademantel aus Frotteestoff und Badesandalen. Gartner betrachtete sie neugierig, holte seine Kamera heraus und fotografierte sie heimlich. Weshalb trafen sie sich in dem leeren Hotel? Überraschend erschien jetzt auch der Portier, er sagte etwas und zeigte auf Gartners Zimmerfenster. Gartner zuckte zurück, die Kamera noch immer in der Hand. Er war sich nicht sicher, ob der Portier und der Tourismuspolizist ihn gesehen hatten. Die Frau hatte gerade ihre Zigarette in den Sand geworfen. Jedenfalls fühlte er sich ertappt. Verärgert darüber machte er die Balkontür auf, aber die beiden Männer und die Frau waren bereits aufgestanden, um wegzugehen, und kümmerten sich nicht um ihn. Das Meer schillerte violett, rosa und gelb, wie von einem Zuckerbäcker gefärbt, unter den Abendwolken. Gartner schloß die Balkontür wieder, betrachtete noch einmal die Fotografien von Goran R. und dessen Frau und faßte gerade den Entschluß, das Hotel zu verlassen, als es an seiner Zimmertür klopfte.

Zuerst war er versucht, sich nicht zu melden, aber dann öffnete er doch. Der Tourismuspolizist hatte die Sonnenbrille abgenommen, und Gartner sah die buschigen Brauen und die entzündeten Augen, die unruhig hin und her huschten, als habe er ein schlechtes Gewissen.

»Ich habe Frage. Warum Sie wohnen in zwei Hotels?« Er kniff ein Auge zusammen, als wolle er auf etwas zielen.

»Können Sie sich ausweisen?« fragte Gartner.

Der Polizist holte umständlich ein zerknittertes Etui aus seiner Gesäßtasche, das er aufschlug und ihm provozierend unter die Nase hielt. Es konnte allerdings auch das Dokument eines Federballclubs sein, denn Gartner war nicht in der Lage, die Schriftzeichen zu lesen, aber es war sinnlos, sich auf eine Debatte einzulassen.

»Ist es verboten?« fragte Gartner ironisch.

»Was?«

»Ein zweites Hotelzimmer zu nehmen.«

»Nein, nicht verboten.«

»Also?«

»Gut. Schöne Abend«, sagte der Tourismuspolizist plötzlich und machte kehrt.

114

Gartner folgte ihm wütend, um ihn zur Rede zu stellen.

Bevor sie das Ende des Flurs erreichten, öffnete sich jedoch eine Tür, und die Frau trat auf den Gang. Sie hatte sich umgezogen: ein schwarzes, ärmelloses, enges Kleid, das über den Knien endete, und hochhackige, zehenfreie Schuhe. Sie warf ihm einen Blick zu, den er trotz seines Ärgers als helles Rieseln auf seinem Rücken spürte. Zuerst drehte er den Kopf überrascht zur Seite, aber dann erwiderte er ihren Blick. Gleichzeitig mit ihr blieb er stehen. Er sah ihr volles Haar und empfand die Gewißheit, daß er sie noch am Abend umarmen würde. Ihre Augen waren grün im Halbdunkel des Ganges, die Nägel ihrer Finger nicht lackiert, mit weißem, gepflegtem Rand. Gartners Zorn ließ nach.

»Ich glaube, wir sind die einzigen Gäste hier«, sprach sie ihn auf deutsch an. »Sie kommen aus Wien, der Portier hat es mir gesagt.«

Langsam gingen sie weiter und schauten sich beim Gehen an.

»Ich arbeite für ein Reisebüro. Wir überprüfen hier die Hotels und Restaurants, die wir empfehlen.« Sie blieb stehen. »Einen Augenblick«, sagte sie plötzlich und lief in ihr Zimmer zurück. Was hatte die Frau vor? Er wußte nicht einmal ihren Namen. Auf einem Tablett neben der Zimmertür lagen ein Buttermesser, ein Stück Weißbrot, eine Zeitung, Eischalen und eine Tasse, in der ein gebrauchter Teebeutel hing. Während er überlegte, hörte er sie telefonieren. Er versuchte zu verstehen, was sie sprach, und starrte dabei die Wand an, die neben der Tür Risse aufwies. Er war gerade wieder zur Treppe gelangt, als die Frau auf den Gang trat und hinter sich die Tür versperrte.

»Ich hatte etwas vergessen«, sagte sie entschuldigend.

Während sie auf die Rezeption zugingen, erfuhr er, daß sie Tamara hieß.

Draußen war es dämmrig und kühl geworden. Sie nahmen eine andere Strecke als die, die sie gekommen waren. Gartner war erleichtert, daß die Frau sprach und er ihr zuhören konnte. Sie lebte das halbe Jahr über nicht zu Hause, kam gerade aus der Türkei und blieb ein paar Tage in Ouranopolis. Das Lokal, in das sie ihn führte, war nur ein paar Schritte vom Restaurant *Pyrgos* entfernt, was Gartner irritierte. Noch während er sich hinsetzte, bemerkte er, daß der Tourismuspolizist an einem der hinteren Tische des großen Raumes saß. Er aß einen gebratenen Fisch und beobachtete ihn verstohlen im Spiegel. Hatte die Frau sich mit ihm hier verabredet, als sie wieder ins Zimmer zurücklief und dort irgend jemanden anrief?

Nur wenige Einheimische hielten sich im Speisesaal auf, sie saßen verloren auf den geflochtenen Stühlen unter den gerahmten Fotografien von Fischerbooten und den Familienmitgliedern des Wirtes an den Wänden. Da Gartner den Tourismuspolizisten verstohlen beobachtete und bemerkte, daß auch er ihn nur scheinbar aus den Augen ließ, kam anfangs kein Gespräch zustande. Er verlor den Faden, hörte zwischendurch nicht, was Tamara zu ihm sagte, und vergaß, was er gerade gesprochen hatte. Der Wirt hatte blondgefärbte Haare und brachte dampfendes Weißbrot, umständlich nahm er die Bestellung entgegen. Sein Sakko war zu klein, und seine Hose reichte kaum bis zum Nabel. Nachdem alles aufgeschrieben war, stellte Gartner verblüfft fest, daß der Tourismuspolizist gegangen war. Er drehte sich um und sah ihn gerade noch auf der Straße, wo er kurz stehenblieb, um dann das Restaurant *Pyrgos* aufzusuchen.

»Kennen Sie den Mann?«

»Herr Karididas ist Tourismuspolizist und weiß alles über Hotels, Bars und Kneipen. Wenn ich Schwierigkeiten habe oder eine Auskunft brauche, hilft er mir weiter. Ist etwas mit ihm?« fragte Tamara.

Gartner schüttelte den Kopf und nahm einen Schluck Rotwein.

Später erfuhr er, daß sie von einem Dolmetscher geschieden war, mit dem sie gemeinsam die Universität besucht hatte. Außer griechisch und türkisch sprach sie italienisch und französisch. Er bewunderte sie trotz aller Vorsicht. Sie unterhielt ihn den ganzen Abend mit den Tricks ihrer Geschäftspartner und skurrilen Geschichten über Reisegäste, Taschen- und Hoteldiebe. Ihr Vater, selbst Hotelier in der Schweiz, hatte den Betrieb an den Sohn vererbt und hielt sich vom Frühjahr bis zum Herbst in verschiedenen Orten Griechenlands auf. Gartner gab sich als Kulturjournalist mit Vorliebe für bildende Kunst aus, zog es aber vor, zuzuhören, statt selbst zu sprechen.

Auf dem Rückweg streiften sie einander zufällig

mit den Armen, die Berührung ihrer Körper ließ sie verstummen. Er registrierte im Gehen alles an ihr, ihre Zehen, die Fingernägel, das Haar, die geschwungenen Lippen, die Wimpern, ihre Augenbrauen. Im dunklen Gang des Hotels küßte sie ihn wie selbstverständlich. Er lehnte sich an die Wand, ließ es zu, daß sie seine Hose öffnete und sich vor ihm niederließ. Er genoß mit geschlossenen Augen ihre Zärtlichkeiten, fühlte aber plötzlich, daß sie sich von ihm losriß und ihn wegstieß. Mit hastigen Griffen machte er sich zurecht, gleich darauf ging das Licht an. Sie liefen die Treppe hinauf und flüchteten in ihr Zimmer, wo sie im Dunkeln anhielten. Hatte sie jemand beobachtet? Während er auf einen gepolsterten Sessel fiel und sie sich auf seinem Schoß niederließ und ihn in sich aufnahm, spürte er ihre Brüste, die sich gegen seinen Mund drängten. Er hatte Wein getrunken, aber nicht so viel, daß ihm irgend etwas entging, was geschah.

»Schritte«, flüsterte sie, ohne ihre Bewegungen zu unterbrechen, und Gartner, der sah, wie der leuchtende Spalt unter der Tür wieder dunkel wurde, hatte den Polizisten im Verdacht. Er konnte jetzt nicht klar denken. Plötzlich war ihm egal, was geschehen würde. Egal, wenn das Licht anging und jemand sie überraschte.

Als sie später still nebeneinander lagen, begann Gartner von sich zu erzählen. Er tat es wie unter Zwang, obwohl er wußte, daß es besser war zu schweigen. Er erzählte ihr von dem Ermordeten im Paläontologischen Institut in Thessaloniki und vom

Mönch Elias in Ierissos. Es war die Geschichte eines Mannes, der nicht wußte, in welches Verbrechen er hineingezogen wurde, denn er hütete sich, etwas über Goran R. zu verraten, er sprach auch nicht über Avramis, das Massaker und den Gedichtband *Ikonen*. Er hatte den Eindruck, daß sie zuerst erschrocken war über den Fremden, mit dem sie eine Liebesnacht verbrachte und der ihr plötzlich sein Herz ausschüttete, aber dann, als sie sich offenbar an den Gedanken gewöhnt hatte, schien es sie zu erregen, mit jemandem, der in einen Mord verwickelt war, zu schlafen.

Als er erwachte, war Tamara schon verschwunden, und er hatte die Fähre versäumt.

Seltsam erleichtert ließ er sich Zeit, kleidete sich an, schrieb auf ein Stück Papier, wo er zu finden sei, und begab sich zurück zum Restaurant *Pyrgos*. Unterwegs dachte er die ganze Zeit über, ohne es zu wollen, an Tamaras Umarmungen und die rätselhafte grüne Iris ihrer Augen.

Die Unruhe trieb ihn bald darauf wieder dazu, am Strand umherzustreifen.

Er fand im Sand einen vertrockneten Seeigel, bedeckt von Algen und Tang. Die Stacheln waren ausgefallen, er sah aus wie ein grüner, poröser Schwamm. Aus seiner Kindheit erinnerte er sich noch an den fauligen Geruch von Seesternen und Muscheln, die er vom Urlaub nach Hause mitgebracht und auf dem Fensterbrett getrocknet hatte.

An der Anlegestelle wehte ein kalter Wind. Auf der rechten Seite war das Wasser ruhig, glasklar, bunte Fischerkutter dümpelten dort, und als er sich hinunterbeugte, sah er große Schwärme winziger, schwarzer Fische, wie zuckende Beistriche. Gartner fotografierte das durchsichtige Wasserbild mit den fleckigen Figuren der Algeninseln am Grund, die als versteckte, winzige Landschaft heraufschimmerten, den dunklen Schatten, den die Mauer der Anlegestelle warf und in dem die kleinen Fische plötzlich als hellere Striche erschienen. Dann setzte er sich eine Weile hin, beobachtete den Schwarm und machte Notizen. Die Wolke mit den Hunderten mikroskopischer Tiere zuckte wie auf Befehl in eine Richtung, stob auseinander, verursachte kleine Kreise, als sei ein fester Gegenstand in das Meer gefallen, und sammelte sich wieder. Gleichzeitig spiegelte sich der Himmel mit den weißen Wolken auf der Wasseroberfläche.

An einer Stelle des Strandes fand er graubraune, getrocknete Haufen von Seetang, wie Futter aus aufgerissenen Matratzen. Um sie herum waren Getränketüten angeschwemmt, Sonnencremeschachteln, zersprungene Joghurtbecher, Sardinendosen und eine Ansichtskarte. Sie zeigte eine dreidimensionale Devotionalie, auf der Jesus Blut schwitzte, wenn man sie bewegte. Ein Riß ging durch seinen Kopf bis zur Brust hinunter, und man sah das Herz brennen. Der Hintergrund war leuchtend gelb. Er legte die Karte auf einen Stein. Unentschlossen, was er tun sollte, starrte er auf das in Millionen Bewegungen zerfallende und sich zusammenfügende Meer. »Die Möwen«, fiel ihm dann auf, »müssen ein eigenartiges Ordnungsprinzip haben«, jedenfalls schaukelten sie wie aufgefädelt in einer langen Reihe auf dem Meer. Er sah ihnen zu, wie sie segelten, glitten, schwebten. Aus allem machten sie ein Spiel, selbst aus der Nahrungssuche.

»Pardon«, hörte er plötzlich eine Stimme hinter sich.

Gartner drehte sich überrascht um.

»Ich Sie begleiten nach *Xenia* ... Frau Tamara warten«, sagte der Tourismuspolizist unterwürfig mit unbewegter Buster-Keaton-Miene, als wollte er einen Boy im indischen Kolonialstil parodieren. Lächerlicherweise fielen Gartner als erstes die Schleuder und die Steine in seiner Jacke ein.

»Gut«, hörte er sich sagen, aber er verachtete sich dafür, daß er so beflissen aufstand und neben dem Polizisten herging. Kaum waren sie vor der schiefen Mole angelangt, blieb Herr Karididas stehen und zeigte auf das Dorf.

»Ouranopolis«, sagte er, »ein Mann ... hier, in Ouranopolis. Deutschländer ... Er Sie suchen.«

Gartner betrachtete die Überreste einer Krabbe zu seinen Füßen, einen Panzer, Gliedmaßen, eine Schere. Auch abgeschliffene Stücke Treibholz lagen herum, in das Schiffbohrwürmer Löcher gefressen hatten. Er steckte die Hand in die Tasche, wo sich die Schleuder und die Steine befanden.

»Gefahr«, fügte der Tourismuspolizist nach einer Pause hinzu. Er trat mit dem Fuß gegen einen Stein, der vor Gartners Füße rollte und in dem er einen Knäuel von Möwenfedern erkannte, die im Abfall des Spülsaumes steckten.

Der Polizist stand ruhig da und schien an etwas anderes zu denken. Während Gartner aufmerksam den Stein beobachtete, fiel ihm ein, daß in dem Muschelgeschäft, das er gestern aufgesucht hatte, der fossile Abdruck eines Eurypteriden ausgestellt gewesen war, weinrot auf grauem Stein wie ein Stempel: die Schere, die Gliederfüße, die Beine mit den Paddeln, der segmentierte Hinterleib, sie waren wie auf Packpapier aquarelliert gewesen. Seine Gedanken waren jedoch nur oberflächlich mit dieser Erinnerung beschäftigt, in der Art eines Registrierens, während er angestrengt zu erraten versuchte, worauf der Polizist hinauswollte.

Plötzlich sagte der Mann: »Leben Sie wohl«, und ging an den Kaikis vorbei zum Hotel *Xenia*. Er drehte sich nicht mehr um, als er die Fischerboote passierte, bis er die Tür zum Hotel öffnete.

Gartner hielt es für falsch, dem Polizisten zu folgen, und machte sich auf den Rückweg zu seinem Zimmer über dem Restaurant *Pyrgos*. Er nahm eine Mahlzeit zu sich und schlief mehrere Stunden. Als er erwachte, hörte er eine Schiffssirene.

Er setzte sich vor das Fenster, holte die Fotografien von Goran R. als Mönch mit der Katze im Arm und seiner Frau vor dem Waffengeschäft hervor, die Biographie von Avramis, sein schwarzes Notizbuch Nr. 2, den Ikonen-Band und die Broschüre über das Kloster Chilandar, zuletzt das verwaschene Notizbuch Nr. 1, in dem er blätterte und zu lesen versuchte. In Gedanken ging er die Tage seit seinem Eintreffen in Thessaloniki noch einmal durch, er zeichnete aus dem Kopf den Grundriß des Klosters und überlegte, Avramis anzurufen, um von ihm mehr über die Fotografien und die polizeilichen Ermittlungen zu erfahren, doch war es ein »ungeschriebenes Gesetz«, einen Informanten nicht in Gefahr zu bringen. Nachdem er alles durchgegangen war, legte er die Biographie und das schwarze Notizbuch Nr. 1 wieder in den Koffer, das Bild von Goran R. und das Notizbuch Nr. 2 steckte er in die Parkajacke, die Broschüre über das Kloster in den Rucksack, nur den *Ikonen*-Band ließ er auf dem Tisch.

Er setzte sich davor und betrachtete den Umschlag nun schon fast gewohnheitsmäßig.

Das dritte Szenenbild stellte Stephan III. auf dem Bett liegend dar, konnte Gartner trotz der Beschädigungen erkennen, hinter ihm ein Heiliger. Er zeigte dem König Augen auf der geöffneten Innenhand. Der Heilige war nicht gekleidet wie der heilige Nikolaus, der dem Märtyrer auf dem siebenten Bild das Augenlicht wiedergab, allerdings hatte er das gleiche Gesicht. Vor dem Bett hielten Soldaten Wache, und am Fußende saßen zwei Knaben mit Kronen, der eine sein Nachfolger Duschan, der andere vermutlich sein Bruder, dessen Namen Gartner nicht kannte. Allmählich wußte er etwas mehr über das Leben Stephans III., wenngleich einige Lebensbilder der Ikone für ihn noch ein Rätsel waren: das fünfte, das sechste, das achte, das neunte, elfte und zwölfte und vierzehnte – während er das dreizehnte jetzt zu verstehen glaubte. Es zeigte, wie das dritte und siebente, abermals den heiligen Nikolaus, diesmal beim schlafenden

Stephan III. Decansky. Hinter ihnen große Gebäude mit roten Dächern, so daß Gartner den Eindruck hatte, der König schliefe im Freien. Eine rote Decke hielt ihn warm, und wie im dritten Bild leuchtete um seinen Kopf selbst im Schlaf der Heiligenschein. Vor dem Bett hielt ein Soldat Wache. In der übernächsten Szene wurde Stephan III. Decansky umgebracht. Aus Goran R.'s Gedichten hatte Gartner erfahren, daß dem König seine Ermordung prophezeit worden war – er beschrieb Stephan III. Decansky daher als einen, der um seinen Tod wußte und alles wie zum letzten Mal sah. Es war merkwürdig, daß Goran R. ein Beispiel aus der Historie genommen hatte, und noch merkwürdiger, daß er Zeuge des Massakers geworden war, wo er doch sein ganzes Leben dem Metaphysischen und dem Poetischen gewidmet hatte.

Eine Zeitlang überlegte Gartner, ob er den Gedichtband mitnehmen oder im Koffer verstauen sollte. Schließlich entschied er sich dafür, ihn in Ouranopolis zu lassen, um unterwegs keine Hinweise zu liefern. Er packte daher auch die Broschüre über Chilandar wieder aus und legte sie zusammen mit der Fotografie, die Goran R. als Mönch mit der Katze darstellte, in den Koffer. Und wenn der Koffer in der Zwischenzeit durchsucht würde? Zum Beispiel vom Tourismuspolizisten, der sich jederzeit Zutritt verschaffen konnte? Schließlich ließ er sich Packpapier kommen, machte aus dem Gedichtband Goran R.'s mit dem bunten Umschlag, der Biographie von Avramis, der Broschüre des Klosters Chilandar, der Fotografie Goran R.'s, den beiden schwarzen Notizbüchern sowie dem belichteten Film ein Päckchen, das er an seine Adresse in Wien beschriftete, und erkundigte sich beim Wirt nach dem Weg zur Post.

Draußen war es schon dunkel geworden, und es wunderte ihn daher nicht, daß das Amt geschlossen war. Er entdeckte allerdings eine Putzfrau, die den Boden aufwischte. Sie kam, als er an die Glasscheibe hinter dem Eisengitter klopfte, übernahm zu seiner Freude das kleine Paket und das Geld und versprach ihm in Zeichensprache, alles zu erledigen. Wie sich herausstellte, war sie die Frau des Briefträgers.

Ihm fiel auf dem Rückweg ein, daß er weder im Hotel *Xenia* noch in seinem Zimmer über dem Restaurant *Pyrgos* in Sicherheit war. Außerdem war er unentschlossen, ob er Tamara nicht doch suchen sollte, er würde am nächsten Tag abreisen und wollte sie vorher unbedingt noch sehen.

Bei seiner Rückkehr in das Zimmer registrierte er, daß er die Fotografie von Goran R.'s Frau unvorsichtigerweise auf dem Tisch liegengelassen hatte. Gerade als er sie einsteckte, klopfte es.

Später, als Gartner daran dachte, erinnerte er sich an einen langen Kuß, ein Flüstern und Umarmen, tatsächlich jedoch begrüßte Tamara ihn, ohne ihn zu küssen, knipste das Licht aus und schlüpfte, nachdem sie sich entkleidet hatte, mit ihm unter die Bettdecke. Auch dann küßten sie sich nicht, statt dessen umarmten sie einander heftig, als wollten sie sich Gewalt antun. Erst nach einem atemlosen, selbstvergessenen Akt der Vereinigung küßte er ihre Lippen, aber seine Erinnerung nahm nur dieses Bild auf und behielt es im Gedächtnis. Gleichzeitig überlagerte es die Zeit ihrer Umarmungen und milderte sie zu einem Akt der Liebe.

In der Nacht holte Gartner die Fotografie von Goran R.'s Frau aus seiner Jacke, ohne Tamara zu erklären, um wen es sich handelte. Sie betrachtete stumm das Bild, bevor sie ihm zu verstehen gab, daß es ihrer Meinung nach in Istanbul aufgenommen worden war. Sie glaubte sogar die abschüssige Straße zu erkennen, in der sich das Geschäft befand, da sie in den letzten Jahren häufig in der Türkei war und Istanbul liebte. In seiner Freude darüber bemerkte Gartner nicht, daß Tamara mißtrauisch war und von ihm wissen wollte, weshalb er sie nach der Straße frage.

»Es ist nicht wichtig«, antwortete Gartner.

»Ist es deine Frau?«

»Natürlich nicht. Ich sage dir alles, wenn ich zurückkomme.«

Wieder umarmten und liebten sie sich, jedoch nicht zärtlicher als zuvor.

Als er am Morgen kurz erwachte, war Tamara schon gegangen. Es war noch dunkel draußen.

Von der Fotografie lagen nur zwei kleine, zerrissene Stücke auf dem Fußboden, aber Gartner erschienen sie wie ein Versprechen, daß sie auf ihn warten würde.

Das rote Notizbuch

Der Mohnpalast des Schlafes*

Bei Tagesanbruch kleidete er sich an und entnahm seinem Koffer die schwarzgrüne Mappe »Wege am Athos«, die der Geograph Reinhold Zwerger angefertigt hatte. Gartner hatte ihn mehrfach aufgesucht, um die Pfade und Routen, die in Frage kamen, zu besprechen, und Zwerger, der mehr als fünfzigmal in der Mönchsrepublik gewesen war, hatte ihm davon abgeraten, allein aufzubrechen. Daran dachte er, während er die farbige Karte aufschlug, die beidseitig bedruckt war. Braun waren die Höhenlinien markiert und beziffert, blau das Meer und die Bäche, schwarz die Forst- und Güterstraßen und schwarzweiß gestrichelt die Fußwege. Außerdem war ein Plan der Hauptstadt Karyäs beigefügt, mit den wichtigsten Gebäuden: Polizei, Gasthaus, Arzt. Die Karte war so genau, daß nicht nur alle Klöster daraus ersichtlich wurden, sondern auch Kirchen und Kapellen, Türme und Häuser, Kreuze, Säulen, Höhlen, Zisternen, Quellen, Brunnen, Leuchttürme und Schiffsanlegestellen.

Auf der Rückseite befand sich eine hellbraune

---

* Jakob Philipp Fallmerayer: »Der heilige Berg Athos«, München und Leipzig 1913

Skizze von den Grundstücksgrenzen der zwanzig Klöster und der Halbinsel Nearoda sowie der Grenze hinter Ouranopolis bis zur Arkana Sografou, wo die Fähre zum ersten Mal anlegte. Außerdem waren auch die weiteren fünf Anlegestellen auf der Strecke zur Endstation Daphni eingezeichnet, die Landestege der Klöster Konstamonitou, Dochiariou, Xenofontos, Panteleimonos und Xiropotamou. Gartner hatte sie sich genau eingeprägt, um im Falle einer Flucht auf verschiedenen Wegen zurückkommen zu können. Mit einiger Sorge hatte er aus der Darstellung geschlossen, daß Chilandar über die ausgedehntesten Ländereien verfügte. In seinen Gebieten gab es neben dem Kloster noch mehrere kleine Ansammlungen von Gebäuden, Skiti, und einzelne Häuser, Kellien, in denen Mönche mit anderen zusammen oder alleine lebten und Goran R. sich versteckt halten konnte. Das würde, hatte ihm Professor Avramis in einem plötzlichen Anfall von Deutschkenntnissen prophezeit, »eine Suche nach der Nadel im Heuhaufen«.

Gartners ursprünglicher Plan sah vor, mit Dr. Bosič von Ouranopolis aus per Fähre in die Mönchsrepublik einzureisen, die einem Nichtorthodoxen nur vier Tage Aufenthalt gewährte, seiner Redaktion war es jedoch gelungen, die Erlaubnis für einen Tag mehr zu erhalten. Von der Anlegestelle Daphni wollten sie den Bus zur Hauptstadt Karyäs nehmen und am selben Tag zu Fuß das Kloster Stavronikita erreichen. Im darauf folgenden Kloster Pantokratoros beabsichtigten sie, zum ersten Mal zu übernachten. Gartner war kein geübter Wanderer, und der Geograph Zwerger gab zu bedenken, daß der Rucksack, den Gartner zu tragen hatte, schwer sein würde und die Klöster ihre Pforten um fünf Uhr nachmittags schlossen. Am zweiten Tag sollten sie auf steil ansteigenden Pfaden zum Kloster Vatopediou gelangen und am dritten schließlich im Kloster Chilandar eintreffen. Gartner hatte sich ja an die Route zu halten, die seine Redaktion vorgeschlagen und der er zugestimmt hatte. Das war ihm nicht unrecht, denn auf diese Weise würde er für die vorgesehene Reisereportage Eindrücke sammeln und unauffällig an seiner Recherche weiterarbeiten können. Seine Zeitung hatte allerdings das Kloster Vatopediou als Endpunkt vorgesehen, das darauf folgende Kloster Chilandar hatte Gartner sich selbst als Ziel gewählt. Zwei Tage und zwei Nächte hätte er dort Zeit gehabt, Goran R. zu finden, wobei Dr. Bosič ihm behilflich sein wollte. Wegen dessen Ermordung hatte Gartner hierauf versucht, mit dem Mönch Elias von Ierissos aus über das Meer direkt nach Chilandar zu gelangen. Üblicherweise war das zwar auf Einladung des Klosters möglich, aber Gartner hatte befürchtet, als Journalist mit Argwohn behandelt zu werden. Außerdem hatte Avramis ihm verboten, den Mönch in sein Vorhaben einzuweihen. Er hätte ihn demnach über die Absicht im unklaren lassen und überdies das Risiko auf sich nehmen müssen, abgewiesen zu werden, da die Bestätigung des Diamonitirios durch das Büro in Ouranopolis fehlte. Nun mußte er versuchen, allein den ursprünglichen Plan auszuführen.

Er überlegte kurz, mit einem der Holzarbeiterautos nach Chilandar zu fahren, doch kam er schließlich davon ab, da er bei möglichen Nachforschungen nicht allzu deutliche Spuren hinterlassen wollte. Und um sich jemandem anzuschließen, war ihm die Warnung des Polizisten nur zu deutlich im Ohr, daß ihn ein Mann, ein »Deutschländer«, in Ouranopolis suche. Vor allem aber das abschließende »Gefahr«.

Der Mord in Thessaloniki hatte alles verändert.

Zuerst klebte er die beiden Schnipsel der zerrissenen Fotografie von Goran R.'s Frau in sein Notizbuch und dazu eine Ansichtskarte des Berges Athos mit einer Gottesmutter über den Wolken und Segelschiffen auf dem Meer, die es überall zu kaufen gab und von der er nicht wußte, wem er sie schicken sollte.

Jenner frühstückte gerade, als Gartner ihn am Telefon erreichte. Er riet ihm, sein Vorhaben aufzugeben, wenn er ein schlechtes Gefühl habe. »Es existiert so etwas wie eine letzte Überzeugung«, sagte er. »Ganz in Ihrem Innersten wissen Sie, wie es für Sie ausgeht, das ist eine Hypothese von mir.«

Es war eine Eigenschaft von Jenner, daß er jedermann von seinen Standpunkten überzeugen wollte, Gartner schrieb das seinem Beruf zu. Er antwortete ihm, daß er aus Gewohnheit alle Möglichkeiten in Betracht ziehe und nicht daran denke, aufzugeben.

»Wie Sie meinen«, gab Jenner zurück. Er spürte, daß er für seine Verhältnisse zu privat geworden war. Zuletzt ersuchte Gartner ihn, die Adresse von Goran R.'s Frau in Istanbul ausfindig zu machen.

Als sich Gartner wieder über die Athoskarte beugte, überlegte er, ob er sie nicht zerschneiden und in sein Notizbuch kleben sollte, »wie Ausschnitte aus einem anatomischen Atlas«, aber andererseits erhielt sie dann auch, sollte er wirklich durchsucht werden, eine zu große Bedeutung. Nein, es war besser, sie in der Kartentasche des Anoraks zu verstauen und bei Bedarf aufzuschlagen. Außerdem hatte er sich die wichtigsten Einzelheiten ohnedies gemerkt, wie er es bei seinen komplizierten Recherchen immer tat.

Das »Holy Pilgrim Office« hatte bereits geöffnet. Es war ein unauffälliger, weißer Neubau in der zweiten Häuserreihe, der durch ein gelbes, mit griechischen Buchstaben beschriftetes Schild gekennzeichnet war. Unterwegs hatte Gartner gehofft, Tamara wiederzusehen, aber die Straßen waren nur mit Wanderern und geschäftigen Mönchen bevölkert gewesen. Griechische Arbeiter bildeten vor dem Schalter für Einreisegenehmigungen eine Schlange, an den weißen Wänden hingen drei gerahmte Bilder, eine Marienikone und zwei Landkarten, auf denen die Halbinsel Chalkidike in gelben, roten, braunen und grünen Farbflecken, je nach geographischer Höhe, dargestellt war. Auch das Blau des Meeres war entsprechend der Tiefe des Gewässers hell oder dunkel.

Über einem langen, braunen Arbeitspult war ein Schild, auf dem »Foreigners« stand, angebracht, dort erhielt er von einem eifrig schreibenden und Formulare ausfüllenden Beamten nach Vorlage der Genehmigung aus Thessaloniki das Diamonitirio. Anschließend ging er zum nahe liegenden Postamt und erfuhr, daß sein Paket »mit dem ersten Bus« abgegangen sei.

Im Restaurant *Pyrgos* bestellte er sodann sein Frühstück: Butter, Marmelade und Weißbrot und ein Glas Orangensaft.

Er nahm an einem Tisch im Gastgarten Platz, in den jetzt eine größere Schar Mönche drängte. Einer von ihnen, mit weißem Bart und milden freundlichen Augen, stellte sich als Vater Sergej vor. Er fragte Gartner, ob er sich zu ihm setzen dürfe, um Kaffee zu trinken. Das rote Eternitdach, fiel Gartner auf, spiegelte sich in seiner Brille. Als er die Kamera aus der Tasche nahm, entdeckte er den Tourismuspolizisten am Pier vor der Fähre. Der Mönch erzählte unterdessen, daß er aus einer schottischen Einwandererfamilie stamme. Er habe Philosophie studiert, aber verschiedene Bücher hätten ihn dazu bewogen, orthodox zu werden. Gartner fiel auf, daß sich der Pier in seiner Brille verkleinert spiegelte, und er konnte Herrn Karididas, nicht viel größer als einen hellen Punkt, in dem Spiegelbild erkennen. Vater Sergej hatte vor, fünf Wochen auf dem Berg in einem Kloster zu bleiben, in Simonos Petras, wo er den Abt kannte. Er sei schon zum zweiten Mal hier, sagte er. Gartner holte seinen Rucksack, bezahlte das Zimmer, in dem er seinen Koffer bis zu seiner Rückkehr ließ, verabschiedete sich vom Wirt und ging mit dem Mönch auf den Pier zu. Vater Sergej blieb aber unvermutet stehen, um ihm seine Visitenkarte zu überreichen. Er lebte in Amerika, in der

Nähe von San Francisco, registrierte Gartner, und arbeitete an der Universität Berkeley. In dem Augenblick, als er die Angaben las, tauchte, wahrscheinlich durch das Licht, die schwarzen Buchstaben und die Anspannung wegen des Polizisten, von dem er sich verfolgt fühlte, ein Erinnerungsbild in seinem Kopf auf, das er dreißig Jahre lang vergessen hatte: Er sah deutlich das Schattenspiel der Weinblätter auf den Leinenvorhängen im Haus, in dem er seine Kindheit verbracht hatte: die quadratische Unterteilung des Fensters in Form von schwarzen Linien und in den vier Feldern die Schatten der Blätter und geschwungenen Reben. Er war damals krank gewesen und hatte gefiebert und die Blätter, die sich bei jedem Windstoß bewegten, wie Lebewesen betrachtet. Das Bild verlosch in seinem Kopf, und er hörte Vater Sergej sagen: »Wenn Sie auf den Berg gehen, sollten Sie wissen, es gibt eine Meditationstechnik, mit der sich die Mönche in Trance versetzen. Sie beugen den Kopf nach vorne, als ob sie auf ihren Nabel schauten, und sprechen in einem fort das ›Herzensgebet‹. Es besteht nur aus dem Satz: ›Jesus Christus, erbarme Dich meiner.‹ Sie beten es, wenn sie arbeiten, wenn sie essen, sich waschen, sogar wenn sie mit Ihnen reden. Ihr Ziel ist es, sich selbst zu vergessen.«

Gartner steckte die Visitenkarte ein und war plötzlich davon überzeugt, daß er bald sterben mußte. Er sah das Gesicht des Tourismuspolizisten und dachte, daß er sich mit dem Pater jetzt in dessen Sonnenbrille spiegelte.

Vater Sergej wurde gleich darauf von zwei Mönchen angesprochen, die seine Hand küßten und ihm sein Gepäck abnahmen.

Gartner stand noch immer unter dem Eindruck seines Erinnerungsbildes bewegungslos da. Dann ließ er sich in der Menschenmenge am Tourismuspolizisten vorbei zur Paßkontrolle treiben.

Der Pater begab sich inzwischen schon in das gedeckte Abteil, als Gartners Papiere geprüft wurden. Hierauf ging er nach vorne zum Bug, wo ein glattrasierter, mittelgroßer Mann mit gewelltem Haar und Brille dabei war, den Möwen Brotstücke zuzuwerfen.

Gartner setzte sich und stellte den Rucksack ab. In dem Fischerboot am Pier stapelte ein Mann Körbe.

Ein nach Rasierwasser duftender Mann nahm indessen neben Gartner Platz, holte eine Illustrierte aus seinem Rucksack und begann zu lesen. Er war die Route offenbar schon häufig gefahren, denn er blickte nicht auf, als die Fähre laut brummend ausfuhr, in die glitzernden kleinen Wellen hinein, sanft nickend wie ein Schaukelpferd, begleitet von einem Paar Haubentaucher. Das Ufer der Athos-Halbinsel zog vorüber, dicht bewachsen von braunem Dornengestrüpp und Bäumen.

Allmählich erschienen, zart im rosagrauen Dunst, die Umrisse des heiligen Berges. Am Bug, wo Gartner sich in den kühlen Fahrtwind stellte, war an einer Stange ein Kabel mit Glühlampen befestigt, so als würde in der Nacht auf dem Deck getanzt. Ein Polizeiboot kam ihnen entgegen, und als Gartner seinen Kopf zu dem Mann mit dem aufdringlichen Rasierwasser drehte, sah er, daß die Illustrierte ein schwarzweißes Satellitenfoto enthielt. Die deutsche Überschrift ließ Gartner erkennen, daß das Bild ein Massengrab vom Massaker in S. zeigte. Die Zeitung flatterte im Fahrtwind, so daß es für ihn den Anschein hatte, das Satellitenfoto sei mit Leben erfüllt.

Der Leser rollte die Illustrierte ein, stopfte sie in den Rucksack und beobachtete die Möwen und den Mann, der sie noch immer mit Brotstücken fütterte. Manche hatten sich auf der Bugwelle niedergelassen, die die Fähre verursachte, flatterten wieder auf, kreischten und warteten darauf, daß ihnen weitere Brotstücke zugeworfen wurden.

Gartner bemerkte, wie der Berg Athos langsam näher rückte. Der Wolkenkranz, der ihn umhüllte, war deutlicher sichtbar geworden, so als setzte er sich aus einer festen Materie zusammen. Die Fähre tutete zweimal. Ein Mönch mit gestrickter Wollhaube, Brille und grauem Bart bot Marienikonen und Kreuze zum Kauf an. Als Gartner ihn ansprach, beschwerte er sich, daß ihn ein Passagier ohne zu fragen fotografiert habe. Daraufhin mischte sich der Mann, der den Artikel über das Massaker in der Illustrierten gelesen hatte, ungefragt auf deutsch ein, indem er laut über »herumspionierende Fotografen« schimpfte. Er trug eine Brille mit aufgesteckten Sonnengläsern.

Ein »Deutschländer«, so hatte der Polizist in Ouranopolis Gartner gewarnt, hatte ihn gesucht, und er bedeutete angeblich »Gefahr« für ihn.

Als Reaktion auf die Vorwürfe der beiden nahm

Gartner seine Pocketkamera heraus und fotografierte das Ufer. Ab und zu war ein Gebäude zu sehen oder eine Ansammlung von Bäumen.

»Überall, wo Zypressen stehen, war früher eine Siedlung«, bemerkte der Mann ungerührt. Gartner gab sich sogleich als Journalist zu erkennen, der einige Klöster besuchte, um einen Reisebericht zu schreiben, worauf sich der Mann als Dr. Siegle aus Tübingen vorstellte, Ohrenarzt und Dozent an der Universität. In seinem zweiten Beruf war er überdies Ikonen- und Buchrestaurator, betonte er.

Gartner wurde um so vorsichtiger, je länger der Mann mit ihm sprach.

Sie legten gleich darauf an der Arkana Sografou an. Am Ufer stand einsam ein Kastell, dahinter eine Kapelle und daneben eine alte Mühle, die von einem Blechdach gedeckt war. Auf der Mole warteten Holzarbeiter mit verschnürten Kartons. Gebüsche und Zypressen stützten den Hang ab, der dicht mit Kakteen bewachsen war. Hinter der Mühle befand sich das halb verfallene Personalhaus mit einem braunen Ziegeldach und einem morschen, schiefen Holzbalkon, darunter prangte ein gelbes Schild: »Polizeistation«. Die gesamte Anlage sah ziemlich verfallen aus.

»In der Mühle habe ich im Vorjahr übernachtet«, sagte der Ohrenarzt, während die Fähre anlegte. »Am nächsten Tag habe ich vor der Polizeistation einen prachtvollen Schmetterling, Nympholis antiopa, einen Trauermantel gesehen.« Er kramte in seinem Rucksack, zog ein schwarz gebundenes Buch heraus und zeigte ihm die naturgetreue Zeichnung eines Flügels, die er angefertigt hatte. Die Vorderseite war braunschwarz und blau mit einem gelben Rand.

»Er saß auf einem angebissenen Apfel, und ich konnte ihn in aller Ruhe malen, bis die Fähre kam«, erzählte der Dozent nicht ohne Stolz. Er blätterte für Gartner in den Seiten, auf denen alte Buchillustrationen, Ikonen und Ausschnitte von Fresken akribisch genau festgehalten waren.

Das Meer war kalkgrün, als spiegelte es die dichten Pflanzen wider, die die unscheinbaren Häuser von Landarbeitern und Hirten nahezu verschluckten.

Die Zeichnungen und die Art und Weise, wie Dr. Siegle sprach, ließen kaum Zweifel daran, daß er die Mönchsrepublik sehr gut kannte. Gartner beobachtete ihn, wie er in seinem Rucksack wühlte, und fragte sich, ob er gewalttätig sei. Als der Ohrenarzt sich umdrehte, sah Gartner in Gedanken eine Pistole in seiner Hand, die auf ihn zielte. Dr. Siegle hielt aber nur ein kleines Zeiss-Fernglas in den Fingern, das er Gartner höflich hinstreckte. Es war handlich und besonders gut geeignet für Vogelbeobachtungen. Er sah damit in der Nähe der nächsten Anlegestelle Konstamonitou einen weißbärtigen Mönch mit einem Spazierstock in der Hand zur Arkana hinunterlaufen.

Gartner hatte große Lust, etwas zu trinken – und als könnte er Gedanken lesen, bot ihm Dr. Siegle aus einem Flachmann einen Schluck an, der sich als kühler Himbeergeist herausstellte.

»Welche Strecke wollen Sie wandern?« fragte er beiläufig.

»Nach Vatopediou.«

»Tatsächlich? Ich bin ebenfalls nach Vatopediou unterwegs.«

Mißtrauen durchströmte Gartner. Der Ohrenarzt fuhr fort, er habe dort eine Ikone zu restaurieren.

Gartner preßte das Fernrohr gegen die Augen, damit Dr. Siegle, der ihn wahrscheinlich beobachtete, im unklaren darüber blieb, was in ihm vorging. Aber der Ohrenarzt wartete gar nicht darauf, was Gartner ihm antworten würde, sondern fing an, über Mönche zu sprechen.

Sie näherten sich der Anlegestelle Xenofontos, wo der Berg inzwischen hinter dem Kloster wieder zum Vorschein kam, grau von anilinfarbenen Wolken bedeckt. Die Fähre tutete fünfmal. Ein Wanderer stieg zu, und ein junger Mönch mit einem Brotbeutel in der Hand eilte über den Landungssteg.

Gartner gab Dr. Siegle das Fernglas zurück und ging bei der nächstbesten Gelegenheit allein zum Heck der Fähre, in dem sich Mönche, Pilger, Wanderer und Landarbeiter drängten. Die vielen schwarzen Wollhauben und Mönchshüte gaben dem Anblick etwas Uniformes.

Gartner überlegte, daß er im Menschenpulk die Fähre verlassen konnte, aber wenn Dr. Siegle tatsächlich jener Deutsche war, der ihn schon in Ouranopolis gesucht hatte, würde es wohl sehr schwer werden, ihn abzuschütteln. Offensichtlich verfügte er über hervorragende Ortskenntnisse und Beziehungen. Er kannte den Weg, den Gartner nehmen würde, die Klöster, die er aufsuchen wollte. Andererseits war nicht erwiesen, daß der Arzt mit der Sache überhaupt etwas zu tun hatte. Ehe Gartner einen weiteren Gedanken fassen konnte, sah er ihn schon wieder zwischen einer Gruppe von Männern auf sich zukommen.

Gartner betrachtete Dr. Siegle von der Seite und dachte an Elias' anatomische Skizze eines Ohres. Konnte es Zufall sein, daß Dr. Siegle Ohrenarzt war und daß er mit ihm gemeinsam zum Athos unterwegs war? Und hatte ihn nicht der Wirt in Ierissos darauf aufmerksam gemacht, daß der Schuster hellseherische Fähigkeiten besaß?

Das Kloster Panteleimonos breitete sich vor ihnen aus, mit einem Dutzend ziegelgedeckter hoher Gebäude, grünen Zwiebeldächern über einer weißen Kirche und davor einem hohen, spitzen Uhrturm. Am auffälligsten war die Ruine des sechsstöckigen Gästehauses, von dem nur noch die unverputzten Mauern mit den Fensteröffnungen und die rostigen Eisengeländer der Balkone erhalten waren. Der Dozent reichte ihm wieder das Fernglas, und während er die Kulissen einer Geisterstadt von nahem betrachtete, ein aufgebocktes Lastauto ohne Räder, Baumaterialien und Gerüste, nahm der Ohrenarzt wieder sein Buch aus dem Rucksack heraus und zeigte ihm die Ikonen, die er abgezeichnet hatte, während er von Erkundungsexpeditionen durch aufgegebene, nur von Ratten bewohnte Gebäude berichtete.

»Im Speicher«, ereiferte sich der Ohrenarzt, »sind tragbare Ikonen aufbewahrt, Reliquien, bestickte Meßgewänder und -geräte aus Gold und Silber und Kreuze mit wertvollen Edelsteinen.«

Zwischendurch hatte sich Gartner überlegt, das Tonbandgerät herauszuholen und aufzunehmen, was Dr. Siegle erzählte, aber er fand es besser, Distanz zu halten.

In Daphni herrschte großes Gedränge von Wegfahrenden und Ankommenden, und Gartner verlor den Ohrenarzt kurz aus den Augen. Als er in den überfüllten Bus kletterte, saß Siegle jedoch schon in einer der hinteren Reihen und hatte für ihn einen Platz neben sich reserviert. Die Fahrgäste standen so zahlreich und eng nebeneinander, daß es den Eindruck erweckte, sie seien auf der Flucht und müßten unter allen Umständen das Dorf verlassen. Und noch immer waren Arbeiter, Pilger und Wanderer dabei, ihre Gepäckstücke im Kofferraum unterzubringen und sich in den Bus zu quetschen. Durch die verschmierte Fensterscheibe sah Gartner, daß sich draußen auf dem Platz der Menschenwirbel inzwischen nicht verringert hatte. Vor der Fähre, in einer kleinen Holzhütte, kontrollierte die Hafenpolizei gerade Gepäckstücke. Dr. Siegle, der ebenfalls versuchte, durch das Fenster zu blicken, sagte, daß häufig Kunstgegenstände gestohlen und hinausgeschmuggelt würden. Er fragte Gartner, ob er noch einen Schluck trinken wolle, und als der ablehnte, verstaute er seinen Flachmann im Rucksack, der über seinem Kopf im Gepäcknetz lag.

Der Motor gab Geräusche wie ein Preßluftbohrer von sich, und der Bus setzte sich rasch in Bewegung, brachte die stehenden Fahrgäste, die sich an Haltegriffen und Sitzen festklammerten, aus dem Gleichgewicht und ließ sie taumeln und straucheln wie Betrunkene. Um den Motorenlärm zu übertönen, schrien die Fahrgäste aufeinander ein, andere starrten wie vor einem Ohnmachtsanfall abwesend vor sich hin. Die Fahrt war ein stetiges Steigen und Herumkurven, Rütteln und Bremsen, Rucken und Schaukeln. In einer scharfen Kurve fiel Dr. Siegles Rucksack hinunter, traf seine Stirn und fügte ihm eine Wunde zu. Einer der eisernen Verschlüsse der Seitentasche hatte seine Haut aufgerissen, und sein Blut lief dick und dunkel die Nase entlang. Endlich fand der Ohrenarzt ein Stück Hansaplast in seinem Rucksack und bat Gartner, es auf seine Stirn zu kleben.

Die Landschaft sprang ausschnittartig hinter der schmutzigen Scheibe vorbei. Gartner sah, daß seine Finger an Siegles Stirn blutig geworden waren, aber er fand nichts, womit er sie abwischen konnte. Siegle fluchte halblaut vor sich hin, den Rucksack zwischen den Knien, mit einem schon roten Taschentuch das Blut wegwischend, das unter dem Hansaplast hervorquoll.

Mühsam kämpfte sich ein schwitzender, dicker Kassierer mit einem Bündel Banknoten und Fahrkarten in den Händen durch die Menschen. Er gab im Geschiebe und Gedränge stoisch das Wechselgeld heraus und forderte lautstark Platz.

Inzwischen rumpelten sie über Kopfsteinpflaster, und Gartner erblickte auf der anderen Seite, wie von einer wackeligen Filmkamera aufgenommen, die Meeresbucht. Der Bus hielt abrupt, um einen entgegenkommenden Lastwagen passieren zu lassen, dabei blickte Gartner in einen Abgrund, der sich unter dem Busfenster auftat. Ein Stein hatte sich gelockert, sprang zuerst an einem Felsen auf und stürzte dann ins Nichts, Gartner sah ihm durch das verschmierte Glas nach, bis er verschwunden war. Der Kontrolleur drängte sich jetzt in die entgegengesetzte Richtung durch, und Gartner bemerkte, daß die Sitzreihe hinter dem Chauffeur nur von Mönchen besetzt war.

»Blute ich noch?« wollte der Ohrenarzt wissen.

Gartner verneinte.

In Karyäs wartete er, wie es seiner Gewohnheit entsprach, bis alle ausgestiegen waren.

Die Hauptstadt der Mönchsrepublik war nicht größer als ein Weiler und bestand aus Bäumen, Sträuchern, verstreuten Villen und dem Zentrum mit den Botschaftsgebäuden der Klöster.

Dr. Siegle verschwand in dem gegenüberliegenden Geschäft, Gartner folgte ihm und stellte fest, daß der Verkaufsraum dunkel und hoch war und mit alten Holzregalen möbliert, in denen Ikonen, Bücher, Bilder und Stoffe lagen. Das Licht fiel nur durch ein schmales Fenster herein. Außer Dr. Siegle und ihm waren ein Verkäufer sowie mehrere Mönche als Kunden anwesend. Daher konnte sich Gartner ungestört im Halbdunkel umsehen. Er fand schließlich einen Stock aus hellem Holz mit einem Griff, der

einen stilisierten Totenschädel darstellte, eine einge-
kerbte Windrose an der Schläfe. Gerade als er bezahlte, öffnete sich ein schwarzer Vorhang, und ein
hochgewachsener Mann mit Schnurrbart und Brille
trat heraus und begrüßte Dr. Siegle in einer fremden
Sprache, jedenfalls nicht auf griechisch. Der Ohrenarzt antwortete kurz, worauf der Mann Gartner anstarrte, auch der Verkäufer blickte ihn unverwandt
an.

Gartner trat ins Freie und stellte sich vor den Laden für Devotionalien, von dem aus er das Geschäft
im Auge behalten konnte. Die Auslage war vollgestopft mit verblaßten Landkarten, einer wasser-
blauen Heiligenfigur, ausgebleichten Broschüren
und Illustrationen in aufgeschlagenen Büchern, ver-
gilbten Postkarten und auf verstaubte Papiere ge-
schriebenen Gebeten. Er öffnete die Tür, und eine
Glocke läutete, ohne daß sich jemand blicken ließ. Im
Laden war es noch dunkler als in dem Geschäft zuvor. Draußen auf der Straße sah er im grellen Licht
des Mittags einige Mönche mit Kunststofftaschen
und Kartons. Der kleine Raum war bis zur Decke angefüllt mit Schnitzwerk, Dias, Kreuzen, Vasen, Ma-
rienbildnissen und Kerzenleuchtern. Er wollte gerade seine Aufmerksamkeit wieder dem Geschäft
auf der anderen Straßenseite zuwenden, als er im
Wirrwarr ein mit einem Reißnagel an ein Regal ge-
heftetes Automatenfoto entdeckte. Neugierig bückte
er sich, um es zu betrachten.

Er wußte, daß es ein unglaublicher Zufall war,
aber es bestand kein Zweifel, daß es Goran R. zeigte.

Außerdem lag dahinter der abgegriffene Band *Ikonen*.

Gartner kontrollierte, ob sich Dr. Siegle auf der Straße befand, dann beugte er sich wieder zu der kleinen Schwarzweißfotografie hinunter. Er überlegte, ob er sie an sich nehmen sollte, aber auch wenn sie in seinem Bericht eine originelle Illustration abgeben würde, konnte sie ihn auf dem Berg in ernste Schwierigkeiten bringen. Also fotografierte er sie nur mit der Pocketkamera und hörte im selben Augenblick, als das Blitzlicht den Raum erhellte, die Türglocke. Er fuhr herum in Erwartung von Siegle, doch stand ein alter Mönch mit einem breiten, struppigen Bart und einer von Adern zerfurchten Nase vor ihm.

Gartner zeigte auf eine schwarze Gebetsschnur und, als der Unmut und das Mißtrauen nicht aus dem Gesicht des Mönches schwanden, auf ein in Nylon verschweißtes Blatt mit Dias.

»Deutsch?« fragte der Mönch, während er ihm die Waren aushändigte. Gartner hielt den Bogen gegen das Auslagenfenster und sah, daß die Bilder verschiedene Fresken zeigten, die in geheimnisvollen Farben leuchteten. Er bezahlte, während der Mönch ein bedrucktes Papier mit einem Gebet unter dem Pult herausholte und ihm überreichte. Gartner nahm es, gab vor, es zu lesen, und zeigte beiläufig auf das Automatenfoto, während er den Namen Goran R. fallen ließ. Gleichzeitig läutete die Glocke an der Tür, ein junger Mönch, nicht sehr groß, mit dunklem Haar und gelber Hautfarbe, stürmte herein. Sein

Blick war starr und abweisend. Er stellte sich vor das Regal, an dem das kleine Foto befestigt war, riß es herunter und steckte wütend den Gedichtband ein.

Der Alte war außer sich, aber er schwieg. Gartner verließ wortlos das Geschäft, um nicht in die Auseinandersetzung miteinbezogen zu werden, und versuchte, die beiden von der Straße aus durch die Auslagenscheibe zu beobachten. Der junge Mönch schien das jedoch erwartet zu haben, denn seine Augen maßen ihn kalt, mit einem Gemisch aus Argwohn und Abneigung, das Gartner gut kannte. Am liebsten wäre er zurück in den Laden gegangen, um den Jungen nach Goran R. zu fragen, doch wußte er, daß es sinnlos war. Vermutlich hatte Dr. Siegle ihn auf Gartner aufmerksam gemacht und ihm geraten, alle Hinweise verschwinden zu lassen, denn es war merkwürdig, daß der junge Mönch so zielbewußt gehandelt hatte.

Er nahm den Zettel mit dem Gebet aus der Tasche seines Parkas und las: »PETROS SKLAWOS – KELLION GEBORENER GOTTES BERATENER KARYÄS – AGIO ORUS. Das unten aufefuhrte Gebet ist eine machtvolle Waffe jedes Christen: ›Herr, Jesus Christos, Sohn Gottes, Sei mir Sunder gnadig.‹ ›Allheilige Gottesgebahrerin, rette uns.‹ Mein Bruder, sprich diese heibringenden Worte ohne Unterlass mit deinen Lippen und Verstand, bringen das Herz zur Ruhe, verzehren die Sund, scheuchen die Damonen und vertreiben sie. Und das die menschliche Seele ernehrendes geistliche Gebet ernehrendes geistliche Gebet nicht vergessen.«

Das war die unbeholfene Übersetzung eines Herzensgebetes, von dem Vater Sergej in Ouranopolis gesprochen hatte. Er steckte es in die Jackentasche, weil er hoffte, es bringe ihm Glück, und beobachtete die beiden Eingänge, die im blendenden Sonnenlicht lagen. Endlich kam der junge Mönch aus dem Laden, schaute sich um und stürmte zurück in das gegenüberliegende Geschäft, und Gartner entschloß sich, ihm zu folgen.

Er mußte sich zunächst an die Dunkelheit gewöhnen. Ein Mönch verkaufte noch immer Heiligenbildchen, während hinter dem Vorhang ein aufgeregtes Gespräch zu hören war, das Gartner aber nicht verstand. Der Verkäufer rief plötzlich ein Wort, und es war augenblicklich still; er wandte sich daraufhin Gartner zu, um ihm eine Frage zu stellen.

Wortlos und ohne zu zögern verließ Gartner das Geschäft und trat neuerlich vorsichtig in den gegenüberliegenden Laden, wo er den Alten völlig verwirrt antraf. Zuerst wollte er Gartner gar nicht erkennen. Er zuckte mit den Schultern und machte ein abweisendes Gesicht. Gartner zeigte jedoch auf das Regal, an dem die Schwarzweißfotografie befestigt gewesen war.

»Goran R.?« fragte er bestimmt.

Der Mönch beeilte sich, den Reißnagel zu entfernen: »Òchi!« rief er.

Daraufhin fragte Gartner ihn, wer ihm das Foto gegeben habe. Wie es zu ihm gekommen sei. Aber mit einem Mal fing der alte Mönch zu zetern an und bedeutete ihm, er solle den Laden verlassen. Gartner ließ ihn stehen, schloß die Tür rasch hinter sich und blickte in das unbewegte Gesicht Dr. Siegles ...

»Ich habe das Ohr des Geschäftsinhabers drüben untersucht«, sagte sein Begleiter, nachdem sie eine Weile wortlos nebeneinander hergegangen waren. »Er war früher Offizier unter dem Obristenregime und hat eine phantastische Stimme. Man holt ihn zur Liturgie nach Vatopediou, sein Name ist Vassilios Kondis. Seit einiger Zeit leidet er unter Schwindelanfällen«, ergänzte er.

Ein Rinnsal gluckste die unasphaltierte Straße entlang, Insekten summten, und Vögel zwitscherten.

»Am besten, wir nehmen den Weg über die Skiti Agios Andreas, die auch«, wechselte er das Thema, »Serail genannt wird, tatsächlich ist sie aber im Laufe der Zeit zu einer Ruine geworden.«

Sie schritten zügig auf eine immer mächtiger und höher sich türmende Wolkenwand zu. Gartner war davon überzeugt, daß sie auf dem Weg zum Kloster Stavronikita waren, doch machte er sich Sorgen wegen des Wetters. Er empfand es jetzt nicht als störend, daß Dr. Siegle ihn begleitete, und er war sicher, daß er keinen kürzeren Weg zum Kloster Vatopediou finden würde als mit Hilfe des ortskundigen Dr. Siegle. Vor ihnen, in einer von Pflanzen überwucherten Mulde, verlief sich der Weg im Gebüsch, tauchte wieder auf und verschwand nach einer Biegung hinter einem Hügel. Unruhe erfaßte mit einem Mal die Pflanzen, sie bäumten und schüttelten sich im auffrischenden Wind. Plötzlich tauchten aus dem brausenden Gewölk vor ihnen die Bauten des prunkvollen Gebäudes auf, dem sie sich, sobald sie es sahen, rasch näherten.

»Das Wetter sieht bedrohlich aus!« rief Dr. Siegle, nahm die Sonnengläser von der Brille und lief vor ihm die Mauern entlang zur Rückseite, über Schotterhaufen und Gestrüpp, bis er im hohen Unkraut versank. Manche Blätter verursachten einen brennenden Schmerz auf der ungeschützten Haut, weshalb Gartner die Hände in die Taschen steckte und den Kopf einzog.

Sie erreichten die ausgebrochene Öffnung, durch die sie das Serail betreten konnten. Ohne zu zögern, schritt ihm sein Begleiter in eines der eingestürzten Gebäude voran: Es war die ausgebrannte Kapelle neben der Bibliothek.

Dämmerlicht umgab sie. Vom mächtigen Fresko der Kapelle, sah Gartner, waren nur ein kopfloser Engel mit einem Flügel und das halbe Gesicht eines bärtigen Apostels übriggeblieben. Ein Stück Heiligenschein über der von Rauch und Feuer zerstörten Gesichtshälfte schimmerte unter dem Schwarz hervor, als hätte jemand versucht, mit einer Bürste die Rußschicht wegzukratzen. Dr. Siegle hatte eine Taschenlampe aus dem Rucksack genommen und tastete mit dem Lichtstrahl die Wände ab, auf denen weitere Fragmente des Freskos zum Vorschein kamen. Gartner hatte schon sein Tonbandgerät in der Hand, prüfte, ob es funktionierte, und begann, darauf zu sprechen. Durch die Fenster sahen sie dichtes Laub im Sturm und Regen schwanken. Das bewegte Pflanzengrün stand in einem lebendigen Kontrast zu der Bewegungslosigkeit und der Schwärze des Innenraumes, in dem, unter dem zuckenden Strahl der Taschenlampe, einmal ein Stück des Blumenmusters, drei Finger einer Hand, Schriftzeichen eines Buches, die grünen Falten eines Stoffes oder ein Heiligenschein sichtbar wurden, als träfen sie auf dem lichtlosen Grund des Meeres eine Prozession von Heiligen. Sie mühten sich vorwärts über die Aschenhaufen des Gestühls und knisternde Glassplitter.

Der weite, hohe Saal des Nachbargebäudes beherbergte die Bibliothek. Verbrannte Bücher aus schwarzem Papier standen noch in den verkohlten Galerien von Regalen.

»Dort drüben«, erklärte sein Begleiter, »waren die illuminierten Exemplare und Dokumente untergebracht. Auf Tierhäute geschriebene, verzierte Urkunden, die Geschichte von Byzanz, pflanzenkundliche Aufzeichnungen der Mönche, die Visionen des Starez, also des Abtes, Malerhandbücher, die Chronologie des Klosters mit ihren Überfällen von Piraten und Türken, Muttergottes-Erscheinungen und Beschreibungen von Wundern auf dem Berg Athos. Daneben die magischen Werke in Geheimschrift, liturgische Gesänge, Gebetbücher. Die wertvollsten Schriften sind vor dem Brand gestohlen worden. Dann wurde Feuer gelegt, um Nachforschungen unmöglich zu machen.«

Ein versengter Band lag auf dem Fußboden, und als Dr. Siegle sich hinunterbeugte, um die Schrift im Strahl der Taschenlampe zu lesen, entzifferte er den schwarz in schwarzen Text nur mühsam.

Die Bibliothek erschien Gartner wie die Kiemenhöhle eines riesigen Kadavers, der von der Luft ausgetrocknet und mumifiziert worden war.

»Es handelt sich um die Schriften des Dionysius Areopagita *Über die himmlische Hierarchie*«, sagte Dr. Siegle stockend. Noch immer versuchte er, den Text zu entziffern. »Dionysius wurde nach der Apostelgeschichte von Paulus in Athen bekehrt. Unter seinem Namen erschienen im fünften oder sechsten Jahrhundert theologische Abhandlungen, aller Wahrscheinlichkeit nach stammen sie aber nicht von ihm. Deshalb wird der Verfasser auch als Pseudo-Dionysius Areopagita bezeichnet. Er erlebte in der ägyptischen Stadt Heliopolis die Sonnenfinsternis mit, die den Tod Christi begleitete, und nahm zusammen mit den Aposteln am Begräbnis Marias teil. Dionysius wußte über Engel Bescheid. Seiner Ansicht nach gibt es neun in drei Hierarchien zusammengefaßte Chöre von himmlischen Wesenheiten: die ›Seraphim‹, die ›Cherubim‹ und die ›Throne‹. Die zweite Ordnung umfaßt die ›Herrschaften‹, die ›Mächte‹ und die ›Gewalten‹, die dritte die ›Fürstentümer‹, die ›Erzengel‹ und die ›Engel‹. Was ich in dem Buch gerade versuche zu lesen, schildert die Augen auf den sechs Flügeln der Seraphim.«

Der Lichtstrahl der Taschenlampe fiel am Boden auf den Abdruck eines menschlichen Körpers. Er sah aus wie ein vergessener Schatten. Dr. Siegle beugte sich hinunter und fuhr mit der Hand darüber.

Wahrscheinlich waren es die Überreste des verbrannten Bibliothekars, dachte Gartner. Durch ihre

Bewegungen begannen sich schwarze Papierschnitzel aus den Regalen und vom Fußboden zu lösen und in einem Wirbel vor dem Lichtstrahl der Taschenlampe zu tanzen.

Sie drehten sich um und sahen die dichte Wolke aus Aschenflocken vor den Fensteröffnungen wie Insektenschwärme, und der Wind, der in Böen durch die Löcher drang, verdichtete und verdünnte das Gebilde.

»Ich war einer der wenigen, dem es gestattet war, sich frei in der Bibliothek zu bewegen«, fuhr Dr. Siegle fort, »da ich alte Schriften und Illuminationen restaurierte. Der Bibliothekar, den Sie als Schatten auf dem Boden gesehen haben, war ein Analphabet. Er merkte sich die Bücher über den Einband und den Standort und lachte über meine Neugierde, die er ›Blendung der Seele‹ nannte.«

Weiter stapfend scheuchten sie Tauben auf. Plötzlich spürte Gartner, daß er stürzte. Noch im Fall hatte er den Gedanken, jemand habe ihn gestoßen, und als er sich nach dem Aufschlagen am Boden erhob, sah er einige Stufen über sich Dr. Siegle stehen. Der Schein seiner Taschenlampe ließ ihn im Schwarm der tanzenden schwarzen Flocken wie einen Taucher in einer Wolke kleiner Meereslebewesen aussehen. Gartner spürte einen Schmerz an seiner Hüfte und stellte fest, daß er auf sein Mobiltelefon geprallt war und es beschädigt hatte. Fast gleichzeitig fiel ihm das Tonbandgerät ein. Er fand es im Schein der Taschenlampe und spulte es automatisch zurück, bis er Dr. Siegles aufgezeichnete Stimme hörte.

Sein Begleiter stieg inzwischen rasch zu ihm hinunter. Er betastete vorsichtig Gartners Arm und lächelte ihn dann an: »Es war Ihr Rucksack, dem Sie es verdanken, daß Sie sich nicht die Wirbelsäule gebrochen haben. Sind Sie wieder in Ordnung?« fragte er zur Sicherheit noch einmal, bevor er langsam weiter abwärts stieg.

Überraschend fanden sie auf einer der Stufen den Rest einer Ikone. Dr. Siegle nahm sie an sich und meinte, sie sei von den Ratten hierher geschleppt worden. Die Treppe führte bis in ein kaltes Kellergewölbe irgendwo unter der Erde. Gartner fiel in der Dunkelheit ein, daß er bei seinem Sturz den Stock verloren hatte, die Hüfte schmerzte ihn, aber er sagte nichts, sondern versuchte den Anschein zu erwecken, er sei unbeschadet davongekommen. Längst hatte er die Orientierung verloren. Wenn es Dr. Siegle gewesen war, dachte er sich, der ihn in die Tiefe gestoßen hatte, so konnte er ihn jetzt in diesem lichtlosen Labyrinth ohne großes Risiko loswerden.

Eigentlich wollte Gartner ja das Kloster Pantokratoros erreichen, aber das Schlechtwetter hatte ein Weitergehen unmöglich gemacht. Außerdem fesselte ihn das menschenleere Kloster, und ihm war, als könnte er die entschwundene Realität der *Ikonen*-Gedichte Goran R.'s und damit die Vorstellungswelt des Dichters besichtigen.

Sie stiegen eine steile Treppe wieder hinauf und befanden sich am Eingang der Trapeza. Entgegen seinen Erwartungen war sie nicht ausgemalt, sondern nur mit Deckenstukkaturen versehen. An den

Fenstergittern rankten sich Kletterpflanzen hoch. Sie gaben dem großzügigen Speisesaal mit den holz-dunklen Bänken und Tischen etwas vom Schloß von Dornröschen.

Draußen regnete es heftig, und der Sturm wehte noch immer. Gartner blieb stehen. Die Kanzel für den Lektor hing windschief an der Wand. Auf den mit Schutt und Kalk bedeckten Tischen lagen rost-zerfressene Eisenteller.

»Irgendwo treibt sich der Prosmonerios herum«, erklärte der Ohrenarzt nachdenklich. Gartner trat näher und sah, daß er eine Kreideinschrift auf der Tür zu entziffern versuchte. »Es ist üblich, daß ein Mönch, wenn ein so riesiges Gebäude aufgegeben wird, freiwillig darin aushält bis zu seinem Tod. Prosmonerios bedeutet ›Abwartender‹. Dieser hier hinterläßt Botschaften und Hinweise, wie man aus dem Serail wieder ins Freie gelangt, aber seine Beschreibungen haben etwas Krankhaftes. So als würde er für sich selbst Notizen machen, da er alles vergißt.«

Es roch nach altem, vertrocknetem Holz, Wespen-nestern und Staub. Leere Zellen mit nur einem Fen-ster kamen zum Vorschein, und hin und wieder fan-den sich Relikte der ehemaligen Bewohner: eine Petroleumlampe, ein dreibeiniger Stuhl, ein Tisch-chen. Gartner entdeckte auch eine aus einem Buch herausgerissene Abbildung einer Christusikone, die im unteren Eck die Seitennummer 246 aufwies. Warum diese im Halbdunkel verborgene Darstel-lung sofort seine Aufmerksamkeit auf sich zog, wußte er nicht, und er wußte zunächst auch nicht, weshalb er auf die Gelegenheit wartete, sie ungesehen an sich zu bringen. Er betrat die Kammer und betrachtete das Bild. Auf einem goldenen Hintergrund erschien in einem kreisrunden Heiligenschein, dessen Rand die Struktur des Stoffgewebes durchscheinen ließ, mit dem die Ikone unterlegt war, ein mit Oberlippen-, Backen- und Kinnbart dargestellter Christus in einem purpurvioletten Gewand und einem dunkelgrünen Umhang. Die Zeit hatte Farbflecken aus den Haaren, dem Bart, dem Hals, der Bekleidung abgetragen, darunter war der Goldgrund zum Vorschein gekommen, was den Eindruck erweckte, als löse sich die Figur in Licht auf. Sie kam oder sie verschwand gerade, dachte Gartner. Die rechte Hand war zum Segen bereit. Er entdeckte, daß der Mittelfinger beschädigt war, so daß er in das Innere einer mechanischen Figur mit einem künstlichen Gelenk zu sehen glaubte. Die andere Hand trug einen Ring am Daumen und hielt einen Gegenstand, der Gartners heftiges Interesse erregte. Es war ein blutrotes Evangelienbuch, halb von der Seite gemalt, weshalb es einer Schachtel ähnlich sah. Der Deckel oder Einband war verziert mit Perlen, Perlmutt und herz- und blattförmigen Edelsteinen. In der Mitte befanden sich zwei Kreise, der innere rot, der äußere wieder mit Edelsteinen geschmückt, und Gartner kam der Gedanke, es handele sich nicht um ein heiliges Buch, sondern um eine fotografische Box, wie sein Vater sie besessen hatte, nur war diese schwarz und ungeschmückt gewesen: oben an zwei

Nieten ein lederner Tragriemen. Daneben und seitlich ein viereckiges Okular, für Aufnahmen im Hoch- und Querformat. Zu öffnen war die Box hinten durch einen primitiven Verschluß aus Blech und einen rechteckigen Deckel. Gartner wußte noch, wie enttäuscht er als Kind gewesen war, als er seinen Vater gebeten hatte, ihm das Wunderwerk zu zeigen, das die Bilder produzierte, und nur das leere Gehäuse zum Vorschein kam. Vorsichtig nahm er die bunte Reproduktion von der Wand. Er drehte sich dabei um und sah, daß Dr. Siegle in der Tür lehnte und ihn beobachtete.

»Es stellt eine der berühmtesten Ikonen dar«, sagte er, während Gartner die Abbildung vorsichtig zusammenlegte und in den Rucksack packte. »Sie stammt aus der Sammlung des Skevophylakion im Kloster Chilandar. Christus als Beherrscher der Welt.«

Sie schlenderten den langen Gang hinunter, auf dem alle übrigen Türen zu den Zellen offenstanden, die Gartner mit ihren Fensteröffnungen, an denen der Regen vorüberlief, jetzt selbst wie fotografische Boxen erschienen.

Anschließend gelangten sie in einen hohen, unbeleuchteten Magazinraum.

Als Gartner den Kopf hob, erblickte er einen Sternenhimmel voll weißer Zahlen.

Hunderte von Stiefelpaaren hingen an der Decke. Sie waren an den Sohlen mit Kreide numeriert. Als sei ein ganzes Bataillon Mönche dabei, sich in die Lüfte zu erheben, dachte Gartner, der neugierig begann, den Sinn der Numerierung zu untersuchen. Möglicherweise bezeichnete jede Zahl einen Mönch, dem die Stiefel gehörten, dachte er. Er legte sich auf den Boden, um die Sohlen zu fotografieren, sodann versuchte er es noch einmal aus einer Ecke, von der aus man einen größeren Ausschnitt des Raumes erfassen konnte.

»Außerdem«, sagte Dr. Siegle plötzlich, »suche ich Pigmente und Bindemittel, um Farben für meine Restaurierungsarbeiten zu gewinnen. Es existieren zwar noch Malerhandbücher, in denen die Farbenherstellung beschrieben ist. Aber dafür braucht man alte Pigmente und Lösungsmittel.«

Das letzte Stück des Ganges führte an einem Raum vorbei, dessen Tür ausgehängt an der Wand lehnte, als würden Handwerker in ihm arbeiten. Sie betraten ihn und befanden sich zu ihrer Überraschung in einem fast unzerstörten Fotostudio. Sogar der Apparat war in einem schwarzen Karton erhalten geblieben. Die belichteten Glasplatten lagen verpackt und aufgestapelt in Regalen, auf Tischen und dem Fußboden. Als sie die verstaubten Schachteln öffneten und die Glasnegative aus schwarzen Kuverts zogen, sahen sie Mönchsgestalten und Mönchsgesichter, die sie aus einer unerreichbaren Ferne anblickten. Hut, Augen, Bärte und Haare weiß, das Gesicht in verschiedenen hellgrauen Schattierungen, die Kutten ebenfalls weiß. Die durchsichtigen Porträts waren alle vor demselben Hintergrund aufgenommen worden, einem Wandteppich, der das Serail darstellte, davor eine adlergekrönte Uhr auf einem safeartigen

Schrank und ein Tischchen, das mit einem im hell-
dunklen Sternenblumenmuster verzierten Tuch gedeckt war.

Manche Glasplatten waren auseinandergebrochen,
oder es fehlte ein Stück, was den geisterhaften, im-
materiellen Eindruck der Bilder noch verstärkte. Es
waren ernste Gesichter mit kurzen oder langen,
dunklen oder graugewachsenen Bärten, glatten, ge-
krausten oder gewellten Haaren, die, ob jung oder
alt, verklärt aussahen, auch, wenn manche einen
kranken, schmutzigen Eindruck machten. Dr. Siegle
holte stumm ein Negativ nach dem anderen aus den
Papierkuverts heraus, hielt sie gegen das Licht und
reichte sie Gartner weiter, der sie wieder in das Kuvert steckte und dieses in die Schachtel zurücklegte.
Dann fotografierte Gartner den Raum und einige be-
lichtete Glasplatten, indem er sie gegen eine intakt
gebliebene Fensterscheibe lehnte, während Dr. Siegle weitersuchte.

An der Wand fiel Gartner eine alte Landkarte auf.
Sie stammte noch aus der Zeit der k.u.k. Monarchie
und war in bunten Farben gedruckt. Am letzten
Glied der Halbinsel Chalkidike, dort, wo sich die
Mönchsrepublik befand, war die Karte durchsichtig
geworden vom Fett der unzähligen Finger, die sie be-
rührt hatten. Später entdeckte Dr. Siegle auch die
Glasnegative von Fresken, hell und dunkel verkehrt
abgebildet, so daß die dunkelhäutigen Heiligen mit
schwarzen Nimben in weiße Kleider gehüllt waren,
umgeben von dunklen Wolken und hellen Pflanzen.
Der Ohrenarzt erkannte zuletzt in einer Serie von

zwölf Aufnahmen die Apokalypse aus dem Kloster Dionysiou wieder: graue Rauchwolken vor einem schwarzen Nachthimmel, Engelscharen mit Heiligenscheinen und goldenen Trompeten, die goldene Sonne, den Regensturm, das weißgraue Meer mit den weißen Segeln der untergehenden Schiffe, helle einstürzende Gebäude und herabstürzende Sterne und dunkle, schreckenerregende Insektenwesen. Sie hatten sich in ihr weißschwarzes bedrohliches Gegenteil gewandelt, als sei das Fresko wahnsinnig geworden. Gartner dachte an die verkohlte Bibliothek, an die Schwärze, die auf einem gläsernen Negativ nichts als Helligkeit wäre. Er nahm wahllos einige der Glasplatten in den Papierkuverts an sich und steckte sie in die Parka-Jacke. Hierauf mußte er den Film wechseln, bevor sie auf den von Regen und Sturm durchbrausten Hof traten, die Mauern entlangschlichen und zwischen dem Sägewerk und dem Wasserturm das eingestürzte, verwilderte Glashaus entdeckten.

Im Laufschritt folgte er sodann Dr. Siegle in das ehemalige Spital.

Sie wollten schon umkehren, da sie nur die Krankenzimmer vorfanden, eine Teeküche und eine Kammer für die Wäscheablage, als Dr. Siegle einen Schrank öffnete und eine Apothekerwaage zutage förderte, kupferne und porzellanene Mörser, beschriftete Glasfläschchen und schließlich in einem unscheinbaren Kasten mehrere Reihen blauer und farbloser Flaschen, in die der Doppeladler des russischen Zaren geprägt war.

Einige Flacons enthielten scharf riechende Essenzen, und mehrere gläserne Apothekergefäße waren mit von Hand beschriebenen Papieren und Schnüren verdeckt. Die Papiere, offensichtlich Rezepte, verstaute Dr. Siegle in seinem Rucksack. Gartner schlenderte inzwischen durch die Spitalräume, entdeckte in einem Krankenzimmer Dokumente, die als Fensterscheiben verwendet wurden, und in einem eisernen Ofen die Reste verbrannter Schriften. Er nahm an, daß alles aus der Apotheke stammte. Das »Zahnambulatorium« war mit einem Bohrer ausgerüstet, der mit einem Pedal in Drehung versetzt wurde, und einem Behandlungsstuhl, dessen samtroter Bezug zerschlissen war. Er machte Dr. Siegle auf alles aufmerksam, was er entdeckt hatte, fotografierte ihn bei der Arbeit, wie er über die Rezepte und Fläschchen gebeugt seiner Suche nachging, Notizen machte und mehrere kleine Glasgefäße in seinen Rucksack steckte. Schließlich sprach Gartner seine Eindrücke auf Band und verspürte dabei Müdigkeit und den Schmerz in seiner Hüfte.

Draußen tobten nach wie vor Sturm und Regen. Dr. Siegle hatte neben verschiedenen Pulvern und flüssigen Substanzen auch getrocknete Pflanzen gefunden. Als er seine Arbeit beendet hatte, stellte er ein violettes Fläschchen auf den Tisch. Es war mit einem Korken und Pergamentpapier verschlossen. Dr. Siegle öffnete es und entnahm eine Messerspitze des weißen Pulvers, dessen Wirkung er erproben wollte.

Hierauf stellten sie alles an seinen Platz zurück, als müßten sie ihre Spuren verwischen.

Der Sturm vor dem Gebäude und die schweren Regentropfen erschienen Gartner wie eine Bedrohung. Er nahm die Pelerine aus dem Rucksack, zog sie an und blickte auf die Uhr. Sie waren nicht einmal drei Stunden im Serail gewesen, aber er hatte das Gefühl, sich dort den ganzen Tag aufgehalten zu haben.

Sie hatten es eilig, in ihren raschelnden Pelerinen das Serail zu verlassen, und Gartner empfand Glücksgefühle über das Material, das er für seine Reportage gefunden hatte, wenngleich er noch nicht wußte, ob und wie er es verwenden würde. Inzwischen hatten sie den Südwesttrakt erreicht, in dem die Athosschule untergebracht war. Gerade als sie durch das Tor treten wollten, löste sich aus einer Mauernische ein gebückter Greis. Er war in einen Gummimantel gehüllt und stützte sich mit der Hand auf einen Stock. Gartner wußte sofort, daß es der Prosmonerios war, und obwohl er kein Wort von dem verstand, was der Alte sagte, begriff er, daß er verwirrt und krank war. Da der Prosmonerios nur stammeln konnte und selbst Dr. Siegle ihn kaum verstand, hielt Gartner es für sinnlos, ihn nach Goran R. zu fragen. Außerdem hatte er nicht vor, Dr. Siegle in seine Absichten einzuweihen.

Von der braunen und schlammigen Straße aus, neben der das zu einem Bach angeschwollene Rinnsal lief, erblickten sie in den Fenstern der angrenzenden Schule ein Dutzend bartloser Novizen. Sie starrten unbewegt auf sie herunter.

Während der Ohrenarzt auf die kümmerliche Gestalt des »Abwartenden« einredete, erschienen am Tor weitere schweigende Novizen mit schwarzen Regenschirmen in der Hand. Die Schirme wurden vom Wind hin- und hergerissen, stülpten sich mitunter um und zogen den einen oder anderen jungen Mann hinter sich her.

Der kümmerliche Alte trug eine runde Brille, und der Regen lief ihm über das Gesicht. Sein weißes Haar war mit einem Knoten im Genick zusammengebunden, und seine kräftigen Fingernägel, stellte Gartner fest, als er einen Blick auf den Stock warf, hatten dicke schwarze Ränder.

Ein paar hundert Meter weiter mußten sie den nun tosenden, lehmigen Bach überqueren, von Stein zu Stein springen, doch fiel es Gartner leicht, und auch Dr. Siegle und der »Abwartende« schienen keine Schwierigkeiten zu haben, ihm zu folgen.

Endlich tauchte vor ihnen eine kleine, halb eingestürzte Kirche mit einer blauen Zwiebelkuppel auf. Tore und Fenster fehlten an dem Gebäude, und der Turm hatte kein Dach mehr. Der Boden im Kirchenschiff war vom Wasser überschwemmt.

Der Alte setzte sich zitternd auf einen Mauervorsprung, während Dr. Siegle angestrengt versuchte, sich ihm verständlich zu machen. Gartner stöberte in seinem Rucksack nach dem Tonbandgerät. Ab und zu erhellten Blitze die kleine Kirche, und der rauschende Regen und der Donner erfüllten sie mit lauten Geräuschen, die das Gespräch Siegles und des »Abwartenden« übertönten. Sie schenkten Gartner, der sie fotografierte, keine Beachtung.

Nachdem es zu regnen aufgehört hatte, gelang es Dr. Siegle, den Alten zu überreden, ihm weiter zu folgen.

Es war kalt geworden, aber der Wind hatte nachgelassen. Nach einigen Biegungen blickten sie mit einem Mal auf die Villen im Grün rund um die Hauptstadt Karyäs.

»Zum Haus des Arztes!« rief Dr. Siegle.

In der Ferne war noch ein Wetterleuchten wahrzunehmen. Die Wolken verdeckten nicht mehr den Himmel, sondern formten sich zu langen, hoch aufgeschichteten Gebilden und begannen sich im hereinbrechenden Abend intensiv zu verfärben.

Sie erreichten bald das Botschaftsgebäude des Klosters Chilandar am Rand von Karyäs. Die windschiefe Kapelle war rundherum mit rostigem Wellblech verkleidet. Gartner ließ Dr. Siegle und den Alten vorausgehen und machte eine Aufnahme. Sodann mußte er die Filmrolle wechseln und eine neue im Rucksack suchen, dabei fand er einen Zettel zwischen seinen Hemden: »Viktor«, las er, »wenn Du meine Zeilen findest, bist Du schon unterwegs. Ich bin in Gedanken bei Dir. In Liebe T.«

Die Worte »In Liebe« machten ihn auf eine kindische Weise froh. Eine gelbbraune Eidechse flüchtete neben seinem Rucksack unter einen Stein, sonst bewegte sich nichts um ihn herum. Er hielt das Papier in der Hand, die kleine Schrift kam ihm so schön vor wie die Pflanzen, die Steine, der Himmel und das Meer.

Er steckte den Zettel ein, legte die Filmrolle nach,

schlüpfte in die Rucksackriemen und ging beschwingt in das Tal hinunter.

Er genoß es, allein zu sein, und nahm sich Zeit, die schwarzen Wolken auf dem eisblauen Himmel zu betrachten, der zum Horizont hin rotgelb wurde. Zwischendurch zog er die Pelerine aus und hängte sie über den Rucksack.

Er stieß erst vor dem Haus des Arztes wieder auf Dr. Siegle und den Prosmonerios, inzwischen hatte er sie mehrmals zwischen Villen, Gärten, Büschen, Kastanien- und Nußbäumen auftauchen und wieder verschwinden sehen.

Die blaue Tür wurde geöffnet, und ein schwankender Novize trat in den Vorgarten. Der Arzt, so beteuerte der junge Mann, war auf Visite. Es sei leider nicht vorauszusehen, wann er wieder zurückkommen werde. Es entspann sich ein Disput zwischen ihm und Dr. Siegle, der damit endete, daß ihnen geraten wurde, die Krankenstation aufzusuchen.

Ein dunkles Blau lag zwischen den Blättern der Bäume, hinter den Stämmen und über der abfallenden Straße. War es diese Bläue, die Dr. Siegle anregte? Jedenfalls holte er das Fläschchen mit dem Doppeladler und dem weißen Pulver aus dem Rucksack und bot es dem »Abwartenden« an. Der Alte war nicht erstaunt darüber, er hielt ihm die rechte Hand zur Faust geballt hin, und Dr. Siegle tippte ihm etwas von der weißen Substanz auf die Haut zwischen Daumen und Zeigefinger. Der »Abwartende« steckte die Hand blitzschnell in den Mund und musterte Gartner erwartungsvoll über den Rand seiner

Brille hinweg, als wollte er ihn ermuntern, das gleiche zu tun, aber Dr. Siegle steckte das Fläschchen rasch wieder ein.

Die Nußbäume warfen wundervolle Silhouetten, gelbes Licht leuchtete aus entfernten Fenstern. Der Weg nach Karyäs führte sie an Baracken mit Teerpappedächern vorbei, an umgeworfenen Benzintonnen, Baggern, ausrangierten Kettensägen – aber niemand war zu sehen, nicht einmal ein Hund oder eine Katze.

Dr. Siegle kehrte allein aus der Krankenstation zurück, und Gartner bemerkte, daß seine Augen weit aufgerissen waren. Seine Pupillen waren groß, und von der Iris war nur ein schmaler Streifen zu sehen.

Die Visite

Im *Megali Britannia*, dem Hotel gegenüber dem Andenkenladen, erwartete sie ein Brief mit dem Hilferuf des Uhrmachers. Also hatte Dr. Siegle von Anfang an die Absicht gehabt, nach Karyäs zurückzukehren und nicht zum Kloster Pantokratoros weiterzugehen, dachte Gartner. Oder der Brief des Uhrmachers war eine Art Flaschenpost, die in der Hoffnung aufgegeben worden war, durch Zufall an den Adressaten zu gelangen.

Der Wirt trug eine weiße Hose, einen grellroten Pullover und war bartlos. Er hatte nur noch ein Zimmer mit vier Betten frei und verlangte, daß sie auch für die beiden unbenutzten bezahlten, da sie dieses ansonsten mit weiteren Gästen, sofern sie eintrafen, teilen müßten. Der Preis war unverschämt hoch.

Katzen schmeichelten um ihre Schuhe und klagten miauend, als sie sich in den ersten Stock begaben. Die Tür war nur weiß grundiert, das Braun des Holzes schaute darunter hervor, und das Schloß ausgeleiert, weshalb es sich schwer öffnen ließ. Da die Fenster keine Vorhänge hatten, sahen sie beim Eintreten das gerahmte Nachtblau.

Es stank nach Petroleum, außerdem fiel Gartner das Packpapier über den Schaumgummimatratzen auf. Unter zwei Klappbetten und der zerschlissenen Couch waren überdies Mäusefallen aufgestellt, und Dr. Siegle erklärte, daß Packpapier und Petroleum Wanzenabwehrmittel waren. Ein Kalenderblatt vom Februar 1992 zeigte eine alte Ansicht von Karyás, daneben hing eine grüne Reklame für eine Ouzo-Marke an der Wand.

Sie legten die Rucksäcke ab, hängten die feuchten Kleider über eine Schnur, zogen trockene an und wechselten die Schuhe. In die nassen stopften sie Seiten aus der Illustrierten, in der die Fotografien der Massengräber vom Massaker in S. abgedruckt waren.

Es kam Gartner merkwürdig vor, hier und in diesem Zimmer die Reklamen für teure Uhren, Autos, Parfums und Designerkleidung in den Händen zu halten, und er verstand es als Ironie, daß er sie in seine Schuhe stopfte. Allerdings hatte er darauf geachtet, daß der Artikel über das Massaker nicht darunter war, und als Dr. Siegle die Illustrierte auf den wackeligen Tisch warf, fragte Gartner ihn, ob er sie lesen dürfe.

Der Ohrenarzt nickte. »Es ist ein Zufall, daß wir noch in Karyäs sind«, sagte er, »wir sollten längst in der Skiti Agios Nikolaos oder besser noch im Kloster Stavronikita sein. Aber das Unwetter … Außerdem fand sich der Prosmonerios nicht zurecht und erkannte niemanden mehr, daher mußte ich ihn zur Krankenstation bringen. Bei Sonnenuntergang aber schließen, wie Sie wissen, alle Klöster, und wer nicht rechtzeitig ankommt, muß die Nacht im Freien verbringen.«

Gartner war sich im klaren darüber, daß er den ersten Tag, den er auf dem Athos bleiben durfte, verloren hatte und daß es nun schwerer sein würde, Goran R. zu finden. Er wollte jedoch das Beste daraus machen und sich Dr. Siegles bedienen, Dinge über die Mönchsrepublik in Erfahrung zu bringen, die ihm sonst verborgen blieben.

Während sie sich fertigmachten und Dr. Siegle seine medizinischen Utensilien aus dem Rucksack in einen Leinenbeutel umpackte, berichtete er, daß die Mönche schon seit Sonnenuntergang in der Kirche meditierten, sängen und die ganze Nacht hindurch beten würden. Am Morgen werde der feierliche Gottesdienst abgehalten, mit dem sie erst zwei Stunden nach Sonnenaufgang zu Ende kämen. In den Winternächten dauerte »diese Qual« oft nicht weniger als fünfzehn Stunden, aber die strengsten Mönche setzten das Beten und Wachen in ihren Zellen fort und brächten es nach und nach bis auf zweiundzwanzig Stunden ununterbrochener Andacht.

Nachdem der Ohrenarzt seine Toilette beendet hatte, überquerten sie die nächste Straße und öffneten die Tür zu einem Wohnhaus. Ein schwaches Licht beleuchtete das Zimmer, dessen Wände mit einem auffälligen Muster aus dunklen Weintrauben tapeziert waren. Gartner registrierte jedoch ungläubig, daß das Tapetenmuster sich bewegte. Einige Weintrauben vergrößerten sich, andere wiederum wurden kleiner oder lösten sich langsam auf. Erst als er näher trat, erkannte er, daß es Schaben waren. Sie krochen aus den Spalten und Nischen und gerieten, aufgestört durch das Geräusch der Schritte, in Bewegung.

Auf einem Tisch türmten sich zerbrochene und mit Isolierband und Draht geflickte Brillen, an denen ein Bügel fehlte oder die Nasenklammer ausgebrochen war.

»Dr. Siegle?« fragte eine Stimme.

Als sich Gartners Augen an das Dämmerlicht gewöhnt hatten, erkannte er einen alten Mann. Er nahm auch jetzt nicht, während er begann, mit Dr. Siegle über seinen Gesundheitszustand zu sprechen, die Uhrmacherlupe aus dem Auge und lag vollständig angezogen auf dem Bett.

Die Unterhaltung geriet so seltsam, daß Gartner das Tonbandgerät in der Tasche einschaltete. Zuerst wies der Mönch auf die nun leeren Wände und erklärte Dr. Siegle, er »und sein Kollege« hätten »das Universum zum Verschwinden« gebracht. Er betrachte die Insekten an der Wand wie die Sterne auf dem nächtlichen Himmel. Sie bildeten »Schabenbilder«, die man mit den Sternenbildern vergleichen könne, er habe aber eigene Bezeichnungen dafür gefunden. Die Schaben kämen übrigens von der Bäckerei nebenan. Auf dem Tisch neben dem Bett lägen die Uhren zum Reparieren und in den Pappschachteln Ersatzteile: Zahnrädchen, Zeiger, Zifferblätter, Zugfedern, Ankerwellen, alles numeriert, auch die Brillen und Brillenersatzteile draußen habe er beschriftet. So stünden die Ersatzteile jeder Schachtel in einer bestimmten Ordnung zueinander, die er anhand der Zahlen feststellen könne. Er könne auch die Ersatzteile untereinander in den Schachteln mischen und austauschen oder die Brillenersatzteile mit den Uhrenersatzteilen. Aber es paßten immer nur die richtigen zueinander, nur das Richtige passe zueinander, da helfe die gesamte Nomenklatur nichts. Jede willkürliche Ordnung benötige eine innere Ordnung, damit sie sinnvoll sei. Mit den Schaben wiederum verhalte es sich so: Sie bewegten sich für das menschliche Auge viel schneller als die Sternbilder, obwohl das eine Täuschung sei.

Inzwischen hatte Dr. Siegle den Ohrenspiegel ausgepackt und begonnen, die Gehörgänge des Alten zu untersuchen.

Er verstünde diese Ordnungen, fuhr der Mönch ungerührt fort, erst, seit er das immerwährende Jesusgebet spreche. Es helfe ihm, sie aufzuspüren. Sie durch Korrekturen wieder ins Gleichgewicht zu bringen. Die Gegenstände herauszufinden, die sie störten. Er kenne die Baupläne der meisten Uhren. Egal ob Aufziehuhren, Automatik- oder solche, die durch eine Batterie betrieben würden. Er wisse sofort, da er sich die Baupläne in Form von numerierten Ersatzteilen merke, welche Funktion gestört sei.

»Wir müssen Ihr Ohr ausspülen«, unterbrach ihn Dr. Siegle laut.

Während Dr. Siegle den Eingriff vorbereitete, wandte sich der Alte an Gartner.

»Schauen Sie zu den Brillen hinüber. Suchen Sie die Nummer sechzehn. Haben Sie es? Ein Taschen-TV-Gerät, das ich von einem Wanderer geschenkt bekommen habe. Ich brauche es nicht mehr. Wieviel ist es Ihnen wert?«

Dr. Siegle kam mit der Ohrenspritze, Wasser und dem Lavoir zurück und fing an, die Gehörgänge des Mönchs zu spülen, während Gartner das TV-Gerät suchte und neben den Brillen fand. Tatsächlich war es mit der Nummer sechzehn beschriftet. Er suchte den Einstellknopf, zog die Antenne heraus und sah unter starkem Flimmern eine amerikanische Seifenoper mit einer Werbeeinblendung für eine Benzinfirma.

»Fünfzig Dollar!« rief der Mönch, der die Waschschüssel gegen sein Ohr preßte, während Dr. Siegle spülte.

Gartner entdeckte Papierikonen an der Wand und Behälter mit Werkzeug.

»Ich weiß alles schon im voraus. Durch die Anordnung der Schaben an der Wand. Je nachdem, welche Figuren sie bilden, verdeutlichen sie die Zukunft.

Die Maschine sechzehn aber weiß alles immer zu spät.« Der alte Mönch lachte.

Gartner schaltete den Apparat aus, steckte ihn ein und legte fünfzig Dollar auf den Tisch. Mit einer Handbewegung gab der Mönch ihm zu verstehen, daß der Handel abgeschlossen sei. Gleichzeitig wandte er sich Dr. Siegle zu und erklärte ihm, die Schmerzen in seinem Kopf und das Sausen in den Ohren kämen »vom Fliegen«.

Der Mönch schlug mit den Armen in der Luft um sich und rief »Fliegen«, als glaubte er selbst daran, fliegen zu können. Dr. Siegle ließ sich dadurch nicht stören, bat Gartner, das Lavoir zu halten, und befahl dem Mönch, still zu liegen, bevor er die Spülung fortsetzte. Gelbes Ohrenfett quoll heraus und schließlich ein dunkles Etwas, das Dr. Siegle auf dem Grund der weißen Waschschüssel anstarrte. Ungeduldig suchte er nach einer Pinzette, fixierte das schwarze Stück und untersuchte es mit dem Ohrenspiegel.

»Eine mumifizierte Schabe«, sagte er dann, »in Ohrenfett eingelagert.« Der Mönch kümmerte sich nicht darum, war zu Tränen gerührt aus Freude, wieder hören zu können, und ließ nun auch die Behandlung des anderen Ohres bereitwillig über sich ergehen. Dr. Siegle hielt dabei einen anatomischen Vortrag über das Ohr, der auf lateinische Fachbegriffe nicht verzichtete und dadurch weder vom Mönch noch von Gartner, dessen Tonbandgerät weiter in der Tasche lief, verstanden wurde. Gartner hatte aber das Gefühl, noch einmal mit Dr. Siegle durch ein aufgelassenes Kloster zu wandern mit Geheimgängen, Labyrinthen, knöchernen Maschinen, akustischen Phänomenen – einem imaginären Schattenbild des Serails.

Nachdem das zweite Ohr gereinigt war, wollte der Mönch Gartner die fünfzig Dollar für das Batteriefernsehgerät zurückgeben und Dr. Siegle eine silberne Taschenuhr mit Mondphasenkalender schenken. Er hatte die Uhrmacherlupe noch immer unter der Braue festgeklemmt, die Gartner anfunkelte oder abwechselnd ein stecknadelkopfgroßes Auge zeigte, während Dr. Siegle von der Gehörschnecke sprach und Zeichnungen in der Luft vollführte. So fiel es Gartner leicht, mit der Pocketkamera Aufnahmen zu machen, vom begeisterten Patienten, dem nicht weniger begeisterten Doktor und der mumifizierten Schabe, dem uralten Präzisionswerkzeug auf dem Tisch und den beschädigten Brillen und Uhren.

Mitten unter den geöffneten und reparierten Uhren stand ein mit Nummer dreihundertzweiundsiebzig beschriftetes Glas, in dem – Nummer elf! – das künstliche Gebiß aufbewahrt war, das der Mönch sich in den Mund schob.

»Wußten Sie, daß ich lange glaubte, Sie arbeiten für den Geheimdienst?« fragte er unvermittelt den Ohrenarzt. »Jedes Kloster hat seine diplomatischen Beziehungen.« Er lachte.

»Und?« fragte Dr. Siegle. »Glauben Sie es noch immer?«

Der Mönch schüttelte den Kopf, was aber auf griechisch »ja« bedeutet.

Auf dem Rückweg, der an der Polizeistation vorbeiführte, sagte sein Begleiter, der Uhrmacher sei monatelang fast taub gewesen, und nun, als er plötzlich wieder habe hören können, habe er nur Unsinn geredet. Das sei ein bekanntes Phänomen.

Bei der Mahlzeit im Gewölbe des *Megali Britannia*, lauwarmer Fasolada, einer Bohnensuppe, dazu Tomatensalat mit Zwiebeln und hellrotem Wein, schwärmte Dr. Siegle dann von der mumifizierten Schabe, die er einen »Schaben-Tut-enk-Amun« im Felsengrab des Gehörgangs nannte. Er vermutete, daß sie möglicherweise schon vor Jahren bei einem nächtlichen Ausflug in das Ohr gestürzt sei.

Alle Tische um den Ofen mit dem langen, gebogenen Abzugsrohr waren besetzt, und weiter weg, vor den hohen, gebogenen Fenstern, standen russische Arbeiter beisammen und rauchten.

Gartner ging voraus in das häßliche Zimmer, wusch sich, versuchte mit dem Taschenfernsehapparat einige Bilder einzufangen, bis er wieder auf einen Werbeblock stieß. Er rastete die Antenne ein, verstaute das Gerät und hatte dabei das Gefühl, daß sein Rucksack durchsucht worden war. Argwöhnisch nahm er jedes Stück heraus, fand aber keinen Beweis für seinen Verdacht. Das brachte ihn auf die Idee, den Rucksack von Dr. Siegle zu öffnen; bevor er sich jedoch daranmachen konnte, das fettige Lederband hinaufzuschieben, trat sein Begleiter außer Atem ein und ließ sich schnaubend auf das Bett fallen.

Dr. Siegles Experiment

»Niemand hier glaubt«, begann Dr. Siegle seinen Monolog, »daß Goran R. sich in Chilandar versteckt hält. Wenn ich nicht alle Eide geschworen hätte, daß Sie wegen einer Reisereportage hier sind, wären Sie morgen schon wieder auf der Rückfahrt nach Ouranopolis gewesen.«

Ein Mönch, belehrte er den ungläubig, aber dank seiner schauspielerischen Fähigkeiten erstaunt glotzenden Gartner, habe dem Alten das Gedichtbuch und die Fotografie abgenommen, weil sie ihn von der Hingabe an Gott abhielten. Der geschwätzige Alte verliere das Ziel leicht aus den Augen. Er habe den Gedichtband und das Foto übrigens von einem Journalisten bekommen, weil der Alte vor Jahren in Chilandar gelebt habe und dem Journalisten Fragen beantwortet und Auskünfte über das Kloster erteilt hätte. Trotzdem habe der Journalist in den vier Tagen, die er ausnahmsweise im serbischen Kloster habe verbringen dürfen, keine Spur von Goran R. entdeckt. Er wies auf das Bild Stephan III. Decanskys und sagte verächtlich: »Nicht einmal die Ikone konnte er entziffern.«

Gartner tat, als verstünde er nicht, wovon die Rede sei, und erfuhr Neues: Die einzelnen Bilder der Vitenikone, die das Leben des Heiligen darstellte, hatte der Malermönch Longin klassisch angeordnet. Immer würde der Heilige groß in der Mitte, die erste Darstellung eines Lebensabschnittes links, die zweite rechts davon und so weiter erfolgen. Wer das nicht wisse und die einzelnen Lebensstationen des Dargestellten in einer Vitenikone nicht genau kenne, könne sich an einem Interpretationsversuch die Zähne ausbeißen. Bei russischen Vitenikonen seien überdies komplizierte Veränderungen der Chronologie die Regel. Dazu komme noch, daß die meisten Vitenbilder gefälschte oder erfundene Ereignisse festhielten und oft auch Entscheidendes wegließen. Außerdem würden mitunter drei oder vier Ikonen übereinander auf dasselbe Brett gemalt, und man könne nicht wissen, welches Bild sich auf der jeweiligen Schicht befinde ... Bei dieser Longin-Ikone, er schob das Buch von Goran R. mit der Abbildung von Stephan III. Decansky in die Mitte des Tisches, sei die Reihenfolge allerdings klassisch. Gartner gab noch immer vor, nicht zu wissen, worum es ging.

»Ich bin sicher, daß Goran R. bis in das kleinste Detail informiert war, was das Leben Stephan III. Decanskys betrifft. Auf dem ersten Bild ist die Verleumdung von Stephan durch seine Stiefmutter Simonida bei Vater Milutin dargestellt«, führte Dr. Siegle aus. »Auf dem nächsten wird er geblendet, dann erscheint ihm der heilige Nikolaus zum ersten Mal, Stephan wird nach Istanbul in Gefangenschaft abgeführt, im Kloster Pantokratoros versteckt und Zar Andronika vorgestellt. Hier überredet Stephan III. Decansky den Zaren zur Verfolgung von Häretikern, Stephan und er sitzen an einem runden Tisch, das Bild wird vom Segelschiff auf dem Meer dominiert, auf dem die Gotteslästerer fliehen. Dann gibt ihm der heilige Nikolaus das Augenlicht wieder. Das sind die entscheidenden Bilder für das Buch von Goran R.: Stephan III. Decansky wurde nämlich in Wirklichkeit nie geblendet, sein Vater Milutin erließ zwar den Befehl, und das Gericht sprach das Urteil, aber es verhalf ihm gleichzeitig zur Flucht unter der Bedingung, daß er fortan den Blinden *spielte*.« Dr. Siegle machte eine Pause, lächelte und fügte hinzu: »Und Goran R., der über das nur angebliche Blindsein Stephan III. Decanskys natürlich Bescheid wußte, variierte dieses Thema im gesamten Band virtuos. Für die Öffentlichkeit lernte Stephan III. den Blinden zu spielen, sich wie ein Blinder zu verhalten, tatsächlich aber entging ihm gerade deshalb nichts, weil man ihn für blind hielt. Außer dem Zaren hatte er nur wenige Mitwisser, so daß auch das spätere, sogenannte Nikolaus-Wunder, das ihm das Augenlicht schenkte, nie angezweifelt wurde. Goran R.'s Gedichte sind deshalb doppeldeutig, das hat übrigens erst vor kurzem Joannis Avramis in seiner Biographie aufgedeckt. Und er wies auch nach, daß Simonida, die Gattin von Stephan III. Decanskys Vater Milutin, ein sechsjähriges Kind war, als Milutin sie zur vierten Frau nahm. Er hatte zuvor hintereinander drei Frauen entgegen dem orthodoxen Recht geheiratet: eine Griechin, eine Ungarin und eine Bulgarin, die er jeweils nach kurzer Ehe verstieß. Das sechsjährige Kind Simonida soll also Stephan III. Decansky verleumdet haben – eine absurde Erfindung. Erzbischof Danilo II., der seine Karriere der besonderen Gunst des Königs verdankte, verstand es jedenfalls in seiner Biographie, die er von Milutin verfaßte,

einen untadeligen Lebenswandel des Königs vorzutäuschen und damit den Kult um ihn zu begründen.
Sie verstehen, die Tatsachen sind so verwirrend, wi-
dersprüchlich und unlösbar ineinander verwickelt,
daß nur jemand, der alle Einzelheiten kennt, die
verspiegelte Lyrik Goran R.'s versteht. Vielleicht hat
er sich wirklich in Stephan III. Decansky selbst por-
trätiert, wie Avramis behauptet. Er sei in Wirklichkeit durch die Gunst oder Ungunst des Schicksals ein
Sehender, der sich aber zum Schutz blind stellen
muß.«

Dr. Siegle schlüpfte in einen alten Militärpullover
und schien nicht zu merken, wie die Zeit verging.
Gartner war davon überzeugt, daß es das weiße Pulver aus dem Fläschchen war, mit dem er sich in
Trance versetzt hatte. Er sprach allerdings völlig
klar, und Gartner zweifelte nicht an dem, was er
sagte. Andererseits aber war es genauso möglich,
daß er alles nur erfunden hatte. Der Ohrenarzt
suchte die Ikone, die er aus der verbrannten Bibliothek des Serails mitgenommen hatte, in seinem
Rucksack und begann verschiedene chemische Tinkturen und Flüssigkeiten auf den Tisch zu stellen. Er
machte für Gartner jetzt einen hoffnungslos verrückten Eindruck in dem trostlosen Zimmer.

»Was hier aus der Skiti Andreas vor mir liegt, ist
eine russische Ikone«, sagte Dr. Siegle, »ich werde Ihnen nun etwas zeigen, das alles, was Sie heute abend
erlebt und von mir gehört haben, mit einem Schlag in
einem anderen Licht erscheinen läßt, obwohl ich
noch nicht weiß, ob sich meine Vermutungen bestä-

tigen werden. Trotzdem werden Sie anfangen zu begreifen.«

Das schwarze, verkohlt aussehende, viereckige Holzstück der Ikone machte auf Gartner einen traurigen Eindruck. Aber im selben Augenblick hatte er das Gefühl, ein unsichtbares Flimmern habe sich zwischen ihm und Dr. Siegle aufgebaut, über das sie miteinander kommunizierten, das sie Abneigung, Freundschaft oder Aufmerksamkeit des anderen augenblicklich fühlen ließ. Er kannte dieses Gefühl bereits von anderen Situationen her ...

»Die Besonderheit einer russischen Ikone ist die Olifa, eine Schutzschicht auf Leinölbasis. Die Olifa schützt die Ikone in den kalten und feuchten Kirchen, außerdem verleiht sie den Farben Leuchtkraft. Ihr Nachteil ist, daß sie selbst dunkel wird und sich nach hundert bis hundertfünfzig Jahren in eine schwarze Schicht verwandelt, unter der man nichts mehr erkennen kann, nicht Bild und auch nicht Farbe. Daher wurden über das alte Bild sehr oft neue Ikonen gemalt und wieder mit einer Olifa abgedeckt. Dieser Vorgang konnte sich im Laufe von Jahrhunderten mehrmals wiederholen, so daß sich das ursprüngliche Bild zuletzt unter einer Kruste jüngerer Farb- und Ölschichten befand. Wenn man also die ursprüngliche Malerei zu Gesicht bekommen wollte, mußte man mehrere nachträglich aufgetragene Farb- und Ölschichten ablösen.« Dr. Siegle stellte jetzt ein Schülermikroskop auf den Tisch, legte Zündhölzer und eine Schachtel mit gelbem Etikett, auf dem ein rotes Pferd Feuer schnaubte, Pinzette,

Skalpelle und Tinkturen auf den Tisch. »Trotz der streng gehüteten Berufsgeheimnisse verwendeten alle Restauratoren dieselbe Methode«, fuhr er fort.

Gartner spürte, daß Dr. Siegle ihn nicht noch mehr verwirren, sondern ihm tatsächlich etwas zeigen wollte.

»Zur Ablösung der Farb- und Ölschichten«, dozierte er, »benutzte man ein Gemisch aus Terpentin oder Politur. Politur ist in Alkohol gelöster Schellack, Schellack wiederum ein Harz, das die Lackschildlaus ausscheidet. Ungeachtet aller Verbote wurde immer die ›heiße‹ Methode angewendet, um die Farb- und Ölschichten zu erweichen, bei der die schwarze Oberfläche, wie Sie schon erraten haben dürften, mit Alkohol oder Politur angefeuchtet und angezündet wurde. Nach dem Erweichen werden diese Farb- und Ölschichten mit demselben Gemisch aus Terpentin und Ammoniak oder mit Politur entfernt. Um die Lösungskraft der Chemikalien zu schwächen, bestreicht man die Oberfläche der Ikone mit Sonnenblumenöl. Die Ikone vor mir ist nicht verkohlt. Nur der Ruß des Brandes hat ihr zugesetzt. Ich verzichte übrigens darauf, sie zu waschen, weil ich das erste, das ursprüngliche Bild zum Vorschein bringen will«, er blickte mit dem zusammengekniffenen anderen Auge durch das Okular des Schülermikroskops, »und mich das oberste daher nicht interessiert, noch dazu, wo ich es ohnedies kenne. Wenn ich es recht sehe, ist das ursprüngliche Bild von zwei anderen Schichten überlagert.«

Er lud Gartner ein, einen Blick durch das Mikroskop zu werfen. Zweifelsohne war es fast nur Schwärze, die er sah, doch diese Schwärze wurde durch das Netz der hellen Risse, die wie ferne Galaxien das dunkle Universum mit kaum sichtbaren Spuren durchzogen, quasi in ihrer Schwärze bestätigt. Hätte er nichts anderes als Schwärze gesehen, so wäre es naheliegend gewesen, daß er das Mikroskop für nicht funktionsfähig gehalten hätte, er gewahrte jedoch Tiefe, Linien, Konstellationen, die sich zu einer Landschaft fügten.

Dr. Siegle verstrich die Tinktur sorgfältig auf der Ikone und zündete sie an. Der bläuliche Schein des chemischen Feuers über dem Bild glich einer geisterhaften Erscheinung.

Ungerührt kommentierte der Ohrenarzt, der nach dem Erlöschen des Feuers die Ikone unter das Mikroskop schob, daß die erste verdeckte Darstellung erschienen sei.

Er winkte Gartner heran und rückte zur Seite. Vor Gartners Augen lag ein Objekt, glitzernd, glänzend, dunkel, zunächst schwarz, aber hinter dieser Schwärze auf einer braungoldenen Fläche war ein schwarzgrüner Baum zum Vorschein gekommen mit dunklen Figuren darunter. Gartner hatte in der Anspannung das Tonbandgerät vergessen. Er legte es auf den Tisch, schaltete es ein und machte mit seiner Kamera einige Aufnahmen. Eine innere Stimme sagte ihm, daß alles nicht beunruhigend war.

»Diese Farben!« rief sein Begleiter begeistert aus, während er geradezu zärtlich eine Flüssigkeit auf die

Ikone tropfen ließ, die die Olifa wie eine Eisschicht durch heißes Wasser plötzlich zum Verschwinden brachte.

Das Bild war nicht sehr klar, und als Gartner nach der Bedeutung des Baumes im Hintergrund fragte, antwortete der Ohrenarzt, dies sei kein Baum, sondern zeige den thronenden Christus in einer Aureole, die von zwei Engeln emporgetragen würde. Die Gestalten darunter stellten die Gottesmutter, umringt von den zwölf Aposteln, vor einer Landschaft dar. Weiß gekleidete Engel wendeten sich den Aposteln zu und deuteten das Geschehen. Das alles konnte Gartner mit bloßem Auge nicht erkennen. Manches davon ließ sich jedoch erahnen, und als Dr. Siegle ihn wieder durch das Mikroskop blicken ließ, verlor er sich gleich zwischen den Figuren, die aus dem Dunkel auftauchten und für ihn ein völlig anderes Bild ergaben, als es der Ohrenarzt ihm erklärte. Er war jedoch beeindruckt, ja ergriffen vom Erscheinen dieses anderen Bildes aus der Schwärze. Dr. Siegle bereitete indessen schon einen zweiten Eingriff vor, während er noch mit einer Sonde auf bestimmte Farben der Darstellung in der Ikone hindeutete und Gartner gerade das System der Sprünge und Risse entdeckt hatte, von dem er glaubte, daß er es nur nicht richtig erkannte und zu deuten wußte.

Im Weiß, dozierte sein Begleiter, nun schon wieder durch das Mikroskop schauend, sähen die Ikonenmaler das Symbol für göttliches Licht, Verklärung, Auferstehung, während das Rot, besonders das Purpur, für geistliche Herrschaft, ferner für den Äther

182

stehe. Dieses Dunkelbraun, das sie so lange betrachtet hätten, sei allerdings nur ein Resultat des Alterns und der chemischen Prozesse. Dunkelbraun bis Schwarz gälten, so sie gemalt seien, als Farben der Askese und der menschlichen Trauer.

»Sie dürfen nie vergessen, daß eine Ikone nicht gemalt, sondern geschrieben wird, nach festen grammatikalischen Regeln. Die Ikonenmaler verstehen sich als Prediger, sie treten bewußt hinter ihre Botschaft zurück, zu der auch die Farbsymbolik gehört. Sie finden kaum je individuelle Pinselspuren, weil nur durch das Überpersönliche und Nichtmaterielle der Inhalt erkennbar bleibt«, betonte Dr. Siegle. »Deshalb ist es auch so bemerkenswert und ungewöhnlich, daß Longin seine Ikonen signierte.«

Wieder, und diesmal absichtlich zauberkunststückhaft, so daß Gartner weder die Schachtel noch ein Zündholz bemerkte, entflammte der Ohrenarzt die Olifa auf der Ikone, und jetzt, bei flackerndem elektrischem Licht, sah Gartner das Bild sich rasch weiterverdunkeln, zunächst verlosch die hellste, dann die nächsthellere Schicht, bis sich schließlich ein neues Bild abzeichnete. Der Schatten eines bärtigen Kopfes, der von einem Heiligenschein umgeben war und sich zu einer schwarzen Gestalt weiterentwickelte. In einer Hand hielt sie ein schwarzes Buch. Gartner erstarrte, es war kein Buch, sondern der fotografische Apparat, den er schon im Serail gesehen hatte, und er murmelte entgeistert: »Der Pantokrator.«

Dr. Siegle schien überrascht zu sein, denn die Gestalt war nur schattenhaft erkennbar, und Gartner hätte auch nicht mit Sicherheit gewußt, wen die Ikone darstellte, wäre ihm nicht der Fotoapparat aufgefallen.

Deutlicher und deutlicher wurde das Bild unter den erlöschenden Flammen, und wortlos rückte Dr. Siegle vom Mikroskop zur Seite und ließ Gartner durchsehen. Aber was Gartners neugieriges Auge erspähte, war diesmal gewiß kein fotografischer Apparat, sondern ein aufgeschlagenes Evangelium mit verschmierten Zeichen, welche ihn an die Schrift in seinem schwarzen Notizbuch erinnerten, die bei der nächtlichen Seefahrt von Ierissos durch das Meerwasser unleserlich geworden war.

Der Ohrenarzt deutete mit der Sonde auf die Risse in der Farb- und Firnisschicht, die wie Flüsse auf dieser sakralen Landkarte die Oberfläche durchzogen, und führte aus, daß die Krakelüren, so wurden sie bezeichnet, über das Alter der Ikonen Auskunft gäben. Doch sei man vor Täuschungen nicht sicher. Wenn man nämlich in jüngster Zeit gemalte Ikonen großer Hitze aussetze, entstünden ebenfalls Krakelüren. Sie unterschieden sich von denen, die durch natürliche Alterungen hervorgerufen würden, nur in ihrer Form. Man versuche immer wieder, Ikonen zu fälschen, das heißt, ein höheres Alter vorzutäuschen. Bei russischen Ikonen seien kaum Fälschungen bekannt, in Griechenland hingegen hätten es bestimmte Malschulen beim Fälschen zu großer Perfektion gebracht. Diese Malschulen imitierten neuerdings auch russische Ikonen, weshalb man jede untersuchen müsse, bevor man sie als »echt« bezeichne. Die vorliegenden Krakelüren könnten sowohl durch die Hitze als auch das Alter entstanden sein, das sei nicht eindeutig zu unterscheiden.

»Ich bin kein Spezialist«, fuhr Dr. Siegle hartnäckig fort, »aber ich würde sagen, daß wir ein altes Ikonenbild vor uns haben, das allerdings ein noch älteres, darunter liegendes Bild, das Original, überdeckt.« Er zog das Mikroskop und die Ikone an sich heran, studierte aufmerksam den Farbrand und setzte schließlich das Bild noch unauffälliger und rascher in Brand als beim letzten Mal. Der Flammensaum verschwand schnell, unbeweglich saß der Ohrenarzt über die Ikone gebeugt da, dann rieb er Tinkturen mit Schwämmchen und Leinenfleckchen über sie, zuletzt duftendes Bienenwachs.

Plötzlich sprang er auf, erklärte schroff, daß es sich um eine Fälschung handele, denn unter dem Pantokratoros sei zwar eine Olifa sowie eine weitere Farbschicht an den Rändern angedeutet gewesen, doch hätte sich hinter dem Bild nichts anderes befunden als das auf mehrere Schichten Leim befestigte Hanftuch und der Malgrund aus Kreiden und Alabaster-Pulver. Er setzte sich wieder, beugte sich über das Mikroskop und versuchte es mit einer letzten Tinktur, die zaghaft eine von Krakelüren durchzogene Goldfläche sichtbar werden ließ. Verärgert erhob er sich und ging zu Bett.

Gartner blickte durch das Okular und betrachtete die eigenartige Ikone mit den zahllosen, winzigen Sprüngen, in der Überzeugung, daß sie durch die

Eingriffe zerstört worden sei. Er hörte das Rascheln und Quietschen von Dr. Siegles Bett. Sein Begleiter hatte den Flachmann aus dem Anorak geholt, einen kräftigen Schluck Himbeergeist genommen und dann unvermutet sein Schweigen gebrochen, indem er erklärte, daß die Ikone ohne ihn eigentlich überhaupt nicht mehr existiert habe. »Für die Mönche war sie verbrannt«, sagte er, »und sie ließen sie daher in der verkohlten Bibliothek zurück. Kunsthistorisch gesehen, war sie eine Fälschung.« Im Sinne eines gläubigen Orthodoxen sei allerdings keine der sichtbaren Schichten eine Fälschung gewesen, jede heilig, da das Alter und die geographische Herkunft für seine Auffassung bedeutungslos seien und nur das Bild selbst zähle. »Was ich für einen Orthodoxen zerstört habe, ist vielmehr ein Wunder: daß diese Ikone erstens den Bibliotheksbrand überstanden hat und zweitens, daß sie nach dem Brand Christi Himmelfahrt oder gar den Pantokrator zeigte.« Das heißt, er habe eine wundertätige Ikone, die in die Geschichte des heiligen Berges eingegangen wäre, für einen Orthodoxen barbarisch behandelt, einen Frevel begangen. Für einen Kunsthistoriker hingegen habe er nur eine Fälschung bewiesen und dabei bedauerlicherweise das Objekt in Mitleidenschaft gezogen.

»Aber wenn sich unter dem Pantokratoros noch etwas anderes befunden hat, worauf die Goldflecken hinweisen?« warf Gartner ein.

Dr. Siegle nahm einen weiteren Schluck aus dem Flachmann und sagte dann: »Es war eine Fälschung. Darauf können Sie Gift nehmen. Packen Sie sie ruhig ein, zeigen Sie sie einem Fachmann, wenn Sie wollen, Sie werden keine andere Auskunft erhalten.« Er stand noch einmal auf, nahm das Fläschchen mit dem weißen Pulver aus dem Anorak, schluckte etwas davon und schlief kurz darauf wie betäubt ein. Seine schnarchenden Atemzüge waren für Gartner erschreckend. Sie kamen unregelmäßig, setzten länger aus und dann wieder laut ein.

Gartner fotografierte den Tisch, die Reste der Ikone, die Chemikalien, wechselte den Film, nahm mit dem Tonbandgerät Dr. Siegles Schnarchlaute auf, tauschte das bespielte Band gegen ein neues aus, beschriftete alles und verstaute es im Rucksack.

Er hatte wunderbares Material für eine außerordentliche Reisereportage, das wußte er, und obwohl er müde war, hatte er noch einiges zu erledigen. Das Fluidum zwischen ihm und Dr. Siegle war mit dessen Einschlafen erloschen.

Die halb zerrissene Illustrierte mit dem Bericht über das Massaker lag noch auf dem Tisch. Gartner entkleidete sich nicht, löschte das Deckenlicht und schaltete die kleine Leselampe neben seinem Bett an. Er blickte auf seine Armbanduhr, und das Zifferblatt zeigte ihm zehn Minuten nach zwei an. Dr. Siegles Atem setzte gerade wieder aus, als Gartner, der das Wachsein in der Nacht gewohnt war, die Illustrierte zu lesen begann. Der Bericht über das Massaker in S. endete jedoch abrupt, da die nächste Seite herausgerissen worden war. Ihm fiel ein, daß sie einen Teil der Zeitung zum Ausstopfen der nassen Schuhe verwendet hatten. Er selbst hatte es aber vermieden, etwas von dem Artikel zu benutzen. Daher ging er zum Fenster und suchte die fehlenden Seiten in den Bergschuhen von Dr. Siegle, wo er sie auch zerrissen und zerknüllt fand, weshalb er sie mühsam glätten mußte. Das einzige Neue, was sich aus dem Bericht für ihn ergab, war, daß der Journalist behauptete, Goran R. halte sich in Chilandar auf und arbeite an einem lyrischen Werk, »Milutin«, das er gerüchteweise aus der Sicht der sechsjährigen Frau des Königs schrieb.

Gartner machte sich Anmerkungen in das rote Notizbuch, knüllte die Zeitungsseiten wieder zusammen und stopfte sie zurück in Dr. Siegles Schuhe. Dann öffnete er den Rucksack des Ohrenarztes und entdeckte darin verschiedene Ampullen und Glasphiolen. Von den durchsichtigen Fläschchen war jedes mit Filzstift beschriftet: »Natürliches Ultramarin – pulverisierter und gereinigter Lapislazuli«, las er. »Grünspan – Essig auf Kupferplatte.« »Zinnober – natur.« »Grüne Erde – Smyrna.« »Beinschwarz – Knochenasche.« Er steckte die Fläschchen zurück zu den anderen, die in einer Nylontasche gesammelt waren, und wandte sich seinem schlafenden Begleiter zu.

Die ganze Zeit über schnarchte Dr. Siegle in unregelmäßigen Atemzügen, so daß man annehmen konnte, er könne jederzeit erwachen oder seinen Geist aufgeben. Gartner stieß als nächstes auf das Zeichenbuch und blätterte darin herum. Es enthielt Rezeptsammlungen aus Werkstätten alter Buchmalereien und Zusammenstellungen von Bindemitteln.

Zwischen den Seiten versteckt jedoch fand er das Schreiben einer Zeitung, englisch und deutsch, in dem Dr. Siegle als freier Mitarbeiter bezeichnet wurde, und die Behörden gebeten wurden, ihm bei seinen Nachforschungen behilflich zu sein. Gartner las überrascht weiter: Der Brief, der erst vor einer Woche ausgestellt worden war, klärte darüber auf, daß es sich bei seiner Arbeit um »Recherchen zur Ikonen- und Buchmalerei auf dem Berg Athos« handle. Außerdem enthielt das Buch zahlreiche Kopien, eingeklebte Röntgenfeinstruktur- und Infrarotaufnahmen und Beschreibungen von Ikonen. Dazwischen fanden sich tagebuchartige Aufzeichnungen, wissenschaftliche Beobachtungen und Zitate aus mystischen Schriften. Gerade steckte er das Buch zurück, als ihn eine mit Kugelschreiber beschriebene lose Seite stutzig machte, die fast vollständig durchgestrichen war. Er öffnete die Tür zum Flur, ging hinaus, schloß die Tür wieder hinter sich, legte das Blatt auf den Boden und machte eine Blitzlichtaufnahme der Handschrift.

Ruhig setzte er sodann sein Stöbern fort, fand Dr. Siegles Paß, der ihn als Arzt auswies, dessen Diamonitirio und den Führerschein, aber nichts Verdächtiges. Plötzlich glaubte er in der Wand, mitten in der Ouzo-Reklame, ein Auge zu sehen. Er trat an das Plakat heran, stellte aber sogleich fest, daß er sich getäuscht hatte, denn es wies kein Loch auf. Er ging zur Tür und drehte noch einmal den Schlüssel um, was aber lächerlich war, da das Schloß unter der erstbesten Gewalteinwirkung nachgeben würde. Dabei fiel ihm ein, weshalb das mit Kugelschreiber beschriebene Blatt, bei dem alles bis auf ein paar Worte durchgestrichen war, seine Aufmerksamkeit erregt hatte. Er hatte ein ähnliches im Buch von Professor Avramis gesehen, der Biographie von Goran R., in der einzelne Manuskriptseiten abgedruckt gewesen waren. Wenn es aber tatsächlich ein Manuskript von Goran R. war, weshalb hatte es dann Dr. Siegle bei sich? Er machte noch einmal Licht und schlich über knackende Dielenbretter zum Rucksack seines Begleiters, holte das gebundene Heft heraus und suchte die lose Seite mit der Handschrift. Sie war eng beschrieben, doch hatte der Verfasser versucht, jedes einzelne Wort unleserlich zu machen, genauer gesagt, es war eine bestimmte Technik des Durchstreichens angewendet worden. Zunächst hatte der Schreiber die Worte oder Sätze mit einem Strich quasi umrahmt und dann diese Fläche in mehreren Richtungen durchgekritzelt. So war eine Seite entstanden, die aus dunklen, wolkenförmigen Schraffuren bestanden, unter denen wie ein Menetekel Schriftzeichen auftauchten. Nur einige wenige, nicht durchgestrichene Worte standen unberührt auf dem Blatt Papier.

Der Text war Ausdruck langen, intensiven Nachdenkens und des hartnäckigen Versuchs, passende Formulierungen zu finden, und Gartner war sich jetzt sicher, daß er eine Handschrift von Goran R. in Händen hielt. Den Gedanken, das Papier an sich zu nehmen, verwarf er sogleich. Er blätterte aber weiter im Buch des Ohrenarztes und stieß auf ein neuerliches Rätsel. Einige Seiten waren mit Zahlen bedeckt, die weniger an eine Rechenoperation als an einen Code denken ließen, weshalb er sie ebenfalls vor der Zimmertür fotografierte. Beim Zurückstecken des Buches in den Rucksack fand er auch eine Blechschachtel mit gespitzten, stumpfen und abgebrochenen Buntstiften und einen ausgetrockneten Aquarellierkasten mit schmutzigschwarzen, vertrockneten Farben, steifen Pinseln und einem steinharten Radiergummi. Auf einmal entdeckte er in der Blechschachtel die mumifizierte Schabe aus dem Ohr des Uhrmachers, die ihn an seine Ankunft in Thessaloniki denken ließ, als er betrunken eine Heuschrecke in Kunststoffbernstein gekauft hatte. Die vage Parallelität der Ereignisse regte seinen müden Kopf an. Er klappte den Aquarellierkasten zu und legte alles in Dr. Siegles Rucksack zurück, wie er es vorgefunden hatte. Dabei entdeckte er auch ein Buch mit einem roten Einband und der Aufschrift *Neues Testament*, dem er aber keine Beachtung schenkte.

Bevor er das Licht löschte, betrachtete er das Gesicht des Schlafenden, vom verrückten Wunsch erfüllt, sehen zu können, was in seinem Kopf vorging.

Die Wanderung

Als er die Augen wieder aufschlug, war es taghell. Sofort stellte er fest, daß er allein im Zimmer war, Dr. Siegles Bett war gemacht, und der Rucksack und seine Wanderschuhe fehlten, nur die Ikone mit den

Grundierungs- und Vergoldungsresten und dem Netz der feinen Krakelüren lag auf dem Tisch. Außerdem registrierte er, daß die Zeitungsseite aus dem Schuh *nicht* im Papierkorb lag. Er wechselte seine Wäsche, stopfte die gebrauchte in eine Kunststofftasche und bemerkte dabei, daß die Ordnung, die er beim Packen automatisch einhielt – eine bestimmte Reihenfolge der Toilettenartikel, Filme, Notizbücher und Pullover –, durcheinandergebracht worden war. Er spürte, daß sein Herz klopfte.

Das rote Notizbuch war verändert. Die Seiten lagen nicht mehr flach aufeinander. Gartner vermutete, daß es fotografiert worden war. Er durchsuchte alle Taschen der Parkajacke und seine Hosen, fand Tamaras Zeilen und las sie trotz der Eile noch einmal, als müßte er sich davon überzeugen, daß sie ihm wirklich geschrieben hatte. Er verstaute auch den Rest der Ikone und kontrollierte, ob die Glasnegative aus dem Serail noch vorhanden und nicht zerbrochen waren.

Erst dann eilte er die Stiegen hinunter auf die Straße, um zu telefonieren.

Die Telefonzelle war leer, die Sonne schien von einem südlichen Frühlingshimmel. Daß sein Notizbuch vermutlich fotografiert worden war, ging ihm die ganze Zeit über nicht aus dem Kopf. Endlich meldete sich sein Anwalt. Ohne eine Frage zu stellen, überraschte Jenner ihn mit der Nachricht, daß Professor Avramis seit drei Tagen vermißt sei.

»Und?« fragte Gartner ungeduldig.

»Ich habe, sobald die Meldung über den Bildschirm kam, eine griechische Presseagentur kontaktiert. Avramis hat ein Interview für eine Tageszeitung gegeben, in dem er Goran R. wegen seines Schweigens kritisiert und behauptet, er halte sich auf dem Athos versteckt. Daraufhin hat Avramis per Post eine Seite eines Manuskripts erhalten, die mit dem Satz beginnt: ›Ich habe gesehen.‹ Die Handschrift ist die von Goran R. Jedenfalls ist Avramis nicht mehr zu seinen Vorlesungen erschienen. Seine Schwester hat die Vermißtenanzeige erstattet. Man vermutet ihn übrigens ... Raten Sie, wo?«

Jenner schnaufte laut, und Gartner, der sich über die Frage ärgerte, antwortete: »In Istanbul.« Seine Gedanken jedoch waren bei der Handschrift, die er in Dr. Siegles Buch gefunden hatte. Was bedeutete das? Versuchte Goran R. Kontakt mit seinen ehemaligen Freunden aufzunehmen, oder waren ihm die Papiere gestohlen worden? Da ihm alles zu unklar war und er Jenner nicht mit einer neuen Information verwirren wollte, beschloß er, nicht über Dr. Siegle zu sprechen.

Einen Augenblick schwieg sein Anwalt, dann sagte er: »Und kennen Sie auch die Adresse von Goran R.'s Frau in Istanbul?«

Jenner gab sie ihm durch, ohne eine Antwort abzuwarten, aber Gartner schrieb sie nicht auf, sondern bat ihn, Kontakt mit ihr aufzunehmen.

Ein Mönch stand vor dem Hotel, blinzelte in die Sonne und schlenderte über den Platz. Gartner warf einen Blick in die Polizeistation und dachte nach. Dann überquerte er die Straße zum Andenkenladen.

Der Alte saß wieder hinter dem Pult und war ins Gebet versunken, so viel konnte er durch die inzwischen mit weißer Farbe angespritzte Auslagenscheibe erkennen. Noch während er überlegte, wohin er sich wenden sollte, kam ein Wanderer von großer Statur mit einem unförmigen Rucksack und einem Stock, den er sich offensichtlich gerade gekauft hatte, aus dem anderen Geschäft. Und im selben Augenblick bog auch Dr. Siegle um die Ecke, in Bergschuhen, wie Gartner sogleich feststellte! Die Illustriertenseite war also in seinem Rucksack. Dr. Siegle war offenbar bester Laune, denn er fragte Gartner, was ihn denn so früh am Morgen auf die Straße treibe.

»Ich dachte, Sie wären schon aufgebrochen«, antwortete Gartner erstaunt.

»Ich habe eine Visite gemacht, übrigens, unserem Patienten geht es glänzend, er konnte die halbe Nacht nicht schlafen, weil er jedes Geräusch hörte, und zum Schluß mußte er sich sogar Watte in die Ohren stopfen.«

Sie nahmen wieder den Weg, den sie schon am Vortag gegangen waren. Am Wegrand, wo der reißende Bach hinuntergestürzt war, lag zwischen Geröll abgerissenes Baum- und Strauchwerk, und ein dünnes, trübes Rinnsal floß dazwischen zu Tal.

Nach einer Biegung standen sie vor dem Serail, das sich wie ein ausgestorbenes Dorf hinter der Mauer erstreckte. Aus den Fenstern der Schule schauten Novizen. Vielleicht erkannten sie die beiden Männer, die den Prosmonerios aus dem Palast geführt hatten, aber an ihren Gesichtern war keine Regung zu erkennen.

»Es sind nur ein paar Minuten bis zur Skiti Agios Nikolaos«, sagte Dr. Siegle.

Gartner stellte fest, daß er sich an die Eindrücke des Vortages im nachhinein wie an Phantasievorstellungen erinnerte. Er war von den Anstrengungen der vergangenen Tage plötzlich so müde, daß er glaubte, nicht mehr weitergehen zu können. Manches sprang ihm jetzt scheinbar grundlos in die Augen, Einfälle verbanden sich zu einer phantastischen Theorie, die gleich darauf wieder zerplatzte, vor allem aber rissen seine Gedanken immer wieder ab. Er vergaß sie einfach, und eine Leere entstand in seinem Kopf.

Nicht sehr weit von ihm entfernt, aber auch nicht so nah, daß er die Gesichtszüge erkennen konnte, sah er den Wanderer mit dem wuchtigen Rucksack und dem Stock aus dem Andenkengeschäft. Er betrachtete offensichtlich gerade eine herannahende Prozession. Gartner hatte sie nicht bemerkt. Die Mönche trugen den schwarzen Schleier, den Pankalimacho, wie er später von seinem Begleiter erfuhr. Voran schritt ein kleines, hageres Männchen und schlug rhythmisch zum Gebet das hölzerne Simandron, die Stundentrommel. Drei Novizen, eine rote Jesusfahne und zwei Laternen in den Händen, folgten ihnen.

Gartner machte einige Bilder, sodann schritt er weiter auf die Skiti zu.

Noch länger hörte er aus der Ferne die Simandron-Schläge und die dumpfen Gebete der Mönche.

Frisch grünende Weinlauben und Olivenhaine gaben dem Kloster mit dem Glockenturm etwas Idylli-
sches. Der Hof war wie ausgestorben, da die Mönche
ja an der Prozession teilnahmen, weshalb ihm Dr.
Siegle ungestört die Anlage erklären konnte.

Ohne daß ein Geräusch zu hören gewesen war,
stand plötzlich der Archondaris, der »Gastmönch«,
vor ihnen, der für das Wohl der einkehrenden Pilger
sorgte. Er erkannte Dr. Siegle, umarmte ihn und
stellte gleichsam aus dem Nichts zwei Tabletts mit
einem Glas Wasser, einem Gläschen Tsipouro, dem
Anisschnaps, und einem Geleewürfel, Loukoumi,
auf den Steintisch. Während er sich flüchtig mit
Gartners Diamonitirio beschäftigte, streichelte er
eine schmeichelnde Katze.

»Wenn Sie es wünschen«, übersetzte der Ohrenarzt, »können Sie sich im Gästehaus ausruhen.«

Da Gartner seine Müdigkeit wie eine beginnende
Krankheit empfand, erklärte er sich einverstanden
und ging, begleitet von Dr. Siegle und dem Archondaris, den Hang hinauf.

Die Böden des Gästehauses waren aus hellen Brettern, das Zimmer nur mit einem einfachen Holzbett
möbliert. Gartner mußte jetzt seine ganze Kraft auf-
bieten, um sich höflich zu verabschieden. Der Mönch
eilte hinaus, kam zurück und kehrte mit einem Besen
den Schmutz zusammen, den sie hereingetragen hatten. Noch einmal betrat der Archondaris das Zimmer, bückte sich rasch und hob zwei kleine Steinchen
vom Boden auf.

Als sich die Schritte entfernten, kroch Gartner unter die Decke, und zur Müdigkeit kam der Genuß, den Anforderungen des Tages zu entkommen. Beim Einschlafen sah er wieder den Archondaris vor sich, wie er ihm in das Zimmer nacheilte und die Steinchen vom Boden aufhob. Müde tastete Gartner nach dem Kugelschreiber und dem roten Notizbuch. Er zwang sich, ein Stichwort aufzuschreiben, weil er wußte, daß er beim Erwachen vergessen haben würde, was er sich hatte aufschreiben wollen. Aber während er noch etwas in das Notizbuch kritzelte, schlief er ein.

Ohne einen bestimmten Grund erwachte er gegen Mittag. Auf der Bettdecke fand er sein Notizbuch mit den Worten »Archondaris« und »Steinchen« und daneben den Kugelschreiber.

Unten im gepflegten Gastgarten eilte gerade ein Mönch mit einem Korb Hühnereier zu einem Gebäude. Gleichzeitig betrat der große Wanderer, dem er zum letzten Mal bei der Prozession begegnet war, die Kirche, wobei er sich nach allen Seiten umdrehte, als wollte er sich vergewissern, daß ihm niemand folgte. Gartner hatte seine Kamera so schnell bei der Hand, daß er ihn gerade noch fotografieren konnte. Nachdem er sich angekleidet hatte, ging Gartner hinunter ins Freie, wo die jungen Blätter der Weinlauben gezackte Schattenbilder auf den Boden warfen. In einer geöffneten Werkstatt wurde Weihrauch hergestellt, sein Duft vermischte sich mit dem der Pflanzen. Das Schattenmuster aus den jungen Weinlaubblättern, das über Katzen und Mönche glitt und auf das Gesicht Dr. Siegles und eines jungen Novizen fiel, bezauberte ihn. Als er näher trat, sah er, daß der junge Mann nach den Anweisungen des Ohrenarztes eine Ikone wusch, indem er mit einem großen Pinsel aus Schweineborsten Lauge über ein Stück Oberfläche strich. Sodann tauchte er das ganze Bild schnell in Wasser, um den Schmutz von dem behandelten Teil zu entfernen. Gartner verstand die Anweisungen seines Begleiters nicht, doch ging aus seinem Gehabe hervor, daß der Vorgang sorgfältig und immer nur an kleinen Teilen der Ikone vorgenommen werden durfte, um nichts zu verderben. Es war ein kleines Bild, und trotzdem schien der Reinigungsprozeß unendlich zeitraubend zu sein.

»Ausgeschlafen?« fragte Dr. Siegle, ohne ihn anzusehen. Er stellte ihn dem Gerontas Pater Kyrillos vor, einem würdigen, weißhaarigen Mann, der fließend Deutsch sprach. Gartner erfuhr, daß er Dr. Siegle getauft hatte, als dieser zum orthodoxen Glauben übertrat. Die Tatsache kam Gartner wie ein Schlüssel zu seinem Begleiter vor, sie erklärte ihm die Leidenschaft, mit der er alles betrieb.

Der Novize hieß übrigens Habakuk und war der Schüler des Ohrenarztes. Er machte den Eindruck eines Menschen, der nur ungern sprach. Es war inzwischen ausgemacht, daß er Dr. Siegle nach Vatopediou begleiten würde, erfuhr Gartner, um dort verschiedene Techniken der Buchillumination kennenzulernen.

Während sein Begleiter unter der verzauberten Sonnenlichttapete aus scheinbar schwebenden Weinlaubblättern mit Habakuk fortfuhr, die stumpfe

Ikone allmählich zum Leuchten zu bringen, überlegte sich Gartner, allein weiterzugehen. Gerade packte er seinen Rucksack, als sich Pater Kyrillos anbot, ihm die Malerwerkstätte zu zeigen. Er erteilte Gartner auch die Erlaubnis zu fotografieren. Zögernd stimmte Gartner zu.

Aus dem Mönchstrakt kam soeben, von Pater Kyrillos gerufen, der Maler Pater Arsenios heraus, eine tragbare Camera obscura in der Hand. Es war ein uraltes Museumsstück. Gartner folgte den Patres schreibend und fotografierend in den langgestreckten, lichtdurchfluteten Arbeitsraum, der durch alle Fenster einen Ausblick auf den Gipfel des Berges Athos bot. Wie er aus den Augenwinkeln feststellte, schlich der Archondaris währenddessen hinter ihnen her und klaubte die kleinen Steinchen aus der Gummiprofilsohle der Schuhe vom Boden auf und ließ sie in seiner Kuttentasche verschwinden. Die Camera obscura wies gerade durch ein Verandafenster auf das mächtige Athosmassiv und reproduzierte es. Als Pater Arsenios damit die Staffeleien der Malermönche anvisierte, fiel Gartner diese neuerliche Bildverdoppelung auf, die sich wie von selbst ergab und etwas vom Zauber der Arrangements Vermeers van Delft hatte. Eines seiner Lieblingsbilder kam ihm in den Sinn, »Die Malkunst«, aus dem Kunsthistorischen Museum in Wien.

Am Ende der Veranda befand sich ein abgesondertes Zimmer mit einem großen Fenster zum Garten und mit Blick zum schimmernden Berg Athos. Über einem Stuhl mit einem geflochtenen Sitz hing ein schwarzes Tuch. Der Entwurf für das große Bild war in derselben Größe wie die geplante Trag-Ikone als Bleistiftzeichnung mit Reißnägeln an die Seitenwand geheftet. Für Gartner rochen die Farben wunderbar, als ebenso wunderbar empfand er die Stille und den Wechsel von Licht und Dunkelheit und die sakralen Motive.

Ein Mönch saß als Schattenriß vor dem Fenster, neben ihm auf einem Tisch zahlreiche Kunststoffbecher mit Farben und Firnis, Gläser mit Pinseln und eine große, runde Lupe mit einem verchromten Metallgriff, nach der er gerade griff, um seine Arbeit zu betrachten. Hinter dem Fenster ein kleines Bücherregal für Fachliteratur. Der Mönch prüfte die Vorlage lange, verglich sie mit seiner Arbeit, legte das Vergrößerungsglas wieder auf den Tisch und setzte sorgfältig einige wenige Pinselstriche.

Im selben Augenblick bückte sich der Archondaris wieder und hob ein Steinchen vom Bretterboden auf. Sodann klatschte er in die Hände, worauf die Mönche augenblicklich ihre Arbeit beendeten. Der letzte, der die Madonnenikone malte, zog die Lade des Tisches auf, und heraus flog ein Pirol und verschwand durch das geöffnete kleine Fenster. In der Lade blieb nur ein Nest mit blau, weiß und grün gesprenkelten Eiern zurück, die der Vogel offensichtlich hier ausbrütete. Alles war so rasch vor sich gegangen, daß Gartner sich mit einer Fotografie der Tischlade und der gesprenkelten Eier im Nest begnügen mußte, die als Stütze für seine Erinnerung gedacht war.

Als er aus der Veranda neuerlich in das Gewebe

von Licht und Pflanzenschatten trat, sah er den großen Wanderer hinter der Kirche um die Ecke biegen.

Er fand den Ohrenarzt noch immer im Laubengang, durch das Schülermikroskop blickend, unter das er die lose handschriftliche Seite mit den vielen durchgestrichenen Wörtern gelegt hatte, die er offenbar untersuchte. Neben ihm lag eine griechische Tageszeitung mit der Schwarzweißfotografie von Professor Avramis und einer ebenfalls schwarzweißen Abbildung einer Manuskriptseite.

»Wenn Sie die beiden Schriften vergleichen, werden Sie feststellen, daß sie bis ins Detail übereinstimmen. Entweder stammen sie von derselben Hand, oder es sind erstklassige Fälschungen. Aber ich bin davon überzeugt, daß sie echt sind. Goran R. hat häufig in Chilandar gearbeitet und seine Notizen und Entwürfe dort gelassen.«

Auf Dr. Siegles Einladung blickte er durch das Okular und lauschte seiner Expertise, während er riesig groß die seltsamen Buchstaben vor Augen sah, die ihm wie geheimnisvolle Bilder erschienen. Dr. Siegle nahm das Original heraus, ersetzte es durch die Schwarzweißfotografie aus der Zeitung, und nun sah Gartner dieselben Buchstaben plötzlich aus einem Raster von Punkten zusammengesetzt. Aber gerade die Zeitungsfotografie der Handschrift bezweifelte jetzt kein Experte mehr, erfuhr Gartner, während von den zahlreich in Umlauf gekommenen Originalen viele für Fälschungen gehalten wurden.

»Es ist keine Kunst, solche Zeilen zu fälschen«, schloß der Ohrenarzt, stand auf und überließ es Habakuk, das Mikroskop und die Utensilien zusammenzupacken. Auch war es offenbar selbstverständlich, daß der Novize Dr. Siegles Rucksack tragen würde.

Der Abschied ging rasch vor sich, im Nu waren die Mönche in der kleinen Kirche verschwunden, aus der Gartner beim Weggehen noch gedämpften Gesang hörte.

Schon nach wenigen Schritten erblickte er in der Ferne das Meer. Zwei andere Mönche kamen ihnen auf einem dreirädrigen Lastwagen entgegen, sie grüßten freundlich mit zahnlosen Mündern.

Die Wiesen waren bunt von Blumen, die Sträucher leuchteten in den verschiedensten Grünfarben und zeigten die herrlichsten Blattformen. Sie gingen jetzt auf der lehmgelben Straße dahin, rechter Hand der Berg Athos mit Schneerinnsalen und -flächen und einem von Wolken geheimnisvoll eingehüllten Gipfel. Gartner nahm das Diktiergerät aus dem Rucksack, denn sie wanderten so zügig, daß an ein Notieren nicht zu denken war. Er fragte sich aber die ganze Zeit über, wer Habakuk sein mochte. Man sah ihm jedenfalls an, daß er in das »Herzensgebet« versunken war.

»Kennen Sie den Mann hinter uns?« unterbrach der Ohrenarzt das Schweigen.

»Den Mann?« Gartner war erstaunt. Er drehte sich um und erblickte den großen Wanderer. Die ganze Zeit über hatte er Dr. Siegle dieselbe Frage stellen wollen, wie kam er darauf, daß *er* den Mann kannte?

»Nein, und Sie?«

»Er folgt uns seit gestern«, sagte der Ohrenarzt.

Sie schwiegen wieder eine Zeitlang.

Einmal drehte sich Gartner noch nach dem großen Wanderer um, entdeckte ihn aber nirgendwo.

Bald erhob sich hinter dichtem Laub und Gebüsch die weiße Burg, der mit Zinnen versehene Turm und die hohe Zypresse des Klosters Stavronikita. Die Gebäude waren von Gärten und riesigen Nußbäumen umgeben, und Hammerschläge dröhnten von dort bis zu ihnen her. Was Gartner besonders auffiel, waren das Aquädukt und die Burgzinnen, die hinter Laub sichtbar wurden.

Der Platz vor dem Kloster aus braunem Sand war eine Baustelle. Holz, das mit Teerpappe zugedeckt war, und Schotterhaufen lagerten vor einem langgestreckten, niedrigen Gebäude, neben dem ein kleiner roter Mitsubishi-Lastwagen parkte. Das Aquädukt begleitete ein gepflasterter Weg zum Kloster hin, unterhalb seiner Bögen befanden sich Becken mit dunkelgrünem Wasser und Goldfischen. Schwalben flogen über ihren Köpfen. Als Gartner seinen Blick senkte, sah er einen alten Mönch auf Dr. Siegle zukommen. Sie machten ein paar Schritte unter die Laube, und sofort brachte ein Novize auf einem verchromten Tablett die nun schon erwarteten Tsipouro, Loukoumi und kaltes Wasser zur Begrüßung. Dr. Siegle nahm ein braun gemasertes Buch aus seinem Rucksack und bedeutete Gartner, während er sich weiter mit dem Mönch und dem Novizen auf griechisch unterhielt, darin zu blättern. Offenbar hatte sein Begleiter in der Skiti Agios Nikolaos seinen Rucksack neu gepackt, denn es kamen jetzt auch zusätzliche ärztliche Instrumente zum Vorschein. Soweit Gartner sehen konnte, handelte es sich um Aufzeichnungen über die Schwerhörigkeit von Mönchen und deren Ursache. Außerdem handgeschriebene Tabellen über Schilddrüsenbeschwerden, Tonsillektomien, Asthma, Zahnersatz, Brillenverschreibungen, aber auch das Vorkommen von Epilepsie, Nerven- und Hauterkrankungen.

Sogar das Sterben hatte Dr. Siegle auf dem Berg erforscht. In sechs Klöstern wurde innerhalb von acht Stunden nach dem Tod begraben, hatte er notiert, in achtzehn innerhalb von vierundzwanzig Stunden und nur in einem, Prodromon, nach drei Tagen. Als Todesursache gab man in der Regel »Altersschwäche« an. In der Hälfte der Klöster wurde allerdings kein Arzt gerufen, im Kloster Chilandar, wo sich der weltliche Koch um die Verstorbenen kümmerte, auch nicht nach sicheren Todeszeichen gesucht. Der Krankenpfleger mußte die Leichen sofort nach dem letzten Atemzug umkleiden und in ihre Kutte einnähen, erfuhr Gartner weiter. Dr. Siegle merkte dazu an, daß durch das warme Klima die postmortalen Stadien schneller als gewohnt durchlaufen würden, so daß die Totenstarre unbemerkt auftreten und wieder zurückgehen könne; zudem seien die meisten überwiegend hochbetagte Greise, deren Muskulatur durch Alter und Krankheit stark geschwächt und atrophiert sei.

Gartner bemerkte, daß der Tisch inzwischen vollgeräumt war mit einem Blutdruckmeßgerät, Stetho-skop, Kehlkopfspiegel, Ishihara-Tafeln, Mundspatel, Ohrenspiegel und irgendwelchen Teststreifen und daß ferner drei ältere Mönche um Dr. Siegle Platz genommen hatten.

Er klappte das Buch zu, stand auf und ging bis zu einer Terrasse, wo ein Felsen steil ins Meer abfiel. Auf diesem Felsen war auch das Kloster erbaut. Es lag in einer Bucht, die einen weiten Blick zum Horizont hin ermöglichte.

In einer Art Wachhäuschen hinter dem Eingang hockte der Pförtner. Gartner ging an ihm vorbei und blieb dann stehen.

In der frischverputzten Mauer des Innenhofes fehlte ein großes Stück, auch die Decke über der Nikolaus-Kapelle zeigte einen furchterregenden Sprung. Der Pförtner stand plötzlich hinter ihm und wartete darauf, ob er etwas unternehmen würde.

Sofort dachte Gartner daran, ihn nach Goran R. zu fragen, aber er hatte Bedenken, daß er damit Aufsehen erregen und seiner Absicht schaden konnte, denn Avramis hatte ihn davor gewarnt, sich zu erkennen zu geben. Die Klöster seien häufig untereinander zerstritten, würden nach außen hin aber zusammenhalten. Außerdem verstand Gartner kein Griechisch, und so unternahm er nur einen vorsichtigen Versuch, ins Gespräch zu kommen, indem er den Pförtner auf die Beschädigungen hinwies. Der Mönch begann mit geschlossenen Fäusten zu zittern und ihm als Erklärung für die Risse in den Fresken stumm ein Erdbeben vorzuspielen, das sehr heftig

gewesen sein mußte. Ansonsten schüttelte er auf alle
Fragen Gartners den Kopf, was »ja« bedeutete. Gartner mußte also eine passendere Gelegenheit abwar-
ten, um das Gespräch auf Goran R. zu bringen.

Dr. Siegle hatte sein medizinisches Gerät inzwischen eingepackt, und Habakuk war schon zum Kloster Pantokratoros vorausgeeilt. Daher machten
auch sie sich unverzüglich auf den Weg.

Tief unter ihnen spiegelte das Meer den Himmel,
linker Hand erhoben sich von Lorbeer und Lianen
umschlungene Eichen, Kastanien und Ulmen,
Ahornbäume und Buchen. Der jähe Abgrund war jedoch kaum gesichert, so daß ein Stolpern genügt
hätte, um abzustürzen.

Seit sie sich vom Kloster Stavronikita entfernt hatten, waren sie niemandem begegnet. Der Weg war
bald von einem Laubtunnel überwachsen, der sich
zu einem waldigen Berghang öffnete. Gartner hatte
Mühe, mit Dr. Siegle Schritt zu halten. Der Pfad
wurde immer schmaler, und schließlich war sein Begleiter schon ein ganzes Stück voraus.

Anfangs hatte Gartner sich bemüht, Dr. Siegle
nicht aus den Augen zu verlieren, aber je länger es
bergauf ging, desto gleichgültiger wurde ihm sein
Vorsatz. Der Hang stieg so steil an, daß er mehrmals
stehenbleiben mußte, um Atem zu schöpfen. Das
darauffolgende Abwärtsgehen war ebenfalls schwie-
rig, da die Steine rutschig waren und der unge-
wohnte Rucksack ihn nach hinten zog. Pfützen und
ein Rinnsal wiesen darauf hin, daß er in einem
ausgetrockneten Bachbett wanderte. Die ausgewa-

schene Rinne stieg in Katarakten an und führte dann wieder einigermaßen eben am Meer entlang.

Von Dr. Siegle sah er nichts mehr. Er verbot sich, weiter über ihn nachzudenken. Auf einer kleinen Anhöhe schließlich erreichte er eine aus Stein gebaute Hütte mit einem Blechdach. Er fotografierte das Kellion und wollte schon weitergehen, als er im verwilderten Garten zwei Gestalten bemerkte, die auf ihn zukamen, ein Mönch mit einem Gewehr in der Hand, den Lauf zu Boden gerichtet, und Dr. Siegle, der in ein Gespräch mit ihm verwickelt war. Automatisch machte Gartner ein weiteres Foto, was die beiden Männer aufblicken und den Mönch wild mit der Waffe fuchteln ließ. Gartner nahm die Kamera wieder herunter und folgte der Geste Dr. Siegles, näher zu treten. Der Mönch war immer noch wütend über das Foto, beruhigte sich dann aber und ging in die Behausung voran, aus der ein roter Kater flüchtete. Gartner war erstaunt, wie dunkel und beengt es darin war. Ein Winkel mit Brettern, eine Ölkanne an der Wand, eine Eisenwaage, eine Nische, in der ein Totenschädel lag, und eine Feuerstelle mit zwei Hockern waren die ganze Einrichtung. Aber vor dem einzigen Fenster dehnten sich das Meer und der Himmel so weit aus, daß Gartner unwillkürlich stehenblieb. Er dachte zuerst an eine Cinemascopeleinwand und eine lange Kameraeinstellung. Nichts bewegte sich auf diesem blauen Bild außer den Wellen.

Gartner erfuhr, daß ein Flüchtling aus Albanien die Gegend unsicher machte und einen Novizen mit einer Hacke bedroht hatte, weshalb sich einzelne der einsam lebenden Mönche bewaffnet hatten.

Bald verließ Gartner die Behausung wieder und ging weiter, da Dr. Siegle den Mönch mit dem Stethoskop abhören wollte. Nach wenigen Schritten sah er die Hütte von oben. Noch nie hatte er eine so schöne Verrostung aus Rot und Schwarz gesehen wie auf dem Blechdach. Nicht nur das Rot war in verschiedenen Farbstufen und Nuancen zu betrachten, auch das darunter hervorscheinende Schwarz wies alle Schattierungen auf bis hin zu einem fast weißlichen Grau, der Schmutzfarbe des Schnees, mit der die Skala des Schwarzen beginnt.

Kurz darauf wurde er wieder von Dr. Siegle eingeholt, doch war dieser zu Gartners Überraschung jetzt in Begleitung des großen Wanderers. Im Vorbeigehen ermahnte er Gartner, sich zu beeilen, erinnerte ihn daran, daß das Kloster bei Sonnenuntergang schließe, und war auch schon verschwunden.

Auf einer katzensilbrig im Licht funkelnden Steinplatte döste eine Schlange, und immer wieder verkrochen sich kleine, grüne Eidechsen im Buschwerk.

Plötzlich wurde der Himmel über den Bäumen weiter und lichter, der Weg flach, das Gebüsch niedriger, und unter ihm tauchte wieder die Bucht auf. Er spürte den kühlen Wind, der vom Meer kam. Beim nächsten Schritt erblickte er das Kloster. Rasch und unter Muskelschmerzen ging er auf die (wie eine mittelalterliche kleine Stadt sich erhebende) Klostersiedlung zu. Es war kalt, windig und wurde allmählich dämmrig.

Er überquerte zuerst einen Platz, der von verschiedenen, halb verfallenen und eingestürzten Schuppen mit vermoderten Holztüren und Fenstern umgeben war. Vor den Hütten fielen ihm ein weißes Ruderboot, ein Autoreifen und Benzintonnen auf, eine weitere kleine Schaluppe und eine zerbrochene Leiter schienen ihm wie Hinweise für seinen Weg.

Erst als er dem Kloster schon näher war und sich umdrehte, erkannte er die Ordnung und den Sinn der Gebäude, die er von unten nicht begriffen hatte. Es waren zwei Bootshäuser, ein altes, aufgelassenes, dem Einsturz preisgegebenes und ein neues, in dem auf einer leiterähnlichen Vorrichtung ein Ruderboot lag. Ein trapezförmiges Hafenbecken mit Piers öffnete sich zwischen den Steingebäuden, die an die Piratenzeit erinnerten, zum Meer hin. Gartner war so erschöpft, daß er mehrmals stolperte.

Ein Mönch führte ihn eine rote, endlose Treppe mit Holzgeländer hinauf in ein Zimmer, wo er mit ausgestreckter Hand auf ein Bett wies. Sobald er die Tür hinter sich geschlossen hatte, durfte Gartner sich fallen lassen. Er schwitzte, und er spürte die Kälte, die durch das geöffnete Fenster mit den Geräuschen des Meeres in das Zimmer drang. Regungslos gab er sich dem Rauschen hin, zog später einen Pullover an, holte die schwarze Wollmütze aus einer Tasche, stülpte sie sich über das verschwitzte Haar, während er die Füße mit den Schuhen aus dem Bett streckte.

Irgendwann vernahm er von der anderen Seite her ein Glockenläuten. Er schlug die Augen auf und erblickte das Zifferblatt seiner Uhr. Eine halbe Stunde war vergangen. Das Zimmer sah aus wie eine Krankenstation, weiße Wände, Stahlrohrbetten, ein kleiner, kupferner Messingluster, der mit Kristallen aus geschliffenem Glas von der Decke hing. Von einer Garderobenleiste hingen mehrere bunte Anoraks, darunter lagen zwei Rucksäcke. Gartner dachte sofort an Dr. Siegle und den großen Wanderer. Er erhob sich und ging schwankend auf die Fenster zu. Als erstes bemerkte er, daß auf dem Fensterbrett spitze Glasscherben lagen, tief unter ihm das wilde, bewegte Meer, das mit weißer Gischt gegen einen Felsen brandete. Zuerst konnte Gartner seinen Blick nicht von der Wasserfläche lösen, zumal vom Rauschen etwas Hypnotisches ausging. Das Wasser war klar, dunkelgrün, Flächen von Algen am Ufer. Als er sich ein Stück weiter aus dem Fenster lehnte, sah er Äste, Schläuche, Ziegel, Schutt und Abfall unter sich, aber er fühlte sich nicht so schwindlig wie sonst. Er drehte sich um und blickte in das Zimmer zurück.

»Wirklich, wie eine Krankenstation«, überlegte er, und sein Glaube, Goran R. zu finden, schwand merkwürdigerweise bei diesem Gedanken. Er hatte sich inzwischen so weit erholt, daß er sich erneut für die beiden Rucksäcke interessierte. Hatte Dr. Siegle seinen nicht in der Malerskiti umgepackt? Schließlich hatte er ein anderes Buch und seine Instrumente bei sich gehabt. Und vielleicht steckte er sogar mit dem großen Wanderer unter einer Decke? Der unbekannte Rucksack enthielt jedoch nur Toilettenartikel, Schmutzwäsche, Hartwürste, Knäckebrot, einen

Trainingsanzug und einen Regenschutz. Im anderen fand er neben verschiedenen Medikamenten das Buch mit dem roten Kunststoffeinband und der Aufschrift: »Neues Testament«. Außerdem einen gelben Umschlag, der voll war mit serbischen und griechischen Zeitungsartikeln und Fotos von Goran R., die er in Karyäs noch nicht entdeckt hatte, sowie die zerknüllte, halb aufgelöste Illustriertenseite über das Massaker in S. Das rote Buch war, wie sich herausstellte, eine Attrappe und enthielt ein kleines Diktiergerät, nicht größer als ein Handteller. Es war eingeschaltet, registrierte er, das Band drehte sich gleichmäßig. Gartner nahm den Recorder heraus, spulte zurück und schaltete ihn wieder ein, in der Meinung, daß es Aufnahmen von Gesprächen mit Mönchen enthielt. Was er jedoch hörte, war seine eigene Stimme. Dr. Siegle hatte das versteckte Band mitlaufen lassen, während sie im Zimmer in Karyäs über alles mögliche gesprochen hatten, auch über Goran R., er hatte es mitlaufen lassen, als er sich zu Bett begeben hatte, um zu schlafen, und auf dem Band war natürlich festgehalten, was Gartner anschließend getan hatte: das Rascheln von Papier, als er die Fortsetzung des Artikels in den Schuhen suchte, sein Herumstöbern. Er spulte weiter, um das Ende zu finden, und vernahm plötzlich ein fernes, knisterndes Rauschen. Er hörte, wie er sich vom Bett erhob, daß er im Rucksack stöberte, und schließlich, wie das Band ausgeschaltet wurde.

Er konnte das Gerät zerstören oder das Band, aber alles schien ihm falsch zu sein. Der Ohrenarzt trieb ein Spiel mit ihm, welches, wußte Gartner noch nicht.

Zunächst durchsuchte er den Rucksack weiter. Er fand ein kleines Notizbuch, schwarz gebunden, mit rotem Rücken und roten Ecken, das er als »das chinesische« kannte. Solche in China hergestellten Notizbücher verwendete er selbst gerne. Das Büchlein war vollgekritzelt mit einer Kürzelschrift. Mit Sicherheit war es nicht Griechisch, nicht Kyrillisch, nicht Stenographie und nicht Deutsch. Es war etwas Vertrackteres, Spielerisches, etwas, das fürs erste keinen Sinn ergab. Trotz der Schmerzen und seiner Erschöpfung fotografierte Gartner hastig einige Auszüge. Dann steckte er das Notizbuch zusammen mit dem gelben Umschlag wieder in den Rucksack, spulte hierauf das Tonband bis zu dem Punkt zurück, an dem es im Kloster Pantokratoros eingeschaltet worden war, legte es sorgfältig wieder in die Buchattrappe, zog den Rucksack zu und simulierte geräuschvoll noch einmal seine Ankunft, indem er die Tür öffnete, seinen Rucksack zu Boden fallen ließ und sich auf das Bett warf.

Das einzige Problem war, daß Dr. Siegle sich den Stand des Tonbandzählers notiert haben konnte, als er die Falle im Kloster Pantokratoros eingeschaltet hatte. Merkwürdigerweise dachte er jetzt auch an die Glassplitter auf der Fensterbank, er konnte nicht daran glauben, daß die Scherben zufällig dort lagen. Vielleicht bedeuteten sie einen Hinweis für Dr. Siegle? Vielleicht konnte er aus ihrer Anordnung eine Nachricht lesen? Denn welchen Sinn sollte es haben, daß sie fein geordnet dalagen, wo doch der Felsen darunter voll Müll war. Er stand auf und ging noch einmal zum Fenster. Nach kurzem Zögern begann er, die Scherben umzuordnen. Er machte zwei Stapel daraus und warf einen kleineren Glassplitter hinunter ins Meer.

Er wußte nicht mehr, wieviel Zeit vergangen war, er mußte wohl eingeschlafen sein, als Dr. Siegle plötzlich vor ihm stand und ihm Honigkuchen mit einem hartgekochten Ei auf einem Teller hinhielt.

»Sie haben seit heute morgen nichts mehr im Magen«, ermunterte er ihn. »Sind Sie krank?«

Gartner schlang die Speisen hinunter, und der Ohrenarzt flößte ihm aus einem Becher Orangen- und Zitronensaft ein, den er mitgebracht hatte, und später bot er ihm etwas vom weißen Pulver aus dem Fläschchen zur Stärkung an.

Er wußte später nicht mehr, wieviel Zeit vergangen war.

Als er jedoch den gesprenkelten Fußboden betrachtete, stellte er fest, daß er aus Rasterpunkten zusammengesetzt war. Eine Fotografie, dachte er, nur konnte er die Abbildung darauf nicht entziffern, obwohl er sicher war, daß es eine gab. Er fragte sich, wo er den Raster schon einmal gesehen hatte. Und er erinnerte sich an den Blick durch das Mikroskop, als Dr. Siegle in der Skiti Agios Nikolaos die Handschrift Goran R.'s unter dem Mikroskop betrachtet und ihn eingeladen hatte, einen Blick durch das Okular zu werfen. Er wußte, daß, wenn er den Punkteraster auf dem Fußboden entzifferte, alle Geheimnisse gelöst waren. Sein Begleiter hatte wohl keine Ahnung, daß er sozusagen auf des Rätsels Lösung stand!

Die Eierschalen im blauen Teller erinnerten ihn an die Glasscherben auf der Fensterbank, und er befürchtete, daß sie dieses Zeichen wiederholten, weshalb er sie mit dem Finger durcheinanderbrachte, was Dr. Siegle veranlaßte, den Teller auf den Tisch zu stellen.

»Na?« fragte der Ohrenarzt.

Gartner nickte.

Er verstand jetzt, weshalb er das Bild, das der gesprenkelte Steinboden darstellte, nicht hatte entziffern können: Es war nur ein winziger Ausschnitt eines gewaltigen Freskos, das er nicht erfassen konnte, und es war unmöglich zu erraten, was darauf abgebildet war, weil der Ausschnitt zu klein war und er zu nahe daran. Auf einem Tisch lagen Zitronen und Orangen und eine kleine metallene Saftpresse. Das Licht fiel auf die Früchte und verlieh ihnen etwas Unirdisches. Der spanische Maler Zurbarán hatte einmal Zitronen wie aus dem Garten Eden gemalt. Gartner wußte noch, daß sie auf einem Zinnteller aufgestapelt gewesen waren, in dessen Rand sich ihr Gelb gespiegelt hatte, daneben in einem geflochtenen Korb die Orangen mit Laub und Blüten, schön und vollkommen fremd zugleich. Auf dem Tisch fiel ihm neben den herrlichen Früchten das einfache Wasserglas auf, weil es durchsichtig war, weil es funkelte und weil er Fingerabdrücke darauf wahrnahm. Plötzlich bemerkte er, daß auch Dr. Siegle die

Früchte genauso verzückt betrachtete wie er. Nur das im gesprenkelten Boden verborgene Bild war diesem offenbar noch nicht aufgefallen. Er nahm jetzt eine Wanderkarte zur Hand, starrte sie an wie ein Heiligenbild und merkte nicht, was Gartner sah, daß er sie nämlich verkehrt herum in den Händen hielt.

Zusammen gingen sie ins Freie.

Vor ihnen erhob sich die Kirche, das rote Katholikon, dessen Farbe an das Blut Christi erinnerte. Sie hielten kurz an, und Gartner träumte in den abgeblätterten Verputz ein rotes Universum mit weißen Sternen hinein. Die Kirche hatte drei dunkelgelbe, russische Zwiebeltürmchen mit Fenstern und einem Blechdach. Umgeben war sie von den Arkadengängen des Klosterbaues.

Unter dem rot gestrichenen Holzgeländer trugen Orangen- und Zitronenbäume Früchte.

Sie stiegen an der Ziegelmauer die steile rote Treppe hinunter. Wolken zogen über das Kloster hinweg und ließen es in Bewegung erscheinen.

Langsam nahm die Intensität von Gartners Wahrnehmungen wieder ab, es beruhigte ihn, daß die Farben jetzt aufhörten, so mächtig auf ihn einzuwirken, außerdem war seine Müdigkeit verflogen.

»Ich weiß, Sie beschäftigen sich mit Goran R., auch wenn Sie es abstreiten«, sagte Dr. Siegle plötzlich. »Glauben Sie mir, Ihre Suche ist ein aussichtsloses Unterfangen. Es gibt zahllose Skiten und Kellien, in denen er sich versteckt haben kann. Er kann sich als Mönch verkleiden. Er kann jeden Tag das Quartier wechseln. Ein großes Kloster ist ein Labyrinth, Sie kennen das Serail. Wer würde ihn dort je finden?«

Sie gingen eine Zeitlang schweigend dahin.

Gartners Argwohn gegenüber Dr. Siegle wurde mit jedem seiner Worte größer.

»Er lernte den General übrigens beim Schach kennen«, sagte Dr. Siegle. »General M. ist ein hervorragender Spieler, aber Goran R. schlug ihn auf eine Art und Weise, die er nicht begriff: Der General hatte einen hinterhältigen Stil, doch Goran R. schien dennoch alles im voraus zu erraten, was M. im Schilde führte. Am nächsten Morgen bat der General Goran R., ihn zu begleiten, um eine unterbrochene Partie fortzusetzen. Goran R. willigte ein, obwohl er die Eigenschaften des Generals kannte, seine Kälte, seine Überheblichkeit, seine Hinterlist. Ich glaube, er war von R. fasziniert. R. studierte ihn, und er studierte die Soldaten, und auch M. war von ihm fasziniert. Er legte ihm keinerlei Hindernisse in den Weg, sich umzusehen. Er stattete ihn mit einer alten Armeejacke und einem Revolver aus ... Ich bin nicht sicher, ob die Berichte über das Massaker der Wahrheit entsprechen. Vieles sind Vermutungen. Vieles naheliegende Schlußfolgerungen.«

Ein Mönch, einen Stock in der Hand, in der anderen ein schwarzes Gebetbuch, kam auf sie zu, blickte kurz auf und blieb stehen.

Von einem Moment zum anderen hatte Dr. Siegle das Interesse an einem weiteren Gespräch verloren. Er wandte sich dem Mönch zu, der ihm ausrichtete, daß er in der Bibliothek erwartet würde.

Gartner begleitete Dr. Siegle nicht, sondern blieb unter den Arkaden stehen, wo die Schwalben sich ein Nest bauten, holte sein Notizbuch heraus und zeichnete das Gespräch auf. Woher wußte Dr. Siegle das alles? Woher kannte er R.? Er bemerkte eine Gruppe Arbeiter, die mit einem Mönch über den Hof gingen. Er lief zu ihnen hin und sprach den erstbesten von ihnen an, ob es eine Autoverbindung nach Chilandar gäbe. Die Arbeiter zuckten nur mit den Schultern und wandten sich ab, aber der Mönch erklärte ihm, daß um sieben Uhr ein Auto zum Kloster Vatopediou fahre, es käme in aller Früh aus Karyäs. Nach Chilandar könne er nur wandern oder es mit einem Schiff erreichen. Gartner gab ihm eine Geldspende für das Kloster und bat ihn um seine Hilfe, daß er mitgenommen würde. Lächelnd steckte der Mönch die Scheine ein und begleitete die Arbeiter weiter zu ihren Quartieren.

In seinem Zimmer war Gartner allein. Das Geräusch war hier so stark, daß er meinen konnte, er befinde sich mit einem Schiff auf hoher See.

Am frühen Morgen erwachte er durch das Tacktacktack des hölzernen Simandrons, das in verschiedenen Rhythmen geschlagen wurde. Er stand auf, um sich zu waschen, wobei er einen prüfenden Blick auf den großen Wanderer und Dr. Siegle warf, die, bewegungslos, den Kopf zum Fenster hingedreht, schliefen. Er hatte sie nicht mehr kommen hören.

Vor einer Reihe Waschbecken reinigte er sich und putzte die Zähne. Ohne auf jemanden zu treffen, verließ er sodann das Kloster.

Neben dem Eingang warteten schon vier griechische Arbeiter. Das Meer hatte die Farbe von reflektierendem Silber, die überging in das gleißende Weiß des Himmels, Gartner konnte keine Horizontlinie erkennen.

Endlich sahen sie den Transportwagen die Straße entlangkommen, ein schmutziges, graues Militärfahrzeug mit Allradantrieb. In der Zwischenzeit sammelten sich weitere Arbeiter, und als das Auto hielt, stürmten sie den von einer Plane bedeckten Laderaum. Für Gartner blieb nur noch direkt an den Ladeklappen Platz, und er mußte befürchten, bei der ersten Steigung, einem abrupten Schaltvorgang oder einer größeren Straßenunebenheit hinunterzufallen. Vor der Abfahrt eilte ein weiterer Arbeiter mit einem Seesack herbei. Er fand nur noch auf der anderen Seite der Bordwand Platz.

Als der Wagen anfuhr, klammerten sich Gartner und der Arbeiter, da es weder einen Griff noch eine Stange zum Festhalten gab, an die Plane, später an die Schnur, mit der jene befestigt war.

Das Auto legte jedoch nur ein kurzes Stück zurück, hielt, und der Fahrer verschwand im Olivenhain und ließ sie warten. Nach zehn Minuten kam er zurück, eine Zigarette im Mund, klein, rotgesichtig mit seiner Boxernase, riß die Tür auf und ließ den Motor an. Schaukelnd, ruckend, zuckend, holpernd ging es aufwärts, und während Gartners linker Arm zu schmerzen begann und er verkrampft dahockte, begannen die griechischen Arbeiter gleichmütig miteinander zu reden.

Die Sonne schien, und Gartner beschloß, was kommen würde, gelassen hinzunehmen. Er hatte Dr. Siegle, den großen Wanderer und Habakuk hinter sich gelassen, und vielleicht war es ihm sogar möglich, noch am selben Tag nach Chilandar zu gelangen.

Es ging an steilen Abgründen vorbei, unter ihnen lag das Meer und bildete verträumte Buchten, die von oben den Eindruck vermittelten, daß kein Mensch sie je betreten hätte. Die Vegetation war dicht, Eichen, Lorbeer, wilde Oliven, Macchia, Platanen und Krummhölzer.

Als sie hielten, hatte Gartner das Gefühl, sein Arm sei abgestorben, und es dauerte einige Zeit, bis er nicht mehr schmerzte. Er machte eine Fotografie von den Äckern, auf denen Mönche Gemüse anbauten, und schritt dann zwischen den Pinien auf das Kloster zu. Im Planwagen hatte sich auch ein Soldat befunden, der mit den Arbeitern in Pantokratoros eingestiegen war, und auf der Fahrt hatte Gartner mehrmals das Gefühl gehabt, von ihm beobachtet zu werden. Jetzt stand der Soldat da und wartete darauf, was geschehen würde. Gartner, dessen Diamonitirio in zwei Tagen ablaufen würde, hatte keine andere Absicht, als so schnell wie möglich nach Chilandar zu gelangen, doch war er zu erschöpft, als daß er daran denken konnte, den mehrstündigen, zum Teil steil bergauf führenden Fußmarsch anzutreten, denn eine Autostraße gab es nicht.

Der Klostereingang von Vatopediou machte auf ihn einen seltsamen Eindruck: zwei hohe Grenzbalken auf einem gepflasterten Platz und ein großes, an zwei Säulen befestigtes Tor. Dahinter wucherten, von Gerüsten umfriedet, verschachtelte, wie willkürlich zusammengesetzte Gebäudeteile, Veranden, Erker und Zinnen hinter einer ehemaligen Befestigungsmauer. Gartner hängte sich den Rucksack um und trat an das Pförtnerfenster, zu dem er aufschauen mußte. Ein nervös wippender Mönch musterte ihn von oben. Gartner wies seine Papiere vor, bemerkte, daß der Soldat sich hinter ihm anstellte, und vermied es, Erkundigungen über eine Verbindung nach Chilandar einzuholen.

Als er den riesigen Hof betrat und dort zum ersten Mal einen Eindruck von der Größe des Klosters erhielt, fiel ihm ein Dutzend Mönche mit grünen Schürzen auf. In Blechbehältern zu ihren Füßen lagen frisch gefangene, große Thunfische. Einige wurden gerade mit einem Instrument entschuppt, das einer Bürste ähnelte, nur daß statt der Borsten Nägel an dem Brett angebracht waren. Andere Mönche waren damit beschäftigt, die Meerestiere auf Hackstöcken zu zerkleinern. Eine dritte Gruppe bediente sich langer Messer, um sie auszunehmen beziehungsweise die Teile weiterzuverarbeiten. Alles geschah mit großer Geschicklichkeit. Der älteste Arbeiter, ein weißhaariger Mann, saß auf einem Stuhl und las halblaut etwas aus einem Buch vor, vermutlich eine Heiligenlegende.

Das gegenüberliegende Gebäude war das Gästehaus, zu dem wie in Pantokratoros eine lange steile Treppe hinaufführte. Gartner begab sich in den Vorraum. Links und rechts an den weißen Wänden standen mit verschiedenen Stoffen bezogene Bänke, ein goldgerahmtes Breitwandgemälde an der Schmalseite zeigte das Meer mit Segelbooten und dahinter den heiligen Berg im Abendschein. Durch zwei Rundtürme im Holzdach kam Sonnenlicht in den sonst dunklen, saalförmigen Empfangsraum, in dem nur der jugendliche Archondaris zu sehen war. Erst jetzt fiel Gartner in einem Winkel ein Arbeiter auf, der Holzspäne schichtete.

Gartner betrachtete das Ölbild genauer und entdeckte kreisrunde Sprünge im grünblauen Himmel und dem gelben Luftrand über den Bergen. Sie erinnerten ihn an Schußlöcher in Glasscheiben. Der Arbeiter wandte sich ihm zu, und Gartner fragte ihn, ob er ihm eine Auskunft geben könne. Er nannte den Namen des Klosters Chilandar und deutete auf den Dampfer im Ölgemälde. Der Arbeiter kratzte sich am Kopf und zeigte dann fünf Uhr an. Hierauf zog er ihn auf eine menschenleere Veranda hinaus und erklärte ihm, daß vom weiter rechts liegenden Pier ein Schiff abfahre. Ohne lange nachzudenken, versuchte Gartner, dem Arbeiter verständlich zu machen, daß er mit dem Schiff nach Chilandar wolle. Der Arbeiter wich mißtrauisch zurück. Gartner bat ihn jedoch zu warten, kramte im Rucksack nach dem Batteriefernsehapparat und winkte den Arbeiter zu sich. Er zog die Antenne aus dem Gerät heraus, schaltete es ein, und zu seiner Freude empfingen sie ein klares Bild von einem Trickfilm, dem der Arbeiter sofort über das ganze Gesicht grinsend folgte. Gartner schaltete den Apparat wieder aus, schob die Antenne hinein und drückte ihn dem Mann in die Hand, der ihm aber zu verstehen gab, daß es auf dem Athos verboten sei, ein Fernsehgerät zu besitzen. Gartner wies nur auf die Ziffer fünf seiner Armbanduhr und ging nochmals auf die Veranda, um sich die Abfahrtsstelle bestätigen zu lassen. Zu allem nickte der Arbeiter eifrig, dann steckte er den Apparat in seine Jacke und lief die Treppe hinunter.

Anschließend suchte Gartner den Archondaris, fand ihn in der Küche, erhielt Erfrischungen und wurde dabei von einem Socken stopfenden Mönch beobachtet, der ihm später das Zimmer zeigte.

Als Gartner zurück ins Freie trat und über den Platz vor dem Katholikon schritt, begegnete ihm wieder der Arbeiter, dem er den TV-Apparat geschenkt hatte. Der gedrungene Mann zeigte ihm verstohlen fünf ausgestreckte Finger, wobei er nickte. Gartner interpretierte es als Zusage, daß mit dem Schiff alles in Ordnung war, und er beschloß, den Weg zum Pier einzuschlagen.

Vor dem Klostertor schlug ihm die sengende Hitze des nahenden Mittags entgegen. Der Pfad führte abwärts an vielen kleinen Gebäuden vorbei zum Meer.

Zwischen den Steinen blühte Mohn, überall wucherten Brombeersträuche, die Luft summte, und es duftete nach Oregano und Jasmin. Vor einem Haus, an dem eine Wand fehlte, sah er einige Schritte weiter einen Mönch mit Imkerhut. In der Linken hielt er noch die Spachtel, mit der er die Stöcke geöffnet hatte. Der Mann bemerkte ihn nicht. Erst das Klicken des Fotoapparates ließ ihn aufschauen. Gartner näherte sich, der Mönch zog einen mit gelbem Wachs gefüllten Rahmen aus dem Stock heraus und warf Gartner einen ungehaltenen Blick zu.

Als er weiter zum Strand hinunterschlenderte, sah er den Soldaten aus dem beflaggten Steingebäude mit einem Feldstecher den Strand beobachten. Gartner begab sich über den Schotterstreifen zum Wasser hinunter. Er ließ sich auf einem Felsen nieder und betrachtete ein weißes kleines Schiff, das um die Biegung der Bucht kam und zwei Mönche am Pier aussetzte. Die beiden Mönche und der Schiffer gingen ein Stück gemeinsam, dann schlugen die schwarzen Gestalten eine andere Richtung ein.

Hinter ihm näherte sich eine Herde brauner und weißer Mulis. Gartner nahm den intensiven Geruch von Algen wahr, der vom Meer her wehte. Wahrscheinlich, dachte er, beobachtete der Soldat ihn mit dem Fernglas. War es also klug, das Haus des Schiffers ausfindig zu machen und ihn auf die Fahrt nach Chilandar anzusprechen? Das würde der Soldat mit Sicherheit bemerken.

Eine Weile saß Gartner am Strand und schrieb Beobachtungen in sein rotes Notizbuch, bevor er den Weg zurück zum Kloster nahm.

Die Feigenbäume trugen schon dunkelgrüne Früchte mit kleinen Blättern, die wie Flügel wirkten. Der Weg führte bergauf, an Brennholzhaufen und zertrümmerten Obstkisten vorbei und dem eingestürzten Haus, dessen Balkon den Eindruck erweckte, im nächsten Augenblick abzubrechen. Den Bienenhut neben sich auf einem schiefen Sessel, saß dort der Imkermönch. Gartner blieb stehen, und der Mann lud ihn auf deutsch ein, zu ihm heraufzukommen.

Die Holzstiege war morsch, die Ruine verlassen, ohne Möbel, nur das Imkerwerkzeug lag auf einem Tisch, der Smoker, Stemmeisen, Glasbehälter mit Wasser, Handschuhe. Das Zimmer im oberen Stockwerk war leer, an der Holzdecke hing eine große, geschnitzte Brombeere, die in einen Rahmen gefaßt war. Gartner schritt über die morschen Bretter auf den Balkon hinaus, wo der Imkermönch neben seinem Hut auch ein Fernglas liegen hatte. Der Mann, der zwischen fünfzig und sechzig Jahre alt sein mochte, scherzte, das Haus werde schon nicht so schnell zusammenbrechen. Er fuhr fort, daß die Brombeere das Symbol des Klosters Vatopediou sei, und erzählte auch eine Sage von einem Findelkind, während Gartner die Decke und sodann verstohlen von hinten den Mönch mit dem Bienenhut und dem Fernglas fotografierte. Der Mönch fragte ihn daraufhin nach seiner »Profession« und er antwortete »Schriftsteller«.

»Ah! Sie schreiben Bücher. Kein Buch reicht an die Bibel heran.«

Auf eine plötzliche Eingebung hin sagte Gartner, er verehre besonders Goran R., den Dichter.

Der Mönch schwieg.

Plötzlich fragte der Imker ihn, ob er orthodox sei.

»Nein«, antwortete Gartner.

»Goran R. ist nicht auf dem Berg«, sagte der Mann nach einer Pause. »Sie sind Journalist und suchen ihn.« Er stand auf, nahm seinen Imkerhut und das

Fernglas und ging an ihm vorbei. »Ich erkenne Journalisten daran, wie sie sprechen und daß sie heimlich fotografieren.«

Er ging die Stiege hinunter.

»Sie werden nichts finden. Alles, was Sie unternehmen, ist vergeblich.«

Er legte den Imkerhut auf den Tisch, steckte das Fernrohr in einen Brotsack und wartete offenbar auf Gartners Antwort. Als Gartner schwieg, lehnte er seinen Kopf zurück und fragte ihn ironisch: »Was wollen Sie über den Berg Athos schreiben? Impressionen? Daß wir Wahnsinnige sind? Oder werden Sie kritisieren, daß wir Baumaschinen, Telefone und Computer besitzen? Oder sind Sie ein Schwärmer und berichten über uns wie über aussterbende Tiere, die man schützen muß, und entdecken einen letzten Rest versteckten Glaubens in sich, der plötzlich zum Ausbruch kommt? Nur die Fremden schreiben über den Berg. Je exotischer wir den Menschen draußen vorkommen, desto mehr schreiben sie über uns.« Er lachte. »Goran R. hat nie über uns geschrieben. Er würde höchstens ein Gedicht verfassen und es am nächsten Tag in den Papierkorb werfen. Goran R. schreibt über Themen wie Dionysius Aeropagita. Kennen Sie ihn?«

»Ja«, antwortete Gartner, der sich erinnerte, daß er den Namen von Dr. Siegle in Zusammenhang mit der Ordnung der Engel gehört hatte.

»Er war ein Schwindler. Und ein Seher. Beides gleichzeitig. Er schrieb Heiligengeschichten um, erfand Ereignisse, fälschte seine Biographie. Es ist nur ein Pseudonym, mit dem wir uns befassen, eine fiktive Gestalt. Sie werden Goran R. nie finden, auch wenn Sie es noch so schlau anstellen. Vielleicht versuchen Sie es mit denselben Mitteln wie er, er wird Ihnen immer einen Schritt voraus sein ... Weil er glaubt.« Inzwischen hatte er aus einem Regal Zucker genommen und in die großen Wassergläser, die bereitstanden, geschüttet. »Sie suchen Goran R. wegen eines angeblichen Massakers in S. Man kann den Krieg als alles mögliche auffassen. Als ein politisches Phänomen«, erklärte er spöttisch, »als militärisches oder biologisches, als Folge der Verstoßung aus dem Paradies ... Gerechtigkeit? Wie wollen Sie richten, wenn Sie nur eine Seite sehen, einen Punkt herausgreifen? Krieg ist ein Chaos von unzähligen Punkten. Ich sage Ihnen etwas: Goran R. weiß das, darum schweigt er. Darum schreibt er über Heilige, Ikonen, die Blindheit, die sehen kann.«

»Kennen Sie ihn?« fragte Gartner.

»Ich sage es ja: Sie sind ein Journalist. Sie fragen, als ob Sie mich verhören oder aushorchen würden. Nicht Ihr Herz will es wissen, sondern Ihre Zeitung.«

Er setzte den Imkerhut auf, befestigte ihn mit zwei Gummischleifen unter den Armen, band die Schnur über der Brust zu und schaute Gartner durch das feine Netz hindurch in die Augen, wie ein fremdes Wesen.

»Gott hat den Menschen ihren freien Willen gelassen, damit er später auch über sie richten kann. Gott allein weiß, was sie getan haben. Er spricht mit ihnen ... Jetzt schon, zu Lebzeiten. Er spricht mit ihnen, wenn sie es nicht erwarten. Sie hören seine Stimme.« Er nahm die beiden großen Gläser, in die er Zucker gerührt hatte, forderte Gartner auf, die anderen zu nehmen, und ging ihm voraus zu den Bienenstökken. Sie stellten die Gläser in das Unkraut. Die Bienen summten. Der Imkermönch öffnete vorsichtig und den Smoker betätigend die Magazine, bückte sich nach einem Glas und begann das Zuckerwasser zu verteilen.

Die Bienen wurden immer unruhiger, flogen wild in der Luft herum, und Gartner hatte das Gefühl, daß es an der Zeit war, sich zurückzuziehen.

»Es ist besser, Sie gehen jetzt, sonst werden Sie noch Stiche abbekommen. Wenn man die Bienen füttert, sind sie für den Rest des Tages verrückt«, sagte der Mönch.

Gartner stieg den Pfad hinauf fast bis zum Kloster, wo er in dem hübschen Pavillon, von dem aus man auf eine Reihe Zypressen sah, das Gespräch mit dem Imkermönch aus dem Gedächtnis aufzeichnete.

Hierauf steckte er das rote Notizbuch ein, klemmte den Kugelschreiber in die Innentasche des Anoraks, saß eine Weile da und versuchte, an nichts zu denken. Durch die drei Bogenfenster sahen die Felder mit den Zypressen aus wie das idyllische Bühnenbild einer italienischen Oper.

Langsam begann es, dämmerig zu werden. Als Gartner in den Klosterhof trat, strömten Arbeiter, Pilger und Soldaten von allen Seiten in die Kirche, und er folgte ihnen.

Die Wände waren mit prächtigen Fresken und

Mosaiken bedeckt, in Blau, Schwarz, Gold und Weiß. Byzantinische Wechselgesänge setzten ein, die sich bis zur Verzückung über einem tiefen, anhaltenden, von Bässen intonierten Brummton des Männerchores entwickelten. Die Fresken, die goldene Bilderwand, die Ikonostase und das geometrische Muster des Mosaikfußbodens vermittelten Gartner den Eindruck einer mystischen Guckkastenbühne. Es roch nach Weihrauch, die Ikonen wurden geküßt, der Priester erschien und verschwand wieder, abermals wurde der Weihrauchkessel geschwenkt, der Gesang schwoll an und ab, und obwohl Gartner kaum etwas verstand, nahm der Vorgang seine ganze Aufmerksamkeit in Anspruch. Das Hin- und Hergehen, Küssen der Ikonen, Schwenken des Weihrauchkessels und des Wechselgesangs nahmen kein Ende, bis der weißbärtige Imkermönch mit einem Stock den goldenen, riesigen Kerzenluster in Bewegung versetzte, so daß dieser sich zu drehen begann und das flakkernde Licht über die Wandbilder und aufblitzenden Mosaike schaukelte. Und wirklich konnte man jetzt meinen, sie befänden sich in einem Kirchenschiff, das auf hoher See dem Himmel nahekam. Er dachte an Elias und die Dunkelheit des Fischerbootes mit den herumfliegenden Gegenständen und an die geplante Fahrt am frühen Morgen nach Chilandar.

Nach Ende der Liturgie, er wußte nicht, wie lange sie gedauert hatte, stand er benommen vom schaukelnden Licht, dem Gesang und dem Weihrauchduft vor der Kirche, als ihn der Archondaris in die ebenfalls blutrote Trapeza winkte.

Aus dem Steinplattenboden erhoben sich links und rechts eine lange Reihe blau gestrichener Marmorbänke und weißer Porphyr-Tische. Die Wände waren heller bemalt als in der Kirche, mit Heiligen und Motiven aus der Bibel. Eine schwere, geschnitzte Holzdecke spannte sich über dem feierlichen Saal, an dessen einer Wand die Lesekanzel angebracht war. Gartner folgte dem Archondaris an den Tischen der Arbeiter, Touristen und Pilger vorbei bis zum ersten Platz hinter den Mönchen. Vor ihm saßen vierzig oder fünfzig Gestalten, ein schwarzes Element, hinten im Halbdunkel füllten sich die anderen Bänke mit Gästen. Auf die rotbemalte, mit grünen und schwarzen Pflanzenornamenten geschmückte Kanzel kletterte der Lektor und begann beflissen, aus den Homilien zu lesen. Bei jedem seiner Versprecher lachte der Imkermönch am Nebentisch schadenfroh. Auf dem Marmortisch stand eine Vorlegeschüssel mit kalter Bohnensuppe, einem Apfel, einer Zwiebel, Brot, Salz, schwarzen und grünen Oliven und in der Mitte Karaffen mit Wein und Wasser. Der Abt unter der Apsis hatte einen wachen Gesichtsausdruck und ähnelte einem selbstsicheren Fürsten. Er hielt einen Stab in der Hand; an der Wand hinter ihm hing ein kleines Marienbild in feierlichen Farben. Links und rechts von ihm saßen, wie Offiziere, lebhafte Mönche, es folgten die übrigen, dann die Novizen, zuletzt die Gäste. Während Gartner das Brot mit Salz und Oliven zur Bohnensuppe aß, suchte er die Trapeza nach Dr. Siegle oder Habakuk ab. Der Wein und der Umstand, daß er keinen von beiden entdeckte, hoben seine Stimmung. Er schälte den Apfel, zerschnitt ihn, und gerade als er fertig gegessen hatte, klopfte der Abt zweimal mit dem Hämmerchen auf den Tisch. Augenblicklich erhoben sich alle und beendeten ihre Mahlzeit. Der Vorleser auf der Kanzel klappte das Buch zu, und die Mönche zogen wieder, weihrauchschwenkend, hintereinander aus dem Speisesaal ins Freie.

Als Gartner über den dunklen Klosterplatz eilte, begegnete er noch einmal dem Arbeiter und zeigte ihm nun seinerseits verstohlen mit ausgestreckten Fingern die Fünf.

Zu seiner Erleichterung war er in seinem Zimmer allein, nur in der Wäschekammer herrschte Hochbetrieb.

Er bereitete sich darauf vor, früh aufzustehen, verzichtete auf das Waschen, um nicht gesehen zu werden, und schlief ein.

Um drei Uhr weckte ihn das Glockenspiel, dann ertönte stakkatoartig die Stundentrommel. Er blickte zum Fenster hinunter und sah den Mönch über den Hof schreiten, versunken in seine Tätigkeit. Von da an blieb er wach. In einer Ecke schlief ein Fremder, sonst war niemand gekommen.

Er holte die Taschenlampe aus seinem Rucksack und das rote Notizbuch, begab sich in die Wäschekammer, machte Licht und nahm auf einem Stuhl Platz, um sich Aufzeichnungen zu machen. Erst dann holte er seinen Rucksack.

Der saalartige Vorraum mit dem großen Ölbild war leer. Er bemühte sich, ihn ungesehen zu verlassen, und spürte sofort die kalte Nachtluft auf der Stiege. Trotz der Parkajacke und seines Seidenschals fror er. Er stieg die Treppen hinunter zum Ausgang, vorbei an der dunklen Portiersloge, fand aber das schwere Tor versperrt. Er probierte es noch einmal – daran hatte er wirklich nicht gedacht. Er haßte sich für seine Unüberlegtheit. Gerade als er beschloß, in die Kirche zu gehen, um vielleicht dort jemanden zu finden, der sich des Problems annahm, eilte im Laufschritt ein Novize herbei, sperrte außer Atem auf, wollte zuerst den Geldschein nicht nehmen, steckte ihn dann aber mit einem Kommentar, den Gartner nicht verstand, ein und öffnete das Tor.

Die Begegnung

Als er den Pier erreichte, waren das Schiff und ein fremder Soldat, die Berge, das Meer in Ultramarin getaucht. Die Steine, die Muschelreste und die angeschwemmten Holzstücke zu seinen Füßen hatten aber ihre Farbe behalten. Stille hatte sich ausgebreitet, die das schläfrige Schwappen des Meeres und seine Schritte übertönte.

Der Soldat wartete bereits gähnend an Bord. Gartner begrüßte den Bootsmann und war erstaunt über dessen Jugendlichkeit, er schätzte ihn auf höchstens siebzehn Jahre. Da er glaubte, von ihm ignoriert zu werden, holte er sein Schweizer Armeemesser heraus und schenkte es ihm. Der junge Mann, Kosmas, braunhäutig und mit struppigem Haar, lachte und steckte es ein, während ein Mönch mit einer grünen Schürze über der Kutte aus der Kabine trat, Gartner die Hand schüttelte und mit »Evlogite« (»Es segne Euch«) grüßte. Wie er es von Dr. Siegle gehört hatte, antwortete Gartner mit: »O' Kyrios! O' Kyrios!« (»Der Herr! Der Herr!«) Er wollte für die Fahrt kein Geld nehmen, ließ es aber zu, daß Gartner ihm einen Schein in die Schürzentasche steckte.

Sie legten sofort ab, das Boot beladen mit Obst, Ölkrügen und Kartons, von denen Gartner nicht erraten konnte, was sie beinhalteten.

Das Ultramarin sog sie auf. Schwärme zarter, weißer Quallen mit durchsichtigen Schleiern schwebten im Wasser, dicht wie ein Feld von Frühlingsknotenblumen. Der Soldat, der Fischermönch und der junge Mann hatten zu rauchen begonnen. Das Meer war glatt und ruhig und schien den Rest der Nacht nicht preisgeben zu wollen. Langsam wurden die Quallen seltener, und dann war nichts mehr da als das Ultramarin von Himmel und Meer. Der Soldat sagte nichts, auch der Fischermönch nicht, nur der Jüngling schien reden zu wollen, aber er hielt es wohl für klüger, angesichts des allgemeinen Schweigens ebenfalls nichts zu sagen. Er brachte eine Flasche Ouzo an Bord, hielt sie jedem wortlos hin, und zuletzt machte auch Gartner einen ausgiebigen Schluck, da er das Gefühl hatte, daß ihm etwas Verrücktheit nicht schaden konnte. Der junge Mann war mit Jeans und einem T-Shirt bekleidet, er trug abgetretene Nike-Turnschuhe und eine Digitaluhr aus Kunststoff am Armgelenk. Gartner lehnte sich mit dem Rucksack gegen die Reling, worauf der Soldat ihn kurz fixierte. Er war schon älter, hatte erste graue Haare an den Schläfen und schien alles rundherum gut zu kennen. Die Kälte saß ihnen in den Gliedern. Der Soldat schneuzte sich, betrachtete nachdenklich das Papiertaschentuch und warf es über Bord.

Chilandar hatte für Gartner etwas Zwingendes, etwas Logisches. Es war die Welt von König Milutin, auch von Stephan III. Decansky und somit die Welt Goran R.'s. Sechs Porträts existierten von Milutin und Stephan III. Decansky im Kloster, und Gartner wußte genau, wo jedes zu finden war.

Er hatte sich die Tatsachen eingeprägt, um auf Goran R. Eindruck zu machen. R. sollte in ihm einen Gesprächspartner haben, von dem er annahm, daß sich sein gesamtes Denken um sein Werk drehte. Er kannte den architektonischen Querschnitt durch den Milutinturm auf dem Weg zum Kloster, der gegen Piratenüberfälle gebaut worden war, die wundertätige Prozessionsikone der Dreihändigen Mutter Gottes, das größte Heiligtum von Chilandar, das sich im Naos am Platz des Abtes, genauer an der Ostseite der Südwestsäule befand, und er kannte natürlich den Klosterhof mit den zwei hohen Zypressen und dem Weihwasserbrunnen, der Phiale in der Mitte, dahinter das gestreifte, ornamentierte Katholikon aus Ziegeln und gebrochenen Steinen. Und natürlich hatte er auch seit Thessaloniki mehrmals den Plan des Klosters repetiert. Er hatte das Gefühl, schon dort gewesen zu sein, so genau hatte man ihm Eingänge, Aufgänge, Treppenhäuser beschrieben. Er würde ja nur wenig Zeit haben, etwas mehr als vierundzwanzig Stunden, dann mußte er die Mönchsrepublik wieder verlassen. So gesehen war seine Chance gering, um so mehr hoffte er auf einen glücklichen Zufall.

Er machte mit der Kamera rasch einige Aufnahmen, um die allmählich verschwindende Ultramarinbläue festzuhalten. Dann fotografierte er auch den Soldaten, den jungen Mann und den Mönch, die dies wortlos geschehen ließen.

Wie auf ein geheimes Zeichen kam die Sonne heraus, und es wurde wärmer.

Sie fuhren immer an der Küste entlang, wegen der Stürme, die jederzeit auftreten konnten, und erblickten bald darauf das Kloster Esphigmenou.

Der Soldat und der junge Mann fixierten einen Punkt in der Ferne, auf den sie zusteuerten, und das Boot glitt zwischen einer Felseninsel und dem Ufer auf ein beflaggtes Hafengebäude zu, das zusammen mit mehreren anderen Häusern an einem Sandstrand lag. Das alte Kloster, es war von Zinnenmauern umgeben, die aus dem Stein der Landschaft bestanden, war weniger zerstört, als er es sich vorgestellt hatte, und das Meer unter ihnen so klar, daß man bis auf den Grund sehen konnte. Gartner schnallte den Rucksack um, als der junge Mann auf seine leere Wasserflasche deutete.

»Agiasma«, rief er und zeigte zum Strand hin.

Nachdem das Schiff am Pier angelegt hatte, stellte sich heraus, daß es hinter dem Hafengebäude in der

Nähe des alten Klosters einen Brunnen gab, mit heiligem Wasser, eben dem Agiasma, das nicht wie üblich links-, sondern rechtsdrehend und deshalb von besonderen Wirkungskräften sei. Der junge Mann wollte ihm offenbar als Gegengeschenk für das Schweizer Armeemesser dieses Wasser holen und Gartner nahm seinen Rucksack, reichte ihm die Flasche, und der junge Mann lief damit über den Strand zum Brunnen. Inzwischen erklärte der Mönch Gartner, während der Soldat sich schon auf den Weg machte, daß der Polizist nicht im Hafengebäude anwesend, sondern – er mimte lautstark Gewehrschüsse in die Luft – auf die Jagd gegangen sei. Die Polizei, sagte er, kontrolliere nur die Wegfahrenden, um Ikonendiebstähle zu verhindern, nicht aber die Ankommenden.

Der Brunnen befand sich so nahe am Meeresufer, daß Gartner annahm, das Wasser würde salzig schmecken, doch als der junge Mann zurückkehrte und ihm erwartungsvoll die Flasche reichte, war der Schluck kalt und köstlich.

Vor ihm lag der breite Weg zum Kloster Chilandar, zwischen grünen, wogenden Getreidefeldern. Das Kloster selbst, das, wie er wußte, die Form eines byzantinischen Kriegsschiffes hatte, eines »Chilandion«, von dem es möglicherweise seinen Namen ableitete, lag hinter bewaldeten Hügeln versteckt. Am Rande eines der Getreidefelder, aus denen das Zirpen von Zikaden tönte, entdeckte Gartner eine Handvoll leerer Schrotpatronenhülsen. Ein kleiner Bach begleitete den Weg, und dann sah er den Milutinturm über

Olivenbäumen aus der Landschaft ragen, höher und eindrucksvoller, als er ihn sich vorgestellt hatte.

Er erreichte ihn, und der Soldat, der dort sein Wasser abgeschlagen hatte, trat hinter der Mauer hervor und machte sich zuerst in Richtung Hafen davon, dann aber, als Gartner ihn passiert hatte, drehte er um und folgte ihm. Gartner hörte seine Schritte und sein Keuchen, während er durch einen Zypressenhain wanderte, in dem sich das Zirpen der Zikaden mit den Atem- und Gehgeräuschen vermischte. Er hielt an, nahm die Wasserflasche aus dem Rucksack, trank und wartete, bis der Soldat wieder vorbeigegangen und zwischen den Bäumen außer Sichtweite war. Er sprach eine kurze Notiz auf das Tonband, fotografierte den Turm vor den Getreidefeldern und den vom Sonnenlicht und Schatten fleckigen Boden, dann überquerte er eine Lichtung. Auf großen steinernen Wassertrögen saßen Bienen, die aus grünen Magazinstöcken geflogen kamen. Er erinnerte sich an den Imkermönch in Vatopediou, an seine Worte, an sein Aussehen und das Haus mit der hölzernen Brombeere an der Decke. Den Namen Chilandar hatte Dr. Siegle nicht auf ein byzantinisches Kriegsschiff, sondern auf einen Zwischenfall zurückgeführt, bei dem eintausend (»chilii«) Mann (»andres«) einander angeblich im Nebel beim Angriff auf das Kloster erschlagen hatten. Drei Krieger überlebten das Massaker, und Gartner wußte, daß sie in der Trapeza über der Eingangstür als Freskenfiguren festgehalten waren. Die Geschichte fiel ihm jetzt ein, während er die Bienen durch die Luft schwirren sah.

Plötzlich tauchte wieder der Soldat vor ihm auf. Gartner kam seine Schleuder in den Sinn, mit der er sich zur Wehr setzen konnte. Auf der rechten Seite sah er schon die Friedhofswiese, in der die Knochen der Toten ruhten, die schwarzen, schmucklosen Kreuze und die alte, zweifarbige Kapelle, das Ziegeldach, die Bogenfenster und die Erker.

Der Weg zum hoch aufragenden Kloster war mit Bruchsteinen gepflastert.

Er betrat hinter dem Soldaten die Eingangshalle, einen gelben, durch die abgebröckelten Fresken kapellenartigen Raum, der ihm den Eindruck vermittelte, in einen bebilderten Bienenstock einzufliegen. Links und rechts gemauerte, blaue Bänke, auf denen ein weißbärtiger Mönch und drei Männer in Zivil saßen, auf der rechten Seite die kleinen, quadratischen Scheiben einer Veranda, die den Blick auf einen Baum freigab.

Gartner war sogleich fasziniert von der Atmosphäre des Raumes. Die Eingangshalle war durch eine Kalotte gedeckt, und die Darstellungen an den Wänden vermochte er nur zum Teil zu entziffern. Szenen aus dem Marienleben, Gleichnisse: Ein Mann baute auf Sand und Fels, der arme und der reiche Lazarus sowie die Figuren des heiligen Savas, des Serben, Simeon sowie Kyrillos und Methodios. Der Soldat ging weiter, und Gartner setzte sich auf die Bank, um die in allen Stadien des Verschwindens und Verblassens sich zeigenden Fresken zu betrachten. Er stellte sich aber vor, sie seien umgekehrt im Stadium der Entwicklung und kämen erst langsam zum Vorschein. Hier war Goran R. Hunderte Male aus- und eingegangen. Vielleicht gestern, vielleicht heute morgen, während er selbst noch mit dem Schiff von Vatopediou aufgebrochen war.

Durch ein dickes, mit Eisenplatten beschlagenes Holztor gelangte er in einen offenen Hof. Im nächsten Raum ritt der Erzengel Michael über die Wand, während aus einer tiefen Nische die Madonna, Propheten und Heiligen leuchteten. Erst als er alles aufgenommen hatte, betrat er den letzten offenen Vorsaal unterhalb des Wohngebäudes, von wo aus sich ihm ein Blick auf die in Schichten von Ziegel und Naturstein gestreifte Kirche Milutins, das Katholikon, den Weihbrunnen und die zwei mächtigen Zypressen im Hof von Chilandar bot. Er hielt einen Moment erstaunt inne. Vor allem ragte das Kloster schroffer in die Höhe, als er es sich vorgestellt hatte.

Die Pflasterwege waren mit Grasinseln bewachsen. Eine weiße Katze, die mit einer schwarzen Jacke bekleidet zu sein schien, kam ihm, den Schwanz aufgestellt, entgegen und rieb sich an seiner Hose.

Die Empfangshalle war hoch, hell und freundlich. Eine der Wände war nahezu vollständig bedeckt mit gerahmten Fotografien geistlicher und weltlicher Würdenträger. In der Mitte ein runder Tisch, darüber eine alte Petroleum-Deckenlampe mit weißem Schirm, unter der der Archondaris saß und las. Gartner wies die Papiere vor, der Archondaris beachtete sie kaum, prüfte kurz sein Gesicht und führte ihn dann zu den Schlafräumen.

Als der Mönch die Tür hinter sich geschlossen

hatte, packte Gartner sofort die Kamera aus, das rote Notizbuch, den Kugelschreiber, das Tonbandgerät und die unbelichteten Filme, steckte alles griffbereit in seine Jacke und begab sich in den Hof hinunter.

Er fand den alten Weinstock und das Grab des heiligen Simeon wie beschrieben an der Rückseite der Kirche, die Nikolaus-Kapelle über dem Eingang des Klosters und dort, an der Westwand, die Abbilder von König Milutin und Stephan III. Decansky, der eine weißhaarig, der andere dunkelbraun, Milutin mit einer fünfzackigen Krone, sein Sohn mit einer dreizackigen, beide umgeben von einem Heiligenschein, Milutin im goldenen und weißen Gewand eines Königs, Stephan im roten des Märtyrers. Gartner fühlte, daß er vor einem Schlüsselbildnis zu Goran R.'s Werk stand. Ein Mönch öffnete die Tür, blickte herein und schloß die Tür wieder, so daß Gartner unbemerkt zwei Fotografien der beiden Herrscher machen konnte.

Wieder zurück im Hof, um den das Kloster sich erhob wie ein Gebirge, hielt er vor der Bäckerei an, in der mehrere Mönche damit beschäftigt waren, Teig zu kneten. Einer von ihnen trug eine selbstgemachte Kapuze aus Leinen, die einen so kleinen Teil des Gesichts frei ließ, daß nur eine dicke Brille zu sehen war. Gartner befand sich gleich neben der Treppe zum Archondaris, von dort ging er zur Kirche hinüber und warf einen Blick in einen Keller. Grüne Plastikschüsseln standen um ein besonders großes Weinfaß, dessen Oberseite geöffnet war. Als Gartner näher trat, sah er eine Aluminiumleiter und ganz unten, auf dem gestampften Lehmboden, einen bärtigen, jungen Mönch in einer grauen Schutzkleidung. Neben dem Faß lagen außerdem ein Gummischlauch, ein weißes Einkaufsnetz, gelbe Gummihandschuhe, zwei aufgerissene weiße Papiersäckchen und eine Blechkanne. Unwillig blickte der Mönch auf, so daß Gartner es vorzog, weiterzugehen, zurück zur Bäckerei, wo er den Mann mit der Kapuze fotografierte. Sodann folgte er der schwarz-weiß gefleckten Katze, die am Aufgang zu den Gästezimmern einen guten Nahrungsplatz entdeckt hatte. Durch das Rufen der Mönche aus der Bäckerei verscheucht, flüchtete sie miauend in ein offenes Tor des Wohntraktes. Es war ein lichter, hoher Gang mit Arkadenbögen, den sie entlanglief. Gartner wollte schon umkehren, aber die Neugierde trieb ihn dazu, ihr weiter nachzugehen. Vorsichtig blickte er durch einen Türspalt in eine leere Zelle. Sie war weiß gekalkt, hatte zwei Fenster, zwischen denen ein Tisch stand, auf dem links und rechts eine Ikone lehnte. In einer Ecke leckte die Katze aus einem Napf Milch. Offenbar war gerade niemand hier. In der rechten Fensternische stapelten sich eingerollte Leinwände. Gartner machte zwei Schritte zum Tisch hin, registrierte eine leere Kaffeetasse mit einer Zahnbürste und einem Bleistift, eine Weckeruhr, eine Schachtel Zünder, einen Leuchter mit Kerze, einen Stapel Papier und ein Fernglas. Gerade als er die Zelle wieder verlassen wollte, fiel sein Blick auf eine Fotografie, die Goran R. und seine zweite Frau vor der Blauen Moschee in Istanbul zeigte, im Hintergrund einen jungen Schuhputzer mit Tarbusch vor seinem Kasten. Gleichzeitig entdeckte er, daß die beiden Ikonen auf dem Tisch gerahmte Reproduktionen waren: Stephan III. Decansky und ein Marienbildnis. Das Manuskript, das vor ihm lag, nicht mehr als fünfundzwanzig Seiten, wies zahlreiche Ausbesserungen und Durchstreichungen auf, wie er sie von Dr. Siegles Original und der Reproduktion in der griechischen Zeitung her kannte, und ein Titelblatt, das einen rotgrünen Drachen zeigte, der seinen eigenen Schwanz auffraß. Gartner begann sofort, die Papiere zu fotografieren. Zuerst nahm er den Tisch auf, die Fotografie von Goran R. und seiner Frau und das Titelblatt. Die Katze hatte aufgehört zu fressen, ringelte sich ein und schloß die Augen. Draußen vom Gang her waren Schritte zu hören, zuerst von weiter weg, dann immer näher und hallender. Eine Tür fiel ins Schloß, Stille trat wieder ein. Währenddessen hatte Gartner die Katze beobachtet, aber sie hatte nicht einmal die Augen geöffnet oder den Kopf gehoben – Goran R. liebte Katzen, fiel ihm ein. Er erinnerte sich an die Fotografie R.'s als Mönch und an seine Begegnung in Sarajevo, wo Goran R. während des Schachspiels eine Katze auf seinem Schoß gehalten hatte. Rasch fotografierte er weiter, Seite für Seite. Zuletzt wechselte er den Film und begann den Papierkorb zu untersuchen und dessen Inhalt zu fotografieren. Einige der handgeschriebenen, zusammengeknüllten Zettel steckte er ein. Er konnte zwar nicht daran glauben, daß Goran R. auftauchte, aber ... Er nahm den Feldstecher, blickte auf einen Weinberg und sah einen Mönch mit einem Sonnenhut Reben schneiden. Es war ein friedliches Bild, doch er war zu angespannt, um es sich notieren zu können.

Im selben Augenblick hörte er eine aufgebrachte Stimme.

Als er sich umdrehte, stand ein großgewachsener Mönch mit Schleier vor ihm, der ihn in gebrochenem Englisch fragte, was er hier suche.

Nichts, antwortete Gartner, er habe den Wunsch verspürt, einmal eine Zelle zu betreten, und diese hier sei gerade offen gewesen.

Der Mönch wollte hierauf seinen Namen wissen und die Papiere sehen.

Dabei drängte er ihn auf den Gang und die Stiegen hinunter.

Haben Sie eine Fotografiererlaubnis, wollte der Mönch wissen. Nein? Also fotografieren Sie ohne Erlaubnis.

Die Schwalben flogen noch immer wie Pfeile über den Hof und gaben Zwitscherlaute von sich.

Anfangs glaubte Gartner, daß der Mönch ihn an den Soldaten ausliefern würde, der sich mit ihm auf dem Schiff befunden hatte, aber er brachte ihn nur zum Archondaris. Der alte Mann war noch immer mit demselben Buch beschäftigt und verlangte ungehalten Gartners Diamonitirio zu sehen, das er eingehend prüfte.

Sodann fragte er ihn, was er auf dem Berg Athos suche.

Spiritualität, antwortete Gartner, ohne zu zögern.

Wofür er dann die Kamera benötige?

Um sich später besser erinnern zu können.

Schließlich zogen sie noch einen dritten Mönch zu Rate, der ihm neuerlich mitteilte, daß das Fotografieren unerwünscht sei. Sofern er sich weiterhin im Kloster aufhalten wolle, müsse er die Kamera im Gästezimmer lassen, außerhalb des Klosters könne er verfahren, wie es ihm beliebe.

Gartner nickte.

Was er aufgenommen habe? Er sei doch Journalist, wie aus den Papieren hervorgehe.

Gartner führte auf, wo er überall im Kloster gewesen war, von der Bäckerei bis zum Weinkeller, wofür es ja Zeugen gab, verschwieg aber die Mönchszelle.

Wieder berieten die Mönche, und zuletzt verlangten sie den Film, den er in der Kamera hatte. Gartner spulte ihn zurück und händigte ihn dem Archondaris aus, froh darüber, daß der wertvollere mit den Bildern von Goran R.'s Manuskript unentdeckt geblieben war.

Zurück im Gästezimmer, versteckte er den belichteten Film im Rucksack und ließ die Kamera auf dem Bett liegen, bevor er sich wieder ins Freie begab, um nicht aufzufallen. Dort erwartete ihn schon der Mönch mit dem Schleier. Er zeigte stumm auf das Gebäude der Schatzkammer und der Bibliothek, offenbar wollte man nicht, daß er sich allein herumtrieb.

Ein anderer Mönch geleitete ihn in den ersten Raum, und dort stand Gartner plötzlich vor der unerwartet großen Originalikone des Pantokrators.

Er wußte nicht, was der Mönch sich dabei gedacht

hatte, ihn hierher zu führen, doch er erkannte sofort die rote fotografische Box des Weltenherrschers, und jetzt, so unmittelbar vor der Ikone, war er davon überzeugt, daß die Haltung seiner Hand nicht eine Segensgeste war, sondern daß sie vielmehr gerade den Auslöser betätigte, um ihn, wo immer er war und was immer er tat, aufzunehmen.

Den restlichen Tag zog Gartner sich in das Gästezimmer zurück. Mit trüben Gedanken schlief er ein und wurde erst durch das Klopfen an die Tür geweckt und eine Aufforderung, an der Liturgie teilzunehmen. Er war noch immer allein und beschloß zu warten, bis die Messe in Gang war und dann noch einmal das Zimmer, das er für den Arbeitsraum von Goran R. hielt, zu durchsuchen.

Er nahm die Trockenwurst aus dem Rucksack, wickelte sie in Zeitungspapier, das zum Einheizen neben dem Ofen lag, steckte sie in den Anorak und beobachtete den Klosterhof, über den die Mönche eilten, mehrere Arbeiter, Soldaten und schließlich ein Polizist. Auch sah er verschiedene Katzen, nicht aber die weiße mit dem schwarzen Frack.

Als die Glocken verstummt waren und sich alles beruhigt hatte, legte er ein neues Band in das Aufnahmegerät ein und begab sich in den dämmrigen Hof. Irgendwo begann ein Frosch zu quaken, dann fielen mehrere ein. Selbst als Gartner den Wohntrakt erreichte und in den ersten Stock hinaufstieg, hörte er zwar gedämpfter, aber noch sehr deutlich die Frösche, die sich über seine Bemühungen lustig zu machen schienen.

Bevor er zum Gang hin abbog, spähte er vorsichtig um die Ecke. Ganz hinten, am Ende, dort, wo die Zelle war, in der er die Papiere fotografiert hatte, saß ein Soldat auf einem Stuhl und las Zeitung. Gartner konnte nur das Blatt, die Uniformhose und die Stiefel erkennen, aber er wertete dessen Anwesenheit als Beweis, daß er auf der richtigen Spur war.

Aufgeregt kehrte er zurück in den Gästetrakt.

Kaum aber hatte er die Tür hinter sich geschlossen, als das Licht anging und er festgenommen wurde. Ein Soldat beschlagnahmte seinen Rucksack, ein zweiter stellte sich hinter ihn und legte ihm Handschellen an.

So verließ Gartner das hoch aufragende Kloster Chilandar, die Lebenden und die Toten, wie es heißt, die Tiere, die Pflanzen und die Steine des Berges Athos, ohne daß jemand von ihm Notiz nahm.

Während der gesamten Fahrt im Polizeiwagen war Gartner benommen. Man brachte ihn in das Hafengebäude, in dem Licht brannte, und führte ihn in einen leeren Raum, ohne Fenster oder ein Möbelstück. Dort befahl man ihm, sich zu entkleiden, und legte alle Gegenstände, die man in seinem Rucksack, seiner Jacke und seiner Hose fand, auf den Fußboden. Die Papiere, die Brieftasche und Dollarnoten, die Glasnegative aus dem Serail, die von Dr. Siegle restaurierte und dabei zerstörte Ikone, die Schleuder und die Steine, die Armbanduhr, den Druck der Pantokrator-Ikone mit der fotografischen Box, die belichteten und unbelichteten Filme, die Kamera, das Tonbandgerät und die bespielten Kassetten, das rote

Notizbuch und die beiden Kugelschreiber, die Notiz-
zettel aus Goran R.'s Papierkorb, die Zeilen von Tamara, Wäsche, das unbeholfen übersetzte Herzensgebet, die Gebetsschnur und den Bogen mit Dias,
Nahrungsmittel und was man sonst noch alles bei
ihm fand. Sodann erschien ein großgewachsener
Mann mit unordentlichem Haar und Brille, in Begleitung eines Polizisten. Er sah aus, als hätte man ihn
aus dem Schlaf gerissen. Gartner begriff, daß alles
sorgfältig vorbereitet war, denn der Mann, der gebrochen deutsch sprach, begrüßte ihn mit der spötti-
schen Frage, ob er als Herr Morawa oder Herr Gartner angesprochen zu werden wünsche. Erst dann
ließ er sich den Paß vorlegen und wies, während er
Gartner verhörte, mit dem Fuß auf die einzelnen,
Gartner belastenden Gegenstände, die von den übrigen getrennt wurden.

Zunächst machte der Athospolizist von den Gegenständen verschiedene Blitzlichtaufnahmen, dann
führte der »Intellektuelle«, so bezeichnete Gartner
ihn für sich, genußvoll aus, er wisse, daß Gartner
Goran R. suche. Schon in Thessaloniki sei er wegen
eines noch immer ungeklärten Mordes in diesem
Zusammenhang verhört worden. Trotzdem sei die
griechische Polizei bereit, ihn ausreisen zu lassen,
sofern er sein Material, die Tonbänder, Filme und
Notizen, und die gestohlenen Kunstgegenstände
wie die Ikonen und Glasnegative den Behörden
übergebe und ein Geständnis unterschreibe. Andernfalls würde Klage gegen ihn erhoben wegen
Diebstahls von Kulturgut und Einbruchs in das

Serail. »Sie müssen dann mit einer mehrjährigen Strafe rechnen«, fügte er hinzu. Die griechische Regierung, fuhr er nach einer Pause fort, sei allerdings presse- und fremdenfreundlich und wolle kein Aufsehen erregen.

Er begutachtete jeden einzelnen Gegenstand, ließ die konfiszierten in einer Tasche verschwinden und legte Gartner zuletzt eine Erklärung in griechischer Schrift zur Unterzeichnung vor. Zwar protestierte Gartner, er erreichte aber nur, daß der Intellektuelle ihm den Text, sein Geständnis, übersetzte und ihm die Kamera, das Tonbandgerät, die Kugelschreiber, seine Armbanduhr, die Geldbörse und die Dollarnoten sowie die Wäsche mit dem Rucksack überließ, nachdem Gartner unterschrieben hatte.

Den Paß, erklärte ihm der Intellektuelle, würde er vor dem Abflug nach Wien zurückerhalten. »Sie sehen, wir sind keine Diebe«, fügte er sarkastisch hinzu. Als er das Protokoll des Geständnisses mit Gartners Unterschrift zusammenfaltete, ergänzte er, unvermutet den Beamten hervorkehrend, daß Gartner des Landes verwiesen sei und Griechenland zukünftig nicht mehr betreten dürfe. Man würde ihn per Schiff nach Ierissos bringen, von dort mit dem Wagen zum Flughafen nach Thessaloniki, wo bereits ein Ticket für ihn nach Wien gebucht sei.

In diesem Augenblick dachte Gartner an Dr. Siegle, an Professor Avramis, an den Fremdenpolizisten in Ouranopolis und die Mönche. Er dachte auch an den Kommissar in Thessaloniki und an Elias in Ierissos, und er zweifelte daran, ob er die Rasterpunkte, die ihm zeigten, was wirklich vorgefallen war, jemals würde zusammensetzen und verstehen können.

Der Raum war frisch ausgemalt, ohne einen Schaden am Verputz, ohne Feuchtigkeitsflecken, Unebenheiten oder Risse, auch der Parkettboden roch nach frischem Holz, so neu war er, daß Gartner sich fragte, was der Raum später für einen Zweck erfüllen sollte. Er erschien ihm wie eine unbeschriebene Seite Papier.

Mit einer Kopfbewegung forderte ihn einer der Soldaten, mit dem er von Vatopediou nach Chilandar gefahren war, auf, seine Sachen in den Rucksack zu packen, und während Gartner sich bückte und alles zusammenklaubte, wurde ihm bewußt, daß dieser Moment nie mehr wiederkehren würde. Auf der gesamten Reise, beim Anblick der seltsamsten Dinge war ihm dieser Gedanke nicht gekommen, aber jetzt, da er Stück um Stück aufhob, einsteckte und verpackte, meldete er sich mit ungewohnter Eindringlichkeit.

Und Tamara? Er war froh, daß sie ihn in dieser Situation nicht sehen konnte, und er glaubte nicht, ihr jemals wiederzubegegnen.

Nachdem er den Rucksack zusammengeschnürt und sich seine Jacke übergezogen hatte, wurde er in den Tag hinausgeführt, der so grell war, daß er seine Augen zusammenkniff.

Am Pier schaukelte das Schiff nach Ierissos. Ein Berg von Koffern und Taschen, Kisten und Käfigen stapelte sich an Deck, und auf den Bänken längs der Reling saßen dicht aneinandergedrängt Mönche, Pilger und Wanderer. Manche der Passagiere musterten ihn mißtrauisch, wie er in Begleitung eines Soldaten an Deck gebracht und dort bewacht wurde. Ein violett gekleideter, älterer Mönch lächelte ihm jedoch zu und machte ihm Platz.

»Evlogite«, grüßte er.

»O' Kyrios! O' Kyrios!« antwortete Gartner.

Gleich darauf setzte der Lärm des Motors ein, und das Schiff fuhr seiner Bestimmung gemäß auf das türkisfarbene Meer hinaus.

Das gelbe Notizbuch

Die Entdeckung

Die Fähre legte in Eminönü am Goldenen Horn an.

Gartner ließ sich vom Gewühl der Passagiere auf dem Kai zur Galata-Brücke treiben und schlug von dort den Weg zurück zu den Bushaltestellen ein. Es stank nach Abgasen. Er überquerte den Platz über die schmalen Verkehrsinseln, um sich vor den heranbrausenden Fahrzeugen in Sicherheit zu bringen.

Am Hinterdeck der Fähre war es kalt gewesen, doch jetzt, nach wenigen Schritten, öffnete er seine Jacke und sah dabei den Buben mit der weißen Wollmütze und einem Stapel brauner Sesamkringel auf dem Kopf, der wohl glaubte, daß Gartner seine Geldbörse zücken wollte und deshalb lachend auf ihn zukam. Im selben Augenblick aber wurde der kleine Simitverkäufer von einem Bus erfaßt und zur Seite geschleudert. Behende wie eine Katze veränderte er im Sturz seine Körperhaltung, rollte auf dem Asphalt ab und setzte sich erschrocken auf. Die Sesamkringel flogen wie die Ringe eines Jongleurs, der gerade sein Kunststück beendet hat, in die Luft, um sodann, begleitet vom Brems- und Hupgeräusch des Busses und dem Aufschrei der Passanten, auf den Boden zu prasseln, wo sie auseinanderbrachen, fortrollten oder auf dem schmutzigen, aufgerissenen

Asphalt liegenblieben. Auch das Kopfbrett, auf dem die Simits sonst lagen, überschlug sich lärmend. Zischend öffneten sich die Türen des Busses, der Fahrer beugte sich, während Passagiere ein- und ausstiegen, heraus und schimpfte, dann schlossen sich die Türen wieder, und der Bus fuhr ab.

Der Bub klopfte seine Hose ab, hob das Brett auf und begann die noch unbeschädigten Sesamkringel einzusammeln, während eine Gruppe herbeigeeilter Straßenjungen sich die Münder vollstopften. Erschrocken über die Gleichgültigkeit, mit der das Geschehen abgelaufen war, und nicht ohne Schuldgefühl, griff Gartner nach einer Banknote und reichte sie dem Buben, der sie wie nebenbei einsteckte.

Gartner ging zum Ägyptischen Markt hinüber, vorbei an Tieren, die dort in Käfigen und Aquarien zur Schau gestellt waren: bunte Papageien, Goldfische in kleinen, kugelförmigen Gläsern, die mit grünen Pflanzen gefüllt waren, Bündel von Blutegeln in einer Flasche mit rötlichem Wasser, sowie Schlangen in gläsernen Behältern, die sich so unendlich langsam und geschmeidig bewegten, daß er ergriffen war von ihrer Schönheit. Neben den Gefäßen lag eine kopierte Fotografie, die einen alten, weißbärtigen Mann mit gehäkelter Mütze zeigte, auf dessen Augen zwei dieser Reptilien lagen. Durch seine Neugier lockte er einen Verkäufer an. Er gab ihm zu verstehen, daß die Tiere ein Mittel gegen Kopfschmerzen seien.

Gartner hatte es eilig. Durch verstopfte Straßen,

zwischen Autos mit Obstkarren und den kleinen Dreirädern der Straßenhändler hindurch, die ihn an die Eismänner in seiner Kindheit erinnerten, suchte er sich den Weg zur Universität.

Er war schon oft in Istanbul gewesen, er liebte das Leben in den Straßen, die Hektik, die abwechslungsreichen Szenen und den geradezu philosophischen Gleichmut der Einwohner. Er liebte auch die Moscheen wegen ihrer Größe, ihrer Leere und ihres Lichtes; wenn es die Zeit zuließ, zog er sich die Schuhe aus und wandelte über die gemusterten Teppiche unter den niedrig hängenden, großen Lusterreifen, betrachtete die kunstvollen Keramiken mit Tulpen, Margeriten, Hyazinthen, Rosen und Kaiserkronen, Blüten und Arabesken und bewunderte die unzähligen Fenster, die mit farbigem, venezianischem Glas geschmückt waren und den Raum in ein mystisches Licht tauchten. Vor allem die kalligraphischen Zeichen auf den runden Tafeln hatten es ihm angetan, und er schwor sich, einmal etwas über einen Schriftkünstler zu schreiben, der sein Leben damit verbrachte, kunstvoll geschriebene, sich zu Ornamenten fügende Worte anzufertigen.

Die Universität war nicht zu verfehlen. Ein hoher Turm, schon von weitem sichtbar, ragte über die angrenzenden Gebäude, und Gartner brauchte sich nur nach ihm zu richten. Er überquerte den Beyazit-Platz mit den Buchhändler-Shops, die sich unter einem von Weinranken gebildeten Dach aneinanderreihten. Gleich beim ersten blieb er stehen, um die aufgeschlagenen Werke zu betrachten, und als er weitergehen wollte, bot ihm ein Mann mit graumeliertem Schnurrbart und Hornbrille Schattentheaterfiguren aus bemalter Kamelhaut an. Sie waren zwei Finger lang und leuchteten bunt, wenn man sie gegen das Licht hielt. Der Verkäufer nannte ihm geduldig alle Namen und die Eigenschaften der einzelnen Gestalten, außerdem schenkte er ihm das gelbe, mit einer Kalligraphie verzierte Notizbuch, das Gartner unter der Glasplatte des Schaukastens entdeckt hatte.

Inmitten des Trubels fühlte er sich erleichtert, wenn er an die vergangenen Tage, die rumpelnde Fahrt mit dem Polizeiwagen von Ierissos nach Thessaloniki, den Flug nach Istanbul und das letzte Stück mit der Fähre zur prunkvollen Villa am Ufer des Bosporus dachte. Die Fenster seines Zimmers öffneten sich zum Meer hinaus, auf dem zum Greifen nahe Tanker und Frachter vorbeizogen.

Tamara kam ihm vor der Universität entgegen, sie küßte flüchtig seine Wangen und warf ihm einen Blick zu, der ihn an die Umarmungen in der Nacht erinnerte. Er hatte nicht damit gerechnet, daß sie ihn in Ierissos mit seinem Gepäck erwarten und als »Dolmetscherin« bis zum Flughafen begleiten würde. Der Tourismuspolizist in Ouranopolis hatte ihr am Vormittag Gartners Verhaftung gemeldet und war ihr später aus Loyalität sogar behilflich gewesen, das Mißtrauen der Beamten in Ierissos zu beseitigen, da sie eine Übersetzerin beim Transport des Gefangenen anfangs für überflüssig hielten.

Auf der Fahrt nach Thessaloniki hatte sie dann den Wachbeamten, der Gartner zum Abfluggate bringen sollte, »zu dem kleinen Handel überredet«, gegen einen Packen Geldscheine Gartner vorzeitig den Paß auszuhändigen und zu übersehen, daß Gartner und sie nicht das Gate für den Flug nach Wien, sondern das nächste nahmen, von dem aus zehn Minuten später eine Maschine nach Istanbul ging.

Gartner war ebenso von ihrer Kaltblütigkeit wie von ihrer Umsicht beeindruckt gewesen. In Istanbul hatte sie dann so lange herumtelefoniert, bis sie bei Professor Kuyumkusu, einer Bekannten von Studienreisen her, fündig wurde.

Die Byzantinistin wußte alles über den Berg Athos und hatte mit Professor Avramis bis zu dessen Verschwinden in Verbindung gestanden, erzählte Tamara. Kuyumkusu war übrigens davon überzeugt, daß Goran R. lebte und sich in Istanbul versteckt hielt.

Das Universitätsgebäude war in früheren Zeiten das Kriegsministerium gewesen.

Hastende, flanierende, in Gruppen beieinander stehende Studenten bevölkerten das Parkgelände. Tamara kannte den Weg.

Der Hörsaal war stockdunkel. Sie tasteten sich voran, schoben sich in eine der Bänke und sahen von oben eine Folge von Schwarzweißdias auf einer Leinwand. Gartner erkannte nicht mehr als einen alten Farbanstrich. Er war so beschädigt, daß nur noch Bildfragmente sichtbar waren, wie im Serail, wo unter dem Ruß Teile von Heiligenbildern zum Vorschein kamen, erinnerte er sich. Tamara erklärte ihm, daß Professor Kuyumkusu eine Vorlesung über die

Chorakloster-Moschee hielt, welche neben der Hagia Sophia das wichtigste byzantinische Baudenkmal in Istanbul sei.

Bevor die Professorin näher auf die sechs Zyklen der Kirche eingehen wollte, befaßte sie sich mit den zerstörten, die von der Wissenschaft als »unbekannt« klassifiziert wurden, ihrer Meinung nach jedoch schlüssige Interpretationen erlaubten.

Auf der Leinwand erschienen deshalb Ansichten, die bloß noch schwache Spuren von Darstellungen enthielten. So war von der »Verkündigung der hl. Anna« die Hälfte der Abbildung verlorengegangen, die erhaltene und auf der Leinwand sichtbare andere Hälfte zeigte den »Engel des Herrn«, der Anna kundtat, ihr Gebet um ein Kind habe Gehör gefunden; bei der »Unterweisung Mariä im Tempel« waren die Mittelfiguren der Szene verschwunden, die Frau Professor Kuyumkusu sozusagen aus dem Nichts rekonstruierte, ebenso wie sie aus Fragmenten auf eine Darstellung der »Anbetung der Weisen aus dem Morgenland« schloß. Von der »Flucht nach Ägypten« hatte sich die Hauptszene aufgelöst, aber aus dem Sturz der Götzenbilder vor den Mauern einer ägyptischen Stadt ergab sich das »Vorbeiziehen der Heiligen Familie«, wie sie ausführte. Vom »bethlehemitischen Kindesmord« waren zwei Darstellungen der Greuel vorhanden. Das Mittelstück war vernichtet, trotzdem machte der ausgelöschte Teil auf Gartner einen stärkeren Eindruck als der erhaltene, da man meinen konnte, das Bild habe sich angesichts der Morde selbst zerstört. Gartner wußte, daß es auf dem Athos das andere Phänomen des »Acheiropoie-tos« gab, ein Bild, das nicht von Menschenhand ge-schaffen war. So als könnten sich Bilder selbst malen und sich auflösen, dachte Gartner, und ein Eigen-leben führen.

Nach Ende der Vorlesung zog sich Frau Kuyum-kusu zurück, und während Tamara ihr folgte, ging Gartner vor das Gebäude, wo vom Bosporus das ge-dämpfte Tuten der Schiffe zu hören war.

Die Byzantinistin wohnte nicht weit von der Uni-versität entfernt in einem großen, alten Gebäude. Gartner hätte sie auf den ersten Blick nicht wiederer-kannt, sie trug jetzt hochhackige Schuhe, ein schwar-zes Kostüm und mehrere Ringe an den Fingern. Vor dem abgetretenen Stiegenaufgang des Hauses be-fand sich ein schmaler, kleiner, blau gestrichener La-den, an dessen Rollos, auf einem durchgezogenen Draht, grellbunte Zeitungen hingen, darunter stapel-ten sich Weißbrotwecken und Wasserkisten. Frau Kuyumkusu kaufte Zeitung und Brot und stieg dann behende zum obersten Stock hinauf, ohne sich um-zudrehen. Im Gang roch es nach Zimt.

Das Wohnzimmer war mit einem grünen Sofa mö-bliert. Es war ein schöner, beige gestrichener Raum mit einem weißen, dreiblättrigen Ventilator an der Decke, einem Modellsegelschiff und der Büste eines jungen Mannes auf einer Anrichte sowie gerahmten Kalligraphien an den Wänden. Hinter einem Vor-hang begann ein Papagei zu schnattern, der von Frau Kuyumkusu und Tamara mit Futter, Wasser und Scherzworten begrüßt wurde.

Die Byzantinistin öffnete ohne Ankündigung eine Tür, und zu Gartners Erstaunen stand Professor Avramis im Raum, in Jeans, Rollkragenpullover und einer dunkelblauen Jacke, mit Goldbrille, eine Zigarette im Mund. Gartner hatte ihn nur einmal, in Sarajevo, von Angesicht zu Angesicht gesehen. Seine Haut war großporig und das Haar schütterer als damals. Der Biograph Goran R.'s nahm ohne eine weitere Erklärung neben ihm auf dem Sofa Platz und betrachtete die Spitzen seiner staubigen, schwarzen Schuhe.

Automatisch schaltete Gartner das Tonbandgerät in der Tasche ein. Gleichzeitig hatte die Gastgeberin den Vogelkäfig hinter dem Vorhang hervorgeholt und sich mit Tamara in das Nebenzimmer begeben, weshalb zuerst eine Pause entstand, in der sie die beiden Frauen gedämpft mit dem Vogel sprechen hörten. Gartner hätte Professor Avramis viele Fragen zu stellen gehabt, vor allem, was den Mord in Thessaloniki betraf, doch wartete er ab, was geschehen würde.

»Sie wissen, meine Frau, das heißt Gorans Frau«, der Literaturprofessor lachte auf, »ist in Istanbul. Nachdem Ihr Anwalt in Wien ihre Adresse herausgefunden hatte, mußte sie allerdings umziehen.«

Er unterbrach sich.

Sie schwiegen wieder eine Zeitlang, in der Avramis nervös rauchte und es vermied, ihm in das Gesicht zu blicken.

»Sie wollen mit Goran R. sprechen?« fragte er unvermittelt.

Gartner war überrascht, sagte aber sofort: »Ja.«

Der Literaturprofessor nahm einen tiefen Zug aus der Zigarette.

»Melinda, meine ehemalige Frau«, er lachte wieder hüstelnd, »hat mich um Vermittlerdienste gebeten. Ich habe, wie Sie verstehen können, mit der Sache nichts zu tun, aber Sie wissen, alte Liebe rostet nicht.« Er freute sich seiner ironischen Bemerkung. »Kurz und gut, es kostet Sie zehntausend Dollar. Zuerst das Geld, dann das Gespräch«, fügte er hinzu.

»Sind Sie immer so selbstlos?« entfuhr es Gartner.

»Es gibt kein Geld, bevor ich nicht mit Goran R. gesprochen habe«, fügte er dann hinzu. »Außerdem erwarte ich eine Vorleistung.«

»Und welche?« fragte Avramis gelangweilt.

»Ich möchte Antworten auf Fragen bekommen. Wer hat den Mord in Thessaloniki auf dem Gewissen? Was hatte der Mönch Elias aus Ierissos mit der Sache zu tun? Woher hatte er ein Polaroidfoto von mir? Wer hatte die Hände im Spiel, daß ich in Chilandar verhaftet wurde? Wo sind meine fotografischen und schriftlichen Aufzeichnungen? Weshalb sind Sie aus Thessaloniki geflüchtet?« Gartner unterbrach sich, um seine Fassung nicht zu verlieren.

»Viele Fragen auf einmal«, antwortete der Literaturprofessor spöttisch. »Wie Sie sich denken können, ist es mir gleichgültig, ob ein Gespräch stattfindet oder nicht. Übrigens könnte ich Ihnen nicht einmal alle beantworten. Vielleicht wird Goran R. besser Bescheid wissen. Was den Mord betrifft, tippe ich auf einen Geheimdienst, fragen Sie mich nicht, auf welchen, das macht die Sache nur noch komplizierter. Der Mönch Elias wußte von nichts, er versuchte Sie nur nach Chilandar zu bringen, aber er mußte wegen eines Sturms umkehren. Das kommt in diesem Gebiet öfter vor. Von einem Polaroidfoto ist mir nichts bekannt. Und was Ihre Unterlagen betrifft, erfahre ich erst jetzt, daß sie Ihnen abhanden gekommen sind, ich bin jedoch nicht die richtige Adresse für eine Beschwerde. Übrigens erhielt ich selbst eine ernstzunehmende Drohung. Sie bestätigte mir, daß ich Thessaloniki verlassen sollte.« Er drückte seine Zigarette aus, zündete sich eine neue an und starrte wieder seine staubigen Schuhspitzen an.

»Sie wissen mehr«, sagte Gartner ungeduldig.

»Und wenn? Warum sollte ich es ausgerechnet Ihnen verraten?« antwortete Avramis mit gespielter Gleichgültigkeit. »Ich habe mich bereit erklärt, mit Ihnen zu reden. Das heißt nicht, daß ich mich in Gefahr bringen muß, um etwas für Ihren Ruhm zu tun.« Er nahm einen Zug aus seiner Zigarette und warf ihm einen ersten, flüchtigen Blick zu. »Ich habe nichts dagegen, wenn Sie Ihre dringenden Fragen mit Goran R. besprechen«, fuhr er dann ironisch fort. »Vermutlich kann er Ihnen die Antworten geben, auf die Sie neugierig sind. Übrigens habe ich die Ehre, Ihnen eine weitere Nachricht von ihm zu überbringen. Er erwartet Sie morgen um elf Uhr vor dem Topkapi Sarayi. Sie möchten pünktlich kommen und das Geld mitbringen. Ich glaube, das junge Paar ist in finanziellen Nöten.« Er drückte seine Zigarette in einer Tasse aus und betrachtete nachdenklich seine Fingernägel.

»Ich möchte Ihnen zum Schluß noch einen guten Rat geben.«

»Darum wollte ich Sie gerade ersuchen«, unterbrach ihn Gartner.

»Geben Sie auf«, sagte er tonlos.

Er erhob sich unvermittelt und verschwand ohne Gruß durch die Seitentür. Gartner hörte nur noch das Schnattern des Papageis und das Gelächter der Frauen durch die Tür und überlegte, ob die Wohnung zwei Ausgänge hatte. Aber bevor er noch zu einem Ergebnis kam, eilte er Avramis schon hinterher, in der Hoffnung, er könnte ihn zu Goran R.'s Frau bringen oder zumindest ihre neue Adresse herausfinden. Denn nicht nur einmal war ein Treffen, das Avramis ausgemacht hatte, geplatzt. Er hörte noch, wie er die Treppen hinuntereilte, und bemühte sich, ihm zu folgen.

Vor dem Haus entdeckte er aber keine Spur von ihm.

Gartner wandte sich an den Verkäufer des Geschäftes neben dem Stiegenaufgang und fragte ihn auf englisch, ob er einen Mann habe aus dem Haus laufen sehen. Der Mann nickte, ohne ihn anzusehen. Gartner holte eine Banknote heraus, und der Verkäufer zeigte daraufhin in Richtung Universität.

Im selben Augenblick näherte sich ein wackeliges, gelbes Taxi mit Schrammen und Kratzern in der Karosserie. Gartner winkte es heran, nahm vorne Platz und gab sein Ziel an. Erst dann bemerkte er, daß er nicht allein im Wagen war, sondern in Gesellschaft eines Alten mit Spazierstock und weißer Kopfbedekkung auf dem Rücksitz. Offenbar wollte der Fahrer das doppelte Geschäft machen, jedenfalls nahm er den Auftrag an.

Obwohl Gartner sich darüber im klaren war, daß die Aussicht, Avramis zu entdecken, gering war, ließ er sich zuerst zur Beyazit-Moschee bringen, um es vor der Universität zu versuchen. Das Auto war jedoch plötzlich in einen Stau geraten und mußte anhalten, worauf der Fahrgast auf dem Rücksitz einen heftigen Disput mit dem Chauffeur begann und energisch in Richtung »Großer Bazar« deutete, während Gartner nach einem weiteren Geldschein griff und mit dem Kopf in Richtung Universität nickte. Der Lenker steckte die Banknote, so schnell, daß Gartner es kaum wahrnahm, ein, aber der Vorgang war dem Auge des argwöhnischen Alten nicht entgangen, und er schimpfte noch heftiger, wobei er mit dem Stock mehrmals auf den Boden des Wagens stieß.

Im Schrittempo näherten sie sich der Universität, und gerade als Gartner resigniert aussteigen wollte, da die Situation mit dem zornigen Alten unerträglich wurde, erblickte er, ohne daß er es noch erwartet hätte, den gesuchten Avramis, der soeben in ein gelbes Taxi stieg. Dadurch ermutigt, forderte Gartner den Fahrer auf, dem Wagen zu folgen. Der Chauffeur befolgte schweigend die Anweisung. Daraufhin verlor der Mann auf dem Rücksitz vollends die Fassung; er nestelte in seiner Tasche wütend nach einer Brille und versuchte, die Nummer oder ein Erkennungszeichen ausfindig zu machen, um sich über den Chauffeur zu beschweren. Noch bevor er eines gefunden hatte, kam ihm der Fahrer zuvor und öffnete den Handschuhfachdeckel mit der aufgeklebten Legitimation. Gartner sah eine Taschenlampe, Formulare und einen gelben Bic-Kugelschreiber, die jetzt, da das Taxi schneller fuhr, herauskollerten.

Empört ließ sich der Alte zurückfallen, wobei er fast seine Brille verlor, während Gartner das Aquädukt und den Wagen von Avramis im Auge behielt.

Ebenso überraschend, wie der Literaturprofessor eingestiegen war, ließ er anhalten, so daß Gartners Wagen nur mit Mühe einen Auffahrunfall verhindern konnte. Er mußte sogar die Straßenseite wechseln und vor einer Wiese bremsen, von der sich ein Limonadenverkäufer mit einem umgeschnallten, verchromten Metallbehälter erschrocken erhob. Gleichzeitig mit dem Literaturprofessor sprang auch der Alte aus dem Wagen und humpelte ohne zu bezahlen quer über die stark befahrene Straße, um sich in Avramis' ehemaliges Taxi fallen zu lassen, das sich sofort in Bewegung setzte.

Gartner bezahlte den Chauffeur und beeilte sich, um den Literaturprofessor nicht aus dem Auge zu verlieren.

Avramis hatte es offenbar nicht weit. Er betrat ein Haus in der Kovacilar Caddesi, neben einem lehmigen Platz, auf dem eine Schar Kinder lärmend Fußball spielte. Direkt gegenüber befand sich eine ärmliche Teestube, in der Gartner einen freien Tisch vor dem Fenster fand. Das Lokal mußte früher ein Geschäft gewesen sein, denn eigentlich saß er in einer

Auslage, die auch einen Blick auf die Prinzenmoschee freigab.

Er bestellte Apfeltee und hörte die Männer im Gasthaus lautstark Karten und Tavla spielen. In Gedanken versunken lehnte er sich zurück und sah geistesabwesend einem Orangenverkäufer zu, der die Früchte zu einer Pyramide geschichtet hatte. Schließlich entdeckte er den Brunnen an der Moscheenwand. Steinquader vor den Waschstellen boten den Gläubigen die Möglichkeit, Platz zu nehmen und sich zu reinigen. Die Menschen streiften die Ärmel hoch, stellten ihre Schuhe neben dem Hocker ab, legten das Einkaufssäckchen dazu, das sie mit sich trugen, und begannen mit dem vorgeschriebenen Ritual. Es war ein sich fortlaufend änderndes Schauspiel, ein Kommen und Gehen. Gartner bestellte abwechselnd Limonenblüten- und dann wieder Apfeltee, der, wie es sich gehörte, heiß und mit viel Zucker in einem dünnen, kleinen Glas serviert wurde. Am Nebentisch präparierte ein Mann eine Wasserpfeife. In ihrem durchsichtigen Glaskessel brodelten Luftblasen, der Schlauch schlängelte sich zu dem großen Mundstück. Es lag wie ein Blasmusik-Instrument in den Händen des Rauchers. Bald saßen drei Gäste mit Wasserpfeifen nebeneinander, bald schoß die eine Bubenmannschaft auf dem lehmigen Platz ein Tor, bald die andere, dann erschien ein Limonadenverkäufer vor der Moschee, der Scherbett-Mann mit dem verchromten, zweibauchigen Behälter. Gartner war davon überzeugt, daß es derselbe war, den das Taxi vom Rasen aufgescheucht hatte.

Zu den wasserpfeiferauchenden Männern hatten sich drei weitere gesellt, ebenso stumm und andächtig, so daß der Eindruck entstand, sie musizierten lautlos vor sich hin, mit Tönen, die nur sie selbst hören, und nach Noten, die nur sie selbst sehen konnten.

Der Eingang des Hauses, in dem Avramis verschwunden war, wurde ab und zu geöffnet, ein paarmal kamen oder gingen Frauen mit Kopftüchern, führten Kinder spazieren, trugen Lebensmittel nach Hause, hin und wieder stießen Buben zum Fußballspiel dazu oder verließen es.

Niemand kaufte dem Orangenverkäufer etwas ab. Erst als die Schatten länger wurden, räumte er zusammen und erinnerte Gartner gleichzeitig daran, daß auch er etwas unternehmen mußte, um den Literaturprofessor im Haus aufzustöbern.

Er bezahlte, trat in die kühle Luft hinaus, in der die Buben noch immer schreiend dem Ball nachliefen, und öffnete die Eingangstür.

Auf dem unbeleuchteten Flur zwischen den schmutzigen Wänden standen zwei kleine Kinder. Sie liefen in ihre Wohnungen, worauf zwei Frauen erschienen, dann ein Mann, etwa fünfzig Jahre alt, athletisch, groß, ein ehemaliger Ringer, dachte Gartner. Der Mann sprach ihn sogleich an, und Gartner fragte nach Professor Avramis. Zu seiner Verwunderung antwortete der Mann »Nicht hier!« und fuchtelte mit den Armen. Aber Gartner war sich nicht sicher, ob er nur deshalb zurückgewiesen wurde, weil er ein Fremder war, oder ob der Mann jemanden beschützen wollte. Immer mehr Türen öffneten sich, sechs oder sieben Kinder erschienen zögernd auf dem Gang, eine dritte und vierte Frau, die laut miteinander zu sprechen und schließlich herumzuschreien begannen, während der athletische Mann ihn bewegungslos mit stechenden Augen anstarrte. Der »böse Blick«: Istanbul war voll mit Amuletten dagegen, der athletische Mann trug selbst eines an einer Lederschlaufe um den Hals, ein blaues, flaches Glasauge mit großer schwarzer Pupille, das in Taxis und Bussen von den Rückspiegeln baumelte, auf Möbelstücken lag, in Auslagen von Händlern. Noch nie hatte er auch nur annähernd so viele Augensymbole gesehen und noch nie die Angst vor dem bösen Blick so anschaulich demonstriert. Eines der Kinder warf einen Apfelrest vor seine Füße, begleitet vom kreischenden Gelächter der anderen, eine Orangenschale kam geflogen, eine Brotrinde, und so verließ Gartner schnell und unter dem Triumphgeheul der Kinder das Haus. Er konnte wieder in der Teestube warten, war sich aber darüber im klaren, daß er jetzt beobachtet wurde, und wollte keinesfalls den guten Platz, den er auch am nächsten Tag einnehmen würde, preisgeben. Daher entschloß er sich, umzukehren. Er kam an Teppich- und Ledergeschäften vorbei, gelangte dann wieder in eine schäbige Gasse, in der ein alter Mann mit drei Zuckermelonen im Eingang eines Hauses saß und stumm auf die gelben Kugeln wies. Von der Moschee zum Gewürzbazar hatte er es nicht weit, und als er auf die Uhr blickte, stellte er fest, daß er zehn Minuten vor der verabredeten Zeit an der Abfahrtstelle vor der Galata-Brücke eingetroffen war.

Gedankenverloren schlenderte er zu einem Verkäufer für silbernen Schmuck, Ringe und Kettchen und erstand bei ihm ein kleines, gläsernes Augenamulett. Er schaute den Fähren zu, die kamen und abfuhren, den Menschen, die an Bord oder an Land gingen, und den fliegenden Händlern, die Zeitungen, türkische Nationalfahnen, Obst und Gemüse verkauften.

Tamara erschien knapp vor der Abfahrt mit einem Taxi und bestieg mit ihm die Fähre. Auf dem Hinterdeck bestellten sie Raki, bis Gartner die erwartete Euphorie verspürte. Ein Schiff tutete, das Wasser schillerte in Milliarden bunten Farbtupfern, wie ein bewegtes Bild von Monet, und er begann, Tamara alles zu erzählen, was er erlebt hatte. Er staunte über sich selbst, daß er ihr seine Geheimnisse anvertraute und seine Schwächen, während sie nur wenig von sich preisgab. Sie behauptete wieder, nicht mehr verheiratet zu sein, aber verhielt sich so, als hätte sie zumindest einen festen Liebhaber. Gartner nahm zunächst immer an, daß eine Frau, die er kennenlernte, in festen Händen war, und behielt meistens recht. Er nannte es ironisch sein »spezielles Glück«.

Tamara nahm später das zerrissene und wieder zusammengeklebte Foto von Goran R.'s Frau, an dem zwei Ecken fehlten, aus der Handtasche. Sie behauptete, wie schon in Ouranopolis, daß sie die Straße kenne, in der es aufgenommen worden sei. Das Bild mit seinen weißen Rißlinien enthielt nur noch Vergangenheit. Tamara war der Ansicht, daß es von Joannis Avramis aufgenommen worden war, der Goran R. nicht zur Ruhe kommen lassen wollte. »Ich weiß nicht, ob es sinnvoll für dich ist, weiterzumachen«, fuhr sie fort, »ich habe den Eindruck, Avramis verwendet dich als Figur in einem Spiel, er versucht mit deiner Hilfe Bewegung in die Sache zu bringen. Wer sagt, daß er nicht mit Goran R. unter einer Decke steckt und dich auf eine falsche Fährte locken will.«

Gartner war davon überzeugt, daß Goran R. ihn verachtete. Er war für ihn ein Handlanger, jemand, dem R. das Recht absprach, ein anderes Motiv zu haben als seinen beruflichen Ehrgeiz. Gartner gab ihm längst recht. Sein Beruf war die Triebfeder für seine Suche. Es war die einzige Rechtfertigung für sein Tun, sagte er sich.

Er spürte die Kälte und die Feuchtigkeit des Wassers und die Dunkelheit des Todes, während sie dahinfuhren, bis die ersten Yalis am Ufer auftauchten, die in Wirklichkeit kleine Schlösser aus Holz waren, mehrstöckige, verschachtelte, verspielte Gebäude, Nachbildungen erträumter Paläste. Gartner konnte sich an ihnen nicht satt sehen. Es gab zweistöckige, langgezogene gelbe, die den Châteaus in Bordeaux ähnelten, mit Erkern wie ein Botschaftsgebäude, braune, die ihre Farbe verloren hatten, mit weißen Vorhängen und eindrucksvollen Reihen von Fenstern, rote, die aus Schachteln zusammengesetzt schienen, weiße, die an Südstaatenwohnsitze in Amerika denken ließen, orientalisch-verspielte, britisch-vornehme, jedes anders und nur der Idee nach ähnlich. Er war froh, daß er sie betrachten konnte, ohne daß er gezwungen war, sich etwas zu merken.

Von seinem Zimmer hatte er sich jede Einzelheit eingeprägt. Es war gelb, aber das Meerwasser des Bosporus hatte die Wände durchdrungen. Er war davon überzeugt, daß man von Jahr zu Jahr deutlicher erkennen konnte, wie andere Schichten von darunter liegenden Farben zum Vorschein kamen: ein Grün, ein angedeutetes helles Blau. Schwarze Stoffjalousien waren an den beiden Eckfenstern heruntergezogen, die Bretter des Bodens wiesen Fugen und Spalten auf – die Kälte und Hitze des sommerlichen und winterlichen Wassers trieb ihr Spiel mit ihnen. Über das Bett war ein schwarzer Überwurf gebreitet, in einer Ecke lehnte ein Spiegel, und als Tamara und er sich liebten, bemerkte er, daß sie sich darin heimlich beobachteten, wie Fremde.

Goran R.

Sie nahmen eine frühe Fähre zurück in die Stadt. Es war noch so kalt, daß sie es vorzogen, im Unterdeck zu bleiben, wo Beamte in Anzügen und Schulkinder, begleitet von ihren europäisch gekleideten Müttern, herumtollten.

Tamara hatte am Abend ein Hotel in der Nähe der Prinzenmoschee gebucht, da die Fotografie von Goran R.'s Frau nicht weit von der Teestube aufgenommen worden war. Sie nannte ihm die Straße mit dem Gewehrgeschäft im Hintergrund des Bildes, und er überlegte sich, es aufzusuchen. Außerdem besorgte sie ihm zweitausend Dollar, mehr konnte sie in der Eile nicht beschaffen, aber Gartner nahm sich vor, es trotzdem zu versuchen.

Das Hotel war eine bessere Absteige. Es entsprach dem ärmlichen Viertel, in dem es lag. Im leeren Speiseraum, dessen Tische für das Frühstück gedeckt waren, langweilten sich zwei Kellner in grauen, uniformen Jacken. Gartner blickte durch das Fenster und wartete. Nach einer Weile sah er drei Männer auf der Straße, die zu einer Tanzbärenvorführung Aufstellung genommen hatten. Der Bärenführer rief mit lauter Stimme das Publikum zusammen und schlug das Tamburin. Ihm folgte das behäbige Tier, das an einer Kette hinter ihm hertrottete. Kinder eilten herbei, alte Leute, einige Frühaufsteher unter den Touristen. Sie bildeten einen Halbkreis, der Bärenführer fing an, ein Lied zu singen, und begleitete es mit seinem Tamburin, während einer der beiden anderen Männer das Tier mit einem dicken Stock stupste und traktierte, damit es sich aufrichtete und um sich selbst drehte. Die Kinder und die Alten lachten, die Touristen spendeten Geld für den Bären, das aber die drei Männer untereinander aufteilten. Kurz darauf zerstreute sich die kleine Menge wieder, und die Straße lag unbelebt da.

Um zehn Uhr verließ Gartner das Hotel, um zu dem Treffen mit Goran R. zu fahren. Er hatte Kopfschmerzen, und so bemerkte er anfangs nicht, daß das Taxi, welches vor dem Eingang auf Kundschaft gewartet hatte, ein hohes Tempo anschlug. Sie bogen zum Atatürk-Bulvari ab und erreichten die Ordu Caddesi, wo der Chauffeur die Richtung zum Flughafen nahm, statt zum Topkapi Sarayi, worauf Gartner versuchte, ihm klarzumachen, daß ein Irrtum vorlag.

Der Fahrer war ein etwa fünfundzwanzigjähriger dunkelhaariger Mann. Er verstand Gartner nicht und hatte, wie es schien, Angst vor ihm.

»Topkapi! Topkapi!« nickte der Fahrer und beschleunigte, als glaubte er, daß Gartner schneller an sein Ziel gelangen wollte.

Sie fuhren jetzt die breite Vatan Caddesi hinauf: Das Topkapi Sarayi aber lag zwischen Bosporus und Marmara-Meer, am anderen Ende der Stadt. Die Häuser wurden moderner, links und rechts waren keine Moscheenkuppeln und Minarettürme mehr zu sehen, kein Tuten eines Schiffes war zu vernehmen, und kaum zeigte sich noch irgendwo ein Straßenhändler. Gartner holte die Stadtkarte heraus, schlug sie auf, hielt sie dem Fahrer hin und zeigte auf das Topkapi Sarayi, um ihn zu überzeugen, daß er einen Fehler beging. Aber der junge Mann nickte noch heftiger und wiederholte beflissen: »Topkapi! Topkapi!«, nur um das Tempo noch weiter zu beschleunigen.

Gartner versuchte es daraufhin mit einer Gestensprache, schüttelte den Kopf und zeigte in die entgegengesetzte Richtung, er erreichte jedoch nur, daß der Fahrer sich verzweifelt und stumm über das Lenkrad beugte und die Geschwindigkeit, mit der sie schon jetzt dahinrasten, weiter zunahm. Vielleicht fürchtete er sich vor dem Auftrag, den er übernommen hatte, und in Erinnerung an den Toten in Thessaloniki begann Gartner zu überlegen, wie es ihm gelingen könnte, den Wagen zu verlassen.

Das Viertel wurde immer trostloser, Hütten lösten die Häuser ab, schiefe Bretterbuden, vor denen stumme Gestalten standen und dem Wagen nachgafften, der an ihnen vorüberflog. Vor den Hütten wuchsen ebenso armselige Pflanzen, Mais und Gemüse, mit hängenden Blättern, und da und dort zeigte sich eine Ziege. Es kam ihm weder ein anderes Auto entgegen, noch folgte ihnen eines. Der Fahrer bog schlingernd nach rechts ab, raste an der eingefallenen Stadtmauer entlang, erreichte ein Tor, passierte es und hielt vor einer Reihe anderer Taxis, die mitten auf einem bunten Markt warteten. Er riß die Tür auf und schrie Gartner genervt an, er möge sofort aussteigen.

Während dieser verwirrt das Auto verließ und den Stadtplan weiter entfaltete, um herauszufinden, wo er sich befand, stellte sich ein Regenschirmverkäufer zu ihm, der ein paar Brocken Deutsch verstand. Das Tor in der Stadtmauer habe denselben Namen wie das Schloß, erklärte er, es hieß Topkapi, Kanonentor, und der Palast hieß Kanonentor-Schloß, Topkapi Sarayi. Überrascht sah Gartner jetzt den Namen groß und fett gedruckt am Ende der Millet Caddesi, die sie hinaufgefahren waren. Vor dem Namen Topkapi befand sich jedoch eine Falte der Karte, weshalb er ihm nicht aufgefallen war.

Es war ein riesiger Markt ohne Touristen, mit ärmlich gekleideten Einheimischen.

»Ich Sie bringen zu Herrn Goran«, sagte der Regenschirmverkäufer zu seiner Überraschung. »Taxi bezahlt von Herrn Goran.«

Außerhalb der Stadtmauern erstreckte sich, so weit er sehen konnte, nur flaches Land. Der Straßenhändler führte ihn etwas abseits zu einer hinter einem eingestürzten Haus wartenden Limousine. Eifrig öffnete er die Tür zum Rücksitz, forderte Gartner auf, Platz zu nehmen, und als er zögerte, hörte er eine bekannte Stimme, die seinen Namen flüsterte.

Er bückte sich und blickte in das schmale, kantige Gesicht von Goran R., den er trotz seines Hutes und der Sonnenbrille erkannte.

Gartner fühlte sich wie in Thessaloniki, als er erwacht war und für kurze Zeit nicht gewußt hatte, wo er sich befand.

»Verwenden Sie ein Tonbandgerät?« fragte Goran R., noch immer flüsternd, und Gartner stellte fest, daß er verkühlt und heiser war.

»Geben Sie mir die Kassette, ich will keine Beweise.«

Gartner händigte ihm das Band aus und steckte das Gerät wieder ein.

»Haben Sie das Geld bei sich?« fragte Goran R. weiter.

Gartner nickte.

»Wieviel?«

»Tausend Dollar.«

»Das ist zuwenig«, lehnte er ab. »Sie kennen den Preis.«

»Den Rest nach dem Gespräch.«

»Oh, Sie trauen mir nicht.« Es schien ihn zu amüsieren, und er hustete, als er die Geldscheine nahm.

»Sie müssen verzeihen, daß ich Sie mit dem Fahrer verwirrt habe, aber ich habe allen Grund, vorsichtig zu sein.« Er hustete wieder. »Es war übrigens nicht einfach, eine Fotografie von Ihnen aufzutreiben, aber Joannis, das heißt Professor Avramis, besorgte mir ein Bild, das im Zusammenhang mit dem Mord in Thessaloniki erschienen ist. Der Chauffeur wartete vor Ihrem Hotel und hatte den Auftrag, Sie hierherzubringen, natürlich war er unterrichtet, daß Sie zum ›Topkapi Sarayi‹ gebracht werden wollten, das war übrigens das zweite Erkennungszeichen für ihn.«

Er nahm einen Spray aus der Tasche und inhalierte.

»Sie wissen, daß im Augenblick die Geheimdienste hinter mir her sind«, fuhr er fort, »sie sollen mich zum Schweigen bringen oder vor Gericht schleppen … je nachdem … und Journalisten, aber damit sage ich Ihnen nichts Neues.«

»Woher wußten Sie, wo Sie mich finden?« unterbrach ihn Gartner.

»Joannis hat gute Beziehungen zu Professor Kuyumkusu«, winkte R. ab.

Gartner war sich darüber im klaren, daß er nicht viel Zeit hatte und daß das Gespräch anders verlief als geplant, ohne Milutin, Stephan III. Decansky und den Gedichtband *Ikonen*, und er wußte, daß er gleich zur Sache kommen mußte.

»Was hat sich in S. ereignet?« fragte er daher.

Goran R. beantwortete die Frage mit einem langen Schweigen.

»Ich habe, wie Sie wissen, nur wenige Interviews gegeben, politische schon gar nicht, aber in meinen Schriften kann man auf jede Frage eine Antwort finden. Weshalb soll ich nachträglich bezeugen, was ich vorausgesehen habe?« flüsterte Goran R. »Im übrigen war es keine Kunst, den Propheten zu spielen.« Er lachte in sich hinein und schwieg wieder.

»Es geht um etwas anderes als Prophetie«, widersprach Gartner.

»Möglicherweise will man mich vor Gericht verurteilen. Aber selbst wenn man mir Straffreiheit zusichert –.« Er hustete heftig und fuhr fort: »– Ich frage mich selbst, was damals geschehen ist. Die Nacht war bereits hereingebrochen. Ich hatte getrunken. Ich bilde mir auch ein, Schüsse gehört zu haben. Soldaten, wenn sie einen Ort besetzen, feuern allerdings immer Salven ab ... später hörte ich den Motorenlärm von Lastwagen, dann wieder Gewehrsalven. Ich weiß übrigens nicht, was ich mir davon nur eingebildet habe. Ich war halb verrückt vor Grauen ... und ich erinnere mich bloß an Bruchstücke. Ich kann diese Bruchstücke nicht miteinander verbinden, aber die Journalisten werden gewiß daraus ein Bild rekonstruieren, das es nie gegeben hat. Wozu soll ich meine Eindrücke also preisgeben? Nehmen wir an, es stimmt, was von Journalisten in Artikeln und Büchern beschrieben wird ... in Wahrheit wird doch nur aus dem Verschwinden von Menschen geschlossen, daß sie ermordet wurden. Nehmen wir trotzdem an, es stimmt. Niemand behauptet, daß der General bei den angeblichen Erschießungen persönlich anwesend war, weshalb soll ausgerechnet ich etwas davon gesehen haben? Und wenn ich tatsächlich so viel weiß, wie manche Journalisten herausgefunden haben, welchen Grund hätte ich dann, mein Leben aufs Spiel zu setzen? Um zu bezeugen, wovor ich seit Jahren gewarnt habe?«

Wieder schwieg Goran R., während er rasselnd atmete und seinen Hut und die Sonnenbrille in Ordnung brachte.

»Was erwarten Sie sich von mir?« fragte er dann. »Ich bin kein Abenteurer, der Bücher schreibt über das, was er erlebt hat. Mich interessiert nicht Zeugenschaft, ich glaube nicht an Gerechtigkeit, auch kann ich die Schöpfung nicht verbessern ... also?«

»Professor Avramis wirft Ihnen vor –«, entgegnete Gartner.

»Sie haben die Biographie von Joannis über mich gelesen? Sprechen Sie griechisch?« unterbrach ihn Goran R. im Verhörton. »Er bezeichnet mich darin als Lügner und zugleich als jemanden, der von schonungsloser Aufrichtigkeit gegen sich selbst ist. Das sind nicht meine Worte. Er behauptet aber überdies, ich sei verrückt. Natürlich will er mich mit seiner Biographie vernichten, weil ich mit seiner Frau zusammenlebe, aber er wird nur das Gegenteil mit seinen Schmähungen erreichen.«

Gartner wartete, bis er sich wieder beruhigt hatte.

»Ihre Flucht, das Versteckspiel, was ist das für ein Leben?« wechselte Gartner das Thema.

Goran R. lehnte sich zurück.

»Es ist wirklich seltsam, daß Stephan III. Decansky mich eingeholt hat«, sagte er, in sich hineinlachend. Seine Haut war aufgedunsen, und sein schlecht riechender Atem ließ Übelkeit in Gartner aufsteigen. »Jedenfalls befinde ich mich jetzt in Istanbul, wie er.« Er dachte kurz nach und fuhr fort: »Ich erinnere mich an Sie. Ich habe aus unserem Gespräch damals geschlossen, daß Sie Ihren Beruf seriös ausüben.«

»Haben Sie sich in Chilandar versteckt gehalten? War ich Ihnen auf den Fersen?« drängte Gartner plötzlich.

»Sie sollten mir jetzt die restliche Summe geben«, antwortete Goran R. mürrisch.

»Das Gespräch ist bisher nicht einmal die Anzahlung wert«, gab Gartner mit gespielter Beherrschtheit zurück.

Goran R. griff in die Tasche, überreichte ihm feierlich die Tonbandkassette, die er Gartner abgenommen hatte, und machte ein Zeichen, auf das hin die Tür geöffnet und Gartner vom Regenschirmverkäufer aus dem Wagen gezerrt wurde.

Gartner griff nach seiner Kamera, riß sie vor sein Auge und drückte ab, doch war es möglich, daß R. gerade den Kopf weggedreht hatte. Daher lief Gartner näher an die schwarze Limousine heran und versuchte es noch einmal, aber der Dichter hatte beide Hände gegen den Fotoapparat gerichtet, und Gartner, der trotzdem abdrückte, wäre um ein Haar niedergestoßen worden. Er sah nur noch, wie der Wagen in einer Staubwolke verschwand, und spürte die Schläge des Regenschirmverkäufers auf seinem Kopf. Seine Kamera entglitt ihm, er bekam sie wieder zu fassen und steckte sie, nachdem sie mehrmals vom Schirm getroffen worden war, ein. Benommen und vom Verkäufer bedrängt, lief er zum nächsten Taxi. Der Fahrer hatte es nicht besonders eilig und gab erst Gas, als Gartner lautstark auf ihn einredete. Vor lauter Eifer übersah er jetzt beinahe den Regenschirmverkäufer und raste, ohne sich um den zeternden Mann zu kümmern, die breite Straße zur Landmauer hinunter. Nirgendwo auf der langen, geraden Strecke war ein anderes Fahrzeug zu sehen. Gartners Kopf dröhnte, und er sah den wütenden Regenschirmverkäufer vor sich wie in einem hektisch geschnittenen Film. Nach einiger Zeit begegneten sie einem Lastwagen und einigen Personenautos. Sie passierten mehrere Tore, die Landmauer riß ab, erhob sich wieder und erstand bald wieder vollständig dort, wo sich kleine Industriebetriebe zeigten; nur Eisenbahnschienen durchbrachen sie hier. Noch immer schmerzte sein Kopf. Er war sich auch nicht sicher, ob seine Kamera etwas abbekommen hatte, obwohl sie äußerlich keine Beschädigung aufwies. Ein scharfer, fauliger Gestank breitete sich im Auto aus, der von den Gerbereien am Straßenrand kam. In großen Gruben schwammen Tierhäute, Arbeiter fischten sie mit Haken an Stangen aus einer rotbraunen Flüssigkeit heraus. Davor parkten Lastwagen, eine Eisenbahn mit geschlossenen Viehwaggons querte die Fahrbahn, so daß der Chauffeur bremsen mußte und Gartner sich ein Papiertaschentuch vor die Nase hielt. Als der Zug vorübergefahren war, entdeckte Gartner endlich die gesuchte schwarze Limousine vor einer der Gruben mit Tierhäuten. Niemand saß im Fond. Er ließ anhalten, lief über die Fahrbahn und stieß erst auf den Chauffeur, als er die andere Seite des Wagens erreichte. Es war nicht derselbe, erkannte er sogleich, der für Goran R. gearbeitet hatte. Der Mann kniete gerade auf der Straße und zog mit einem Schlüssel die Reifenmuttern an. Selbstverständlich kostete es Gartner alle Überredungskunst, ihn davon zu überzeugen, daß es sich um einen Irrtum handelte und er nichts von ihm wollte und nirgendwohin gefahren zu werden wünschte. Er ging zurück zu dem Taxi, das ihn gebracht hatte. Die Chancen, Goran R.'s Wagen wiederzufinden – darüber gab es keine Zweifel –, waren wohl endgültig dahin.

Am Ende der Landmauer erreichten sie später das glitzernde, graue Marmara-Meer, auf dem Tanker ankerten, und Gartner legte erst jetzt die Kassette wieder in das Tonbandgerät.

Unentschlossen, was er tun sollte, ließ er sich zur Teestube bringen, wo er bis zum Nachmittag das Haus, die Moschee und den Orangenverkäufer beobachtete und darauf wartete, daß seine Kopfschmerzen nachließen. Unterdessen kontrollierte er die Kamera, ohne etwas Auffälliges festzustellen.

Die meisten Gesichter kannte Gartner schon vom Vortag, das Tavla-Spiel war wieder lautstark im Gange, und der Apfel- und Zitronenblütentee wurde wunschgemäß serviert.

Er nahm das gelbe Notizbuch heraus und fing an, das Gespräch aufzuschreiben, das er mit Goran R. geführt hatte, wobei er das Haus, in dem Professor Avramis am Vortag verschwunden war, fortwährend aus den Augenwinkeln beobachtete. Er konnte jetzt auch wieder die Moschee mit den Waschgelegenheiten an der Mauer sehen. Der Orangenverkäufer wartete noch immer hinter der großen Pyramide auf einen Kunden. Nichts geschah. Gartner ließ sich mit den Notizen Zeit, bis er alles so rekonstruiert hatte, wie es abgelaufen war.

Schließlich schlug er den Weg zum Hotel ein. Zu seiner Überraschung fand er sein Zimmer unverschlossen.

Ein Mann mit einer Narbe auf der Stirn und dunklen Haaren forderte ihn in gebrochenem Englisch auf einzutreten.

Er zeigte ihm seinen Polizeiausweis, musterte ihn und bedeutete ihm, sich zu setzen. Während Gartner die Anweisungen befolgte, kam er auf die Idee, das Tonband in der Tasche mitlaufen zu lassen. Er schaltete es ein, holte gleichzeitig ein Päckchen mit Papiertaschentüchern heraus, um sich die Nase zu reinigen, und fragte den Polizisten endlich, was er von ihm wolle.

Der Mann ignorierte die Frage. Er verlangte statt dessen eine Erklärung von ihm, weshalb er sich in Istanbul aufhalte.

»Ah, einen Reisebericht«, sagte er dann mit übertriebenem Verständnis. Er lehnte sich zurück.

Sein brauner Nadelstreifenanzug hatte zerschlissene Ränder an den Ärmeln und glänzte an den Ellbogen.

»Wir haben einen Hinweis erhalten, daß Sie in Griechenland versucht hätten, eine Ikone zu stehlen. Außerdem werden Sie als Zeuge in einem Mordfall gesucht.« Er sei verpflichtet, den Behauptungen und Ansinnen nachzugehen beziehungsweise ihnen zu entsprechen, auch wenn sie von der griechischen Polizei kämen. »Sie verstehen?« fragte er ernst.

Er zog Gartners Paß aus der Brusttasche, legte ihn auf den Tisch und fuhr fort, daß er den Portier in seiner Abwesenheit habe ersuchen müssen, einige Daten notieren zu dürfen. Er holte einen Zettel heraus, fragte Gartner nach dem Namen seiner Zeitung, Telefonnummer der Redaktion und Adresse und schrieb sie auf.

»Übrigens, sind Sie mit Ihrer Frau gekommen?« fragte er, ohne Tamaras Kleider und Toilettengegenstände zu beachten.

Gartner schüttelte den Kopf.

Der Polizist entschuldigte sich, daß er in sein Zimmer eingedrungen sei, erhob sich und bat ihn, die Polizei zu benachrichtigen, falls er die Absicht habe, das Hotel zu wechseln.

Er legte eine kopierte Visitenkarte mit seiner handgeschriebenen Telefonnummer auf den Tisch, bevor er endgültig auf den Gang hinaustrat. Der Läufer verschluckte seine Schritte, und es war still. In Gartners Kopf tauchte wieder das Schattenspiel des Weinlaubs auf, das er in seiner Kindheit auf dem weißen Vorhang gesehen und an das er sich in Ouranopolis erinnert hatte, als Vater Sergej ihm seine Visitenkarte überreichte. Sodann sah er Goran R. mit Hut und Sonnenbrille in der schwarzen Limousine sitzen und den Regenschirmverkäufer auf sich einschlagen. Er spürte noch immer die Stellen auf dem Kopf, an denen der Schirm ihn getroffen hatte.

Dann stieg Müdigkeit in ihm auf, und bevor ihm schwarz vor Augen wurde, zog er rasch seine Schuhe und die Jacke aus.

Das Pantokratoros-Hospital

Am nächsten Morgen wurde Gartner von Tamara geweckt. Er hatte sie spät kommen gehört und war aufgestanden, um mit ihr das Gespräch fortzusetzen, das sie in der Nacht zuvor über viele Stunden, in denen sie sich liebten, wach gehalten hatte.

Als sie ihn nach dem Frühstück, das sie im Zimmer einnahmen, wieder verließ, steckte sie den belichteten Film in ihre Tasche und versprach ihm, ihn mit Eilpost nach Wien zu schicken.

Er stolperte in das häßliche Badezimmer und sah sein Gesicht im Spiegel, die zerdrückten Haare und die verschwollenen Augen. Vorsichtig betastete er den Kopf: Seine Finger lösten noch immer dort, wo der Schirm ihn getroffen hatte, einen Schmerz aus. Alles in seinem Hotel schien aufgrund von Improvisation zu funktionieren. Die Nachttischlampe ließ sich erst nach mehrmaligen Versuchen anknipsen und die Schranktür nur schließen, wenn er sich dagegenstemmte. Aus der Dusche kam überdies nur ein dicker, fester Strahl, und es verlangte unendliche Geduld, die richtige Temperatur einzustellen. Er wusch sich, wechselte die Wäsche und kroch zurück ins Bett, um nicht zu frieren. Dann wählte er die Nummer von Jenner. Es kostete wegen der schlechten Verbindung einige Mühe, ihm die Telefonnummer des Hotels zu übermitteln, und als Gartner aufgelegt hatte, wartete er ungeduldig und mit leerem Kopf auf das Läuten des Telefons – ein Zustand, den er haßte, da sich die Unruhe nicht in Aktivität umsetzen ließ.

Sein Blick wanderte zum Fenster, dem zerrissenen Store und dem blauen Stück Himmel hinter dem Glas. Der Lärm der Stadt war nur aus der Ferne zu hören, ein Auto fuhr vorbei, ein Muezzin fing zu rufen an, das gedehnte: »Allahu akbar!«, das er sonst so gerne hörte.

Endlich rief Jenner zurück. Bevor er Gartner fragte, was sich ereignet hatte, mußte er selbst eine Neuigkeit loswerden: Goran R. sei am Abend in Istanbul in der Nähe der Blauen Moschee von einem Auto überfahren und ohne Bewußtsein in ein Krankenhaus eingeliefert worden. Er hatte die Nachricht vom Anwaltsbüro erhalten, mit dem er in Istanbul wegen Gartners Recherche zusammenarbeitete.

Gartner erinnerte sich an die Fotografie von Goran R. und seiner Frau, die er im Kloster Chilandar gesehen hatte.

»Wissen Sie, in welches Krankenhaus?« fragte er dann.

»Nein, soll ich mich darum kümmern?«

»Ja, ich melde mich wieder.«

Er zog sich die Schuhe an, verließ das Zimmer, kehrte zurück und wählte Tamaras Nummer.

Es war sinnlos, Goran R. ohne ihre Hilfe zu suchen, da er nicht türkisch sprach ...

Die Ordu Caddesi war um diese Zeit so verstopft, daß das Taxi nur im Schrittempo vorankam. Durch das Seitenfenster sah er Autos, ab und zu ein Pferdefuhrwerk und die fliegenden Händler mit ihren weißen, verglasten Wägelchen.

Sie erreichten die Zisternen und bogen von dort ab zum Justizpalast, wo er Tamara schon am anderen Ende der Straße erblickte.

Gartner ließ anhalten, bezahlte und stieg aus. Er sah sogleich den vertrockneten, roten Fleck, den ihm Tamara auf dem Schwarz des Asphalts zeigte, und holte die Kamera heraus. Durch den Sucher existierte für ihn plötzlich nur noch dieser große, irritierende, sich auflösende Blutfleck, und während er abdrückte, erinnerte er sich an den getrockneten, weißen Schaum auf der Mole in Ierissos, der von den Tintenfischen stammte. Obwohl es ihn schauderte und er ein schlechtes Gewissen bei seiner Arbeit empfand, konnte er den Blick nicht von dem Blutfleck lösen. Es war ihm, als hätte er das letzte Wort eines Artikels geschrieben.

Er folgte Tamara, doch sein Denken konzentrierte sich noch immer auf den großen, roten Fleck. Das Schwarz, das darunter zum Vorschein kam, erschien ihm wie der Alltag, in dem sich alles verlor.

Tamara steuerte inzwischen auf einen Straßen-
fotografen zu und fing an, ihn zu befragen, doch
der Mann beendete mit einem Kopfschütteln das
Gespräch. Es war offensichtlich, daß er nicht in eine
Sache hineingezogen werden wollte, die ihm möglicherweise nur Scherereien einbrachte.

Auch die Simitverkäufer hatten nichts gesehen,
die Ansichtskarten-Verkäufer nicht und nicht die
Schuhputzer-Jungen, die mit dem Rücken zur Fahrbahn auf der anderen Straßenseite arbeiteten.

Gartner beobachtete Tamara, wie sie die Jungen
und Alten in ein Gespräch verwickelte, auf die Fahrbahn wies und nur Kopfschütteln und Achselzucken
hervorrief. Einige Buben mit Bonbons und Kaugum-
mipackungen in Schachteln kamen herbeigelaufen,
während Touristengruppen zur Blauen Moschee
hinaufstiegen, sich der Schuhe entledigten oder in
Pantoffeln schlüpften und das Gebäude betraten.

Alle, die Tamara befragte, waren mit den Touristen
beschäftigt: Die Verkäufer stürmten auf die Ankommenden zu, begleiteten sie gestikulierend die Treppe
zur Moschee hinauf und die Herauskommenden
wieder zurück. Und je länger er das Treiben beobachtete, desto klarer wurde ihm, daß nur ein zufälliger
Zeuge das Geschehen beobachtet haben konnte. Er
wollte schon aufgeben, als er den Mann entdeckte,
der dafür in Frage kam: Es war ein Afrikaner, groß,
mit einer Djellabah bekleidet und einem Tarbusch. Er
schien die Aufsicht über die von den Touristen aus-
gezogenen Schuhe zu haben, denen er allerdings wenig Beachtung schenkte. Gartner beobachtete ihn

eine Zeitlang verstohlen, wartete, bis Tamara zu ihm heraufgekommen war, und deutete dann auf den Schwarzen. Während dieser noch einem Schuhputzer Anweisungen erteilte, sprach sie ihn an. Der Afrikaner hörte ihr bewegungslos zu, sein Gesicht blieb unverändert, auch als er Gartner bemerkte. Nachdem Tamara geendet hatte, wandte er sich den Ansichtskartenjungen zu, gab knappe Befehle, und sobald alles im Fluß war, kniff er die Augen zusammen und antwortete. Tamara übersetzte seine Aussage: Am Nachmittag habe ein Mann die Straße überquert und sei dabei von einem Auto angefahren worden. Der Mann sei so unglücklich gestürzt, daß er von einem anderen, entgegenkommenden Wagen überrollt worden sei. Er habe gedacht, daß der Mann tot sei, doch sei nach einiger Zeit ein Rettungswagen erschienen und habe ihn mitgenommen.

»Das Auto, das ihn als erstes erfaßt hat, hat es angehalten?« fragte Tamara.

»Nein.«

Ob er sich an die Automarke und die Farbe erinnern könne?

»Mercedes«, sagte der Mann, ohne zu zögern, »schwarz.«

Und das andere Auto?

»Ein grüner Toyota.« Der sei stehengeblieben und der Fahrer von der Polizei verhört worden. Mehr wisse er nicht, beendete er kategorisch das Gespräch und hob abwehrend eine Hand, wobei er sich ostentativ von ihnen wegwandte und laute Anweisungen an seine Untergebenen schrie.

Sie stiegen beunruhigt die Treppe hinunter zum großen Platz, wo Gartner sich umdrehte und den Mann inmitten der arbeitenden Kinder fotografierte, bevor er nach dem nächsten Taxi winkte und Tamara dem Fahrer die Adresse von Professor Kuyumkusu nannte.

Gartner wartete, bis sie im Verkehr verschwunden war. Im schattigen Außenhof der Moschee hatten sich Familien und Paare zum Essen niedergelassen. Er beschloß, zu Fuß zurückzugehen und das Teehaus aufzusuchen.

Eine Stunde lang beobachtete er vom Fenstertisch aus die Straße, dann hatte er endlich Gewißheit, daß es sinnlos war, hier auf Avramis zu warten.

Im Hotel war keine Nachricht für ihn vorhanden, im Büro saß der Polizist vom Vortag und erhob sich aus einem Sessel.

Im selben Augenblick läutete das Telefon, der Portier wandte sich stumm dem Beamten zu, und als dieser gleichgültig nickte, übergab er Gartner den Hörer.

»Goran R. befindet sich im Pantokratoros-Hospital neben dem Kloster. Ich weiß es von Professor Kuyumkusu«, sagte Tamara hastig, sobald sie seine Stimme hörte. Die Leitung war plötzlich unterbrochen, und Gartner reichte den Hörer dem Portier zurück, ohne sich etwas anmerken zu lassen.

»Sie haben die Wahl, die Abendmaschine nach Wien zu nehmen oder auf das Revier mitzukommen. Die griechische Polizei hat einen Haftbefehl gegen Sie erlassen«, erklärte ihm der Polizist. »Ich habe Ihr

Gepäck im Kofferraum. Geben Sie mir Ihre Kamera, das Tonbandgerät und Ihre Unterlagen, Sie erhalten Sie am Flughafen zurück, andernfalls muß ich Sie festnehmen.«

Gartner nickte und bezahlte beim Portier die Rechnung mit der Scheckkarte. Er machte noch einen Versuch, dagegen zu protestieren, daß sein Arbeitsmaterial beschlagnahmt wurde, aber der Polizist schüttelte nur stumm den Kopf.

Nachdem er widerwillig dem Beamten das Verlangte übergeben hatte, setzte er sich zu ihm in den Wagen, in dem ein besonders großes Amulett gegen den bösen Blick vom Rückspiegel hing. Es roch nach kaltem, abgestandenem Zigarettenrauch.

Gartner legte schweigend fünfhundert Dollar auf die Ablage über dem Handschuhfach, und der Polizist, der gerade das Auto gestartet hatte, blickte ihn fragend an.

»Können Sie vor dem Pantokratoros-Kloster halt-machen?«

Der Polizist ließ den Motor laufen und sagte nichts.

»Im Krankenhaus liegt ein Freund von mir.«

»Sie meinen die Zeyrek Camii«, sagte er. »Wie lange brauchen Sie?«

»Zehn Minuten«, antwortete Gartner, in der Gewißheit zu lügen.

Mit einem Ruck fuhr der Wagen an, sie kamen, ohne das Teehaus zu sehen, an der Prinzenmoschee vorbei, wo noch immer der Obstverkäufer hinter der Pyramide seiner Orangen stand, von der kein Stück

fehlte. Sie unterquerten das Aquädukt und gelangten zum Atatürk-Bulvari. Der Nachmittagsverkehr
hielt sich in Grenzen. Der Polizist zündete sich eine
Zigarette an und zog den übervollen Aschenbecher
heraus. Die Hundertdollarnoten befanden sich noch
immer auf der Ablage über dem Handschuhfach.
Jetzt erst fiel Gartner ein, daß es das Pantokratoros-
Kloster gewesen war, in dem Stephan III. Decansky
die acht Jahre seiner angeblichen Blindheit in Istanbul verbracht hatte. Wer wohl auf die Idee gekommen war, Goran R. dorthin zu bringen? Und war der
Unfall absichtlich herbeigeführt worden? Sie bogen
vom breiten Bulvari zum Ibadethane Sokagi ab, wo
er sogleich die runden Türme der Kirche sah, die
jetzt als Moschee diente und, wie der Polizist wiederholte, nun Zeyrek Camii hieß. Der Bau sah altehr-
würdig aus mit seinen unverputzten Steinen und
Ziegeln, den schmalen hohen Fenstern und den roten Mauern.

Der Polizist steuerte auf den Parkplatz zu, wartete,
bis der Mann, den er festgenommen hatte, ausgestiegen war, und folgte ihm aufmerksam. Als Gartner
einen Blick durch die Windschutzscheibe auf das
Handschuhfach warf, registrierte er, daß die Geldscheine verschwunden waren. Er spürte plötzlich ein
Gefühl der Nervosität in sich aufsteigen.

Am Eingang roch es nach Karbol. Der Beamte wies
seinen Ausweis vor und erkundigte sich beim Portier. Mißtrauisch studierte der Mann im weißen
Mantel die Papiere und sagte nach endlosem Her-
umblättern in einem Registrierbuch, das vollge-

schrieben war wie eine Kirchenchronik, etwas auf türkisch.

Im Weggehen bemerkte Gartner jedoch, daß der Portier zum Telefonhörer griff.

Gartners Herz schlug heftig, als er im Eilschritt über die breite Treppe lief, durch den Bogen einer verglasten, weißen Holzwand trat und die angegebene Nummer, weiße Ziffern auf einem dunkelblauen, runden Schild, las.

Die Tür war nur angelehnt. Der Polizist schob sie vorsichtig auf, und Gartners Blick fiel auf ein frisch überzogenes Bett. In einem anderen schlief ein Mann mit einem Kopfverband seine Narkose aus.

Der Polizist trat schweigend zurück auf den Gang, sprach eine dicke Krankenschwester mit Brille und einem Häubchen auf dem fettigen Haar an, die wiederum einen Arzt holte. Patienten und alte Männer schlurften in Pyjamas und Morgenmänteln über den gelben, mit grünen Ornamenten geschmückten Fußboden.

Der Doktor mit Stethoskop in der Manteltasche, schwarzen, gescheitelten Haaren und Krawatte weigerte sich zunächst, Auskunft zu erteilen. Erst als der Polizist sich auswies, erklärte er ihm etwas und ging nach einem Kopfnicken davon. Gartner glaubte zu wissen, was der Arzt gesagt hatte, und der Polizist bestätigte es ihm auch sogleich: Goran R. war tot.

Doch Gartner, obwohl er die ganze Zeit über Zweifel an seinem Unterfangen verspürt hatte, wollte es nicht wahrhaben. Vielleicht war es die Enttäuschung über den Ausgang seiner Recherche, vielleicht war es

292

die restliche Energie, die er mühsam geweckt hatte, um bei der zweiten Begegnung mit Goran R. keinen Fehler zu machen, vielleicht war es auch nur eine Art Widerspruchsgeist – jedenfalls verlangte er, ihn zu sehen.

Der Polizist zögerte und ging dann hinter dem Arzt her. Er verschwand in seinem Zimmer und kehrte erst nach einigen Minuten zurück, in denen Gartner leicht hätte fliehen können. Stumm gingen sie die Treppe hinunter, überquerten einen asphaltierten Hof mit leeren Bänken und kleinen Bäumen und betraten das gegenüberliegende Gebäude. Dort, abermals hinter einer verglasten, weißen Holzwand, öffnete sich ein Gang. Ein Hausdiener im schwarzen Arbeitsmantel erwartete sie, verbeugte sich und bat sie einzutreten.

Es war ein neonbeleuchteter Raum, mit einem Abflußloch im Steinboden. Der Hausdiener verschwand und kehrte mit einer Liege zurück, die er vor sich herschob und auf der ein mit einem Leintuch bedeckter Körper lag.

Es war so kalt, daß man den Atem sehen konnte. Nur das Quietschen eines der Räder war zu hören. Der Hausdiener verließ den Raum, und Gartner zog dem Leichnam das Leintuch vom Gesicht. Das Antlitz des Toten drückte Frieden aus. Man hatte ihm den Verband abgenommen, eine Operationswunde war über dem Ohr zu erkennen, sonst wies der Kopf keine Entstellung auf. Was Gartner jedoch augenblicklich feststellte, war, daß es sich beim Toten nicht um Goran R. handelte, sondern um Professor Joannis Avramis.

Er war so verblüfft, daß er zunächst keine Erklärung dafür fand.

Vielleicht hatte sich Avramis unter dem Namen Goran R. Papiere beschafft und diese bei sich gehabt? Oder er hatte Papiere ohne eine Fotografie mit diesem Namen bei sich gehabt, als er überfahren wurde. Wer aber hatte ihn als Goran R. identifiziert? War der Unfall mit Absicht herbeigeführt worden? Gartner schwieg aus Verwirrung, während er den Toten anstarrte und sich bemühte, Fassung zu wahren. Der Polizist wertete sein Erschrecken und seine Bewegungslosigkeit sicher als Zeichen der Trauer, dachte Gartner, also drohte ihm im Augenblick vermutlich keine Gefahr.

»Geben Sie mir meinen Fotoapparat?« hörte er sich fragen.

Der Polizist griff in die Tasche, händigte ihm die Kamera aus und wartete. Gartner ließ sich Zeit, machte dann zwei Bilder und wollte ihm den Apparat wieder zurückgeben. Er stellte jedoch fest, daß der Beamte inzwischen hinausgegangen war. Eilig nahm Gartner den Film heraus. Dann trat er auf den Gang, wo der Polizist, eine Zigarette im Mund, auf ihn wartete. Der Beamte drückte ihm stumm die Hand, überließ ihm großzügig die Kamera und überreichte ihm in einer Anwandlung von Mitleid auch das beschlagnahmte gelbe Notizbuch und das Tonbandgerät.

Gartner folgte ihm bereitwillig zum Wagen, aber seine Gedanken beschäftigten sich mit etwas anderem. Er saß in der Teestube vor der Prinzenmoschee, trank Zitronenblüten- und Apfeltee und beobachtete das alte Holzhaus. Professor Avramis erschien und blieb dort. Wie lange? Vielleicht über Nacht. Er erinnerte sich an den Lärm und Schmutz, als er das Haus betreten hatte. Hatte Avramis dort gewohnt?

Die Straße führte stadtauswärts. Gartner registrierte diesen Umstand erst, als sie durch ein Viertel fuhren, das vor Schmutz starrte. Die Menschen warfen ihnen argwöhnische Blicke zu (aber vom Rückspiegel, dachte Gartner in einem Anflug von Sarkasmus, hing ja das Glasaugen-Amulett!). Die ganze Fahrt über redete der Polizist nicht, kurbelte an der Kreuzung das Seitenfenster hinunter, ließ einen Arm hinausbaumeln und räusperte sich. Es gehörte, dachte Gartner, sicher zu seinem Alltag, diese Bruchbuden zu betreten. Dazwischen waren hohe Neubauten auf die nackte Erde gestellt, rundherum Abfall, Hunde, Katzen. Allmählich verschwanden die Siedlungen, das flache Land trat an ihre Stelle, und weiter hinten tauchte der Flughafen auf. Vielleicht hatten Goran R. und seine Frau gemeinsam den Unfall arrangiert und Avramis die Papiere zugesteckt? Er wußte, daß das Foto, das er von Avramis' Leichnam gemacht hatte, für ihn unbezahlbar war. Allerdings mußte er sich beeilen, damit er es als erster bekanntmachen konnte, daß Goran R. noch lebte.

Vor dem Flughafen übernahm Gartner den Koffer, den der Polizist ihm übergab. Sie passierten zuletzt die Sicherheitskontrolle, Gartner wie ein Festgenommener, da der Polizist ihm folgte, sich auswies und schließlich bis zum Abflug im Gate neben ihm saß.

»Das wäre alles«, sagte er, als er ihm den Paß zurückgab und sich erhob. Gartner spürte beim Abschied eine nasse, kalte Hand, die sich seiner rasch entzog.

Das Flugzeug war nur zur Hälfte besetzt, es gab Schweizer, österreichische und deutsche Zeitungen, und Gartner stieg der Geruch frischer Druckerschwärze in die Nase, als er flüchtig daran roch.

Er nahm allein in einer Sitzreihe Platz, kontrollierte, ob er das Tonbandgerät eingesteckt hatte, holte es heraus und stellte fest, daß die Kassette fehlte. Er zwang sich, ruhig zu bleiben, steckte das Gerät wieder ein und war nicht mehr sehr überrascht, daß auch alle beschriebenen Seiten aus dem gelben Notizbuch herausgerissen waren. Es mußte vor der Prosektur geschehen sein, als der Polizist ihm gestattet hatte, den toten Avramis zu fotografieren. Was Gartner als taktvolle Geste interpretiert hatte, war in Wirklichkeit die beste Gelegenheit für ihn gewesen, die Unterlagen unauffällig an sich zu bringen. Dadurch war er in der Lage, jede beliebige Geschichte zu konstruieren: daß Gartner geflohen war, zum Beispiel, die Polizei aber im Hotel seine Aufzeichnungen gefunden hatte, die man den griechischen Kollegen in Kopien übergab. Außerdem war es gut zu wissen, was Gartner in Istanbul ermittelt hatte. Die Dokumente ließen Schlüsse auf seine Tätigkeit zu, und möglicherweise ging es dabei um etwas, das auch für die türkischen Behörden von Interesse war. Es wunderte Gartner nur, daß der Polizist ihm den Film überlassen hatte. Argwöhnisch geworden, versuchte er, sich diesen Umstand zu erklären. Den ersten Film hatte er sicherheitshalber Tamara übergeben. Auf dem anderen befanden sich nur die Aufnahmen des flüchtenden Goran R. und die Bilder des toten Avramis. Es konnte sein, daß der Polizist sie schon im voraus zerstört hatte, indem er, als er die Erlaubnis eingeholt hatte, den Toten zu sehen, die Kamera geöffnet und den Film belichtet hatte. Das war sogar wahrscheinlich.

Gerade wurden die Triebwerke eingeschaltet, und das Flugzeug rumpelte die Startbahn hinauf. Er saß da, mit geschlossenen Augen, und versuchte, das Denken auszuschalten.

Die Maschine flog kurz darauf ruhig unter dem abendroten Himmel über den dunklen Wolken, es war gerade so, wie er sich das Erwachen in der Hölle vorstellte.

Das weiße Notizbuch

Der Bericht

Er öffnete die kleine Box, sie enthielt den Istanbuler Film und eine Briefkarte, mit einer Zürcher Telefonnummer und einem auf die Rückseite gezeichneten Herz. »In Liebe Tamara«, las er. Das Paket aus Ouranopolis fand er nicht unter den übrigen Poststücken. Er wusch sich, kleidete sich um, wie er es gewohnt war, und breitete alles, was er brauchte, auf dem Tisch aus: die beiden Filme, die Briefkarte von Tamara, den Kugelschreiber, die Toilettensachen und frische Wäsche. Das gelbe, zerfledderte Notizbuch wollte er nicht mehr verwenden, er warf es in den säuberlich geleerten Papierkorb. Sodann tauschte er den »kleinen« Schlüsselbund, den er auf Reisen mitnahm, gegen den »großen« mit der Mikro-Taschenlampe als Anhänger, die ihm, als er noch über Filme geschrieben hatte, für das Notieren in der Dunkelheit des Kinos gedient hatte. Bevor der Film mit den Bildern von Avramis' Leiche entwickelt war, wollte er sich nicht in der Redaktion melden. Er war unter dem Namen Gartner im Hotel am Schwarzenbergplatz abgestiegen, der Portier erkannte ihn ohnedies. Es war inzwischen Mitternacht. Üblicherweise saß Jenner zu dieser Zeit mit einem Drink vor dem Fernsehapparat oder war gerade ausgegangen.

Als er sich am Telefon mit »Ja« meldete, ersuchte ihn Gartner, keine Fragen zu stellen.

Jenner sagte nichts.

Gartner fragte ihn hierauf, ob er sofort zwei Filme entwickeln und ihm die Kopien zustellen lassen könne.

»Ich werde meine Beziehungen spielen lassen«, antwortete Jenner ruhig.

Gartner fand einen weißen Notizblock auf dem Schreibtisch und ging mit dem Benachrichtigungsschein, dem Film, seinem Presseausweis und der Vollmacht, die er auf den weißen Block geschrieben hatte, in die Empfangshalle und übergab alles dem Portier. Dann kehrte er zurück auf sein Zimmer und schaltete den Fernsehapparat ein.

Er suchte die Briefkarte von Tamara heraus, wählte die Zürcher Nummer, wurde aber nur mit dem Anrufbeantworter verbunden und legte auf.

Er dachte nach.

Um zwei Uhr läutete endlich das Telefon, und der schlaftrunkene Nachtportier meldete ihm, daß zwei Kuverts für ihn abgegeben worden seien, angeblich dringend. Ob er sie ihm auf das Zimmer bringen solle?

Als der Portier an seine Tür klopfte, gab Gartner ihm ein Trinkgeld und öffnete den ersten Umschlag. Wie befürchtet, fand er keine Bilder, sondern nur den in Stücke geschnittenen Negativfilm. Darauf waren die Resultate des Lichteinfalls, dunkle, geisterhafte, sich zuletzt ausfransende Spuren festgehalten. Das erste Bild des toten Avramis war auf dem braunen

Zelluloidstreifen fast vollständig ausgelöscht. Vom letzten hingegen waren noch ein Stück Leintuch und ein Teil des Prosekturwagens erkennbar. Jetzt erst bemerkte Gartner, daß sich auf dem Boden des Kuverts ein fotografischer Abzug befand. Er nahm ihn heraus, das glänzende Papier zeigte das grelle Licht, das wie eine magische Flüssigkeit in den Obduktionsraum eingedrungen war, und ein seltsames Stück weißes Leinen mit Ausbuchtungen, Hügeln, Falten. Man konnte meinen, es sei eine Schneelandschaft.

Der andere Umschlag war schwer von Abzügen. Er breitete die Fotografien auf dem Tisch aus und staunte: Es waren Bilder, wie Gartner sie noch nie gesehen hatte. Aus einem kupfrigroten Wolken-Hintergrund wuchsen Reste von Gesichtern und Häusern, die er aufgenommen hatte. Sie waren nicht mehr identifizierbar. Es mußte mit der Kamera etwas nicht gestimmt haben. Vielleicht war sie verrückt geworden, dachte er, denn auf den Fotografien, die er gerade betrachtete, konnte man nur hin und wieder Einzelheiten erkennen. Die Kamera, überlegte er weiter, war jedenfalls mit Absicht oder im Laufe der Recherche beschädigt worden, vielleicht vom Regenschirmverkäufer in Istanbul oder schon früher in Chilandar. Keiner der Abzüge glich dem anderen, keiner glich dem anderen, obwohl sich alle ähnlich waren. Die meisten oszillierten grünlich und bräunlich. Der chemische Prozeß hatte zu früh geendet oder zu spät begonnen. Verschiedene Schichten hatten sich gebildet, Überlagerungen, Tönungen, Flecken, etwas Dreidimensionales mit Vordergrund

und Tiefe. Und während Gartner das Dargestellte zu entziffern suchte, blieb sein Auge an der Schönheit der gedämpften Farben hängen, den schwarzgrauen Rinnspuren der Gebilde, die ihn an eine Flüssigkeit zwischen zwei Glasscheiben erinnerten.

Angeregt von den zerstörten Bildern, schrieb Gartner die Reisereportage über die Mönchsklöster. Sie begann auf der Fähre nach Daphni und endete auf dem Gipfel des Berges Athos, den er nie betreten hatte. Er ließ sich von seinen Erinnerungen leiten und mischte sie mit Einfällen, die seiner Phantasie entsprangen, wobei er mit höhnischem Gelächter alles strich, was die schöne Stimmung seiner Schilderungen beeinträchtigte. Er schrieb über die Malerskiti, die Pflanzentunnels, das Serail, das Mahl bei den Mönchen in Vatopediou, über die Fresken und die Quallenschwärme und die Schabe im Ohr des Uhrmachers, als könnte er das Erlebte mit seiner Beschreibung in einen paradiesischen Zustand verwandeln. Am Morgen kürzte er die Reportage und faxte sie von seiner Wohnung aus in die Redaktion.

Das Paket aus Griechenland war noch immer nicht eingetroffen.

Eine Stunde später meldete sich der Chefredakteur mit Worten des Lobes.

Gartner erzählte ihm auf seine Fragen von Avramis und Goran R., von seiner Begegnung vor dem Topkapi-Tor und dem toten Übersetzer im Pantokratoros-Hospital in Istanbul, der unter dem Namen des Gesuchten registriert wurde.

Die Agenturen hätten den Tod des Dichters, antwortete der Chefredakteur, vor einer Stunde widerrufen. Angeblich halte er sich im Kloster Decani im Kosovo auf, wo er aber für niemanden erreichbar sei. Der Tote in Istanbul sei übrigens schon als Professor Avramis identifiziert. Gartner wußte, daß er verloren hatte. Nachdem der Chefredakteur aufgelegt hatte, wählte er eine Nummer, ohne zu wissen, wie er das, was er sagen wollte, aussprechen konnte.

Sein Nachfolger als Filmkritiker war selbst am Apparat. Er war vergrippt und betonte auch sogleich, daß er Fieber habe. Fasziniert von Gartners Erzählung wollte er alles wissen, bis er, wie er sagte, im Bilde war. Gartner erfuhr von seinem Kollegen, daß am nächsten Tag um neun Uhr die Pressevorführung eines Abenteuerfilmes im Apollokino stattfand und daß er den Termin absagen mußte. Nach dem Gespräch ging Gartner in das Kaffeehaus auf der anderen Straßenseite, um Zeitungen zu lesen und etwas zu essen. Am Abend betrank er sich.

Um 7.30 Uhr ließ er sich am nächsten Morgen wecken.

Er steckte den weißen Notizblock ein und nahm die U-Bahn zum Kino. Es war ein freundlicher, heller Maitag, und er war zu früh gekommen, weshalb er auf der Straße einige Minuten auf- und abspazierte im Schatten des großen Flakturmes aus dem Zweiten Weltkrieg.

Als er die Straße überquerte, sich unter das Gebäude stellte und hinaufblickte, erinnerten ihn die runden Scheiben aus Beton über jeder Ecke, die seinerzeit als Plattform für die Geschütze gedient hatten, an eine überdimensionale, schattenförmige Filmkassette, wie man sie bei Amateurkameras verwendet.

Am Zeitungsstand hinter dem Flakturm sah er eine Fotografie von Goran R. auf der Titelseite. Er blieb stehen und las, daß der gesuchte Dichter »unserem Redakteur Viktor Gartner« erklärt habe, Zeuge des Massakers in S. gewesen zu sein. Der Bericht enthielt zahlreiche Fehler.

Inzwischen war das Kino geöffnet worden, eine junge Dame des Verleihs händigte ihm die Pressemappe aus und bat ihn, sich in eine vorgedruckte Liste einzutragen.

Wie gewohnt, nahm er weiter hinten Platz, holte den weißen Notizblock heraus, den Kugelschreiber, den Schlüsselbund mit der kleinen Taschenlampe und wartete. Er haßte sich bei dem Gedanken an die Meldung auf der ersten Seite der Zeitung. Er hatte sich so gesetzt, daß er niemandes Aufmerksamkeit erregen konnte, und studierte scheinbar aufmerksam die Unterlagen.

Als es dunkel wurde, klopfte sein Herz unrhythmisch und heftig.

Er hörte, wie die Vorhänge automatisch zur Seite gezogen wurden.

Ein grelles Flimmern erschien auf der Leinwand, Licht, Schmutzpartikel und Kratzer, begleitet von einem kurzen, lauten Geräusch, wie wenn der Tonarm auf eine Schallplatte aufsetzte, dann, fast im selben Moment, erschien das erste Bild, das Viktor

Gartner sofort in Bann zog. Es zeigte, durch die Windschutzscheibe eines fahrenden Autos, ein menschenleeres, großes Areal mit Neubauten, dem sich die Kamera mit einem schnellen Zoom näherte.

Inhalt

Das Buch wäre in dieser Form nicht zustande ge-kommen ohne die Hilfe von Dieter Dorner, Werner Ekschmitt, Christian und Dieter zur Nedden, Rudolf Siegle, Alfred Worm, Horst Zeidler und Reinhold Zwerger.

Außerdem waren an Büchern über den Berg Athos und Istanbul besonders informativ:

Gordona Babic, Mangolis Chatzidakis: Die Ikonen der Balkaninseln und der Griechischen Inseln – aus: DIE IKONEN, Freiburg i. Br., Basel, Wien 1998

Werner Ekschmitt: Berg Athos, Freiburg i. Br. 1994

Erich Feigl: Athos. Vorhölle zum Paradies, Wien, Hamburg 1982

Helmut Fischer: Die Ikone, Freiburg i. Br. 1989

Helmut Fischer: Die Welt der Ikonen, Frankfurt, Leipzig 1996

John Freely: Istanbul, München 1989

Erhart Kästner: Die Stundentrommel vom heiligen Berg Athos, Frankfurt 1974

Fritz Kreichauf: Als Pilger auf dem Athos, Bietig-heim 1984

Wolfgang von Löhneysen: Heimat unter dem Himmel – Berg Athos, Heidelberg 1991

Malerhandbuch vom Berge Athos vom Mönch Dionysios, München 1983

Dr. med. Titus Schultz: Medizin auf dem Berg
Athos, Düsseldorf 1989

Günther Stockinger, Reinhard Strippelmann:
Athos, Die Mönche vom Heiligen Berg, Frankfurt,
Leipzig 1996

Gerhard Trumler: Athos, Heiliger Berg, Linz 1990

Michael Andreas Wittig: Athos, Der Heilige Berg
von Byzanz, Würzburg 1990

Bettina-Martina Wolter (Hrsg.): Zwischen
Himmel und Erde – Katalog o. J.
daraus: Olga Lelekowa: Ikonenrestaurierung und
Ikonenforschung in Rußland

Reinhold Zwerger: Wege am Athos, Wien 1996

»Mit seinem Romanzyklus ›Die Archive des Schweigens‹ hat Gerhard Roth für die deutschsprachige Literatur etwas von der »anamnetischen Kultur des Geistes«, von der Erinnerungskultur, wie der deutsche Theologe Johann Baptist Metz sie versteht, heimgeholt. Sein Schreiben ist erzählende, photographierende, protokollierende Erinnerung an die jüngste Gegenwart Österreichs; es ist, wie Sybille Cramer dies in ihrem Aufsatz über das Gedächtnis als die »letzte Instanz von Moral und Recht« beschrieben hat, »Anamnese der kollektiven Krankheit« einer ganzen Gesellschaft, in der »das geschlossene System von »Schuld und Sühne«, von Schuldbewußtsein und Sühnebereitschaft, »aufgelöst und das Gemeinwesen in eine Wildnis verwandelt« wurde. Indem er,» mit Freud im Tornister«, wie Sybille Cramer es formuliert, »durch die Tabuzonen« Wiens und Österreichs wandert und »weggeräumtes, vergessenes, marginalisiertes Leben ans Licht« holt, indem er benennt und protokolliert, indem er photographiert, analysiert und erzählt, tut er genau das, was Johann Baptist Metz in seinem Aufsatz fordert: »Bildungsarbeit zum Holocaust wird nicht ohne enge Kontakte zu Literatur und bildender Kunst auskommen. Sie nämlich widersetzen sich in ihren besten Teilen jenem Vergessen des Vergessens, das in unserem öffentlichen Diskurs und seinen Plausibilitäten herrscht und unsere gegenwärtige Vorstellung von ›objektiv‹ und ›realistisch‹ prägt. Dieser Widerstand gegen das Vergessen des Vergessens gilt für Literatur, die das geschichtliche Szenarium mit den Augen seiner Opfer wahrzunehmen lehrt und so gefährliche Erinnerungen für unsere vermeintlich ›fugendichte Normalität‹ (Habermas) formuliert. das gilt für Kunst überhaupt, insofern sie sich als zur Anschauung drängende, gewissermaßen als Anschauung verwirklichte memoria passionis verstehen läßt.«

Klara Obermüller, Die Weltwoche

Gerhard Roth hat einen ganzen
Kosmos erschaffen aus Märchen, Mythen,
Wahnvorstellungen, immer wieder mit
Realitätspartikeln, mit Geschichten
aus dem Dorf, durchsetzt.

Annette Meyhöfer, Der Spiegel

Gerhard Roths Romanzyklus
›Die Archive des Schweigens‹
im Aufriß:

Das Werk Gerhard Roths erscheint im
S. Fischer Verlag
Frankfurt am Main

Gerhard Roth
Der See
Roman

Leinen, 240 Seiten
ISBN 3-10-066609-7

»Roth wirkt wie einer jener alten Welt-Beschreiber und
Welt-Bestimmer vom Schlage Alexander von Humboldts
und seiner Entdeckungsreisen, mit der gleichen
wissenschaftlichen Genauigkeit ausgestattet und der
Neugier für die Erscheinungen der Natur: die Aale
oder die Schädlinge, die Silberfische genannt werden und
ihr geheimer, unüberblickbarer Kosmos: mit welch
geradezu bedrängender Beobachtungslust werden sie im
Roman *Der See* beschrieben – das Unheimliche an den
Beschreibungen dieser tierischen Lebensformen entsteht,
weil sie unbekannte Bereiche naherücken wie unterm
Vergrößerungsglas oder Mikroskop.«

Peter Laemmle, BücherPick

Das Werk Gerhard Roths erscheint im
S. Fischer Verlag
Frankfurt am Main

Gerhard Roth
Der Plan
Roman
Leinen, 304 Seiten
ISBN 3-10-066610-0

»Legt man das Buch dann aus der Hand, kann man sich
die Intensität der Lektüre nur so erklären: Hier betreibt
der Autor, der selber ein lesetüchtiger Zeichenfetischist
ist, Abwehrzauber. Und nichts Geringeres als magischen
Zauber verbreitet denn auch dieses verstörend ins
Veranntsein sich verbeißende Buch.«
Tilmann Krause, Der Tagesspiegel

»Der Rausch des Lesens, der Rausch durch Alkohol und
LSD: grandiose Passagen, in denen Roth den Wahnsinn,
sich in Worten und Bildern zu verlieren, auf komische
und hochplastische Weise beschreibt. (...) *Der Plan* ist ein
amüsantes, geistreiches Stück Literatur; ein
Spiegelkabinett der Verweise, das die Beziehung von
Kunst und Wirklichkeit höchst anmutig und spielerisch
variiert, leichtfüßig und prägnant.«
Tanja Langer

Das Werk Gerhard Roths erscheint
im S. Fischer Verlag
Frankfurt am Main

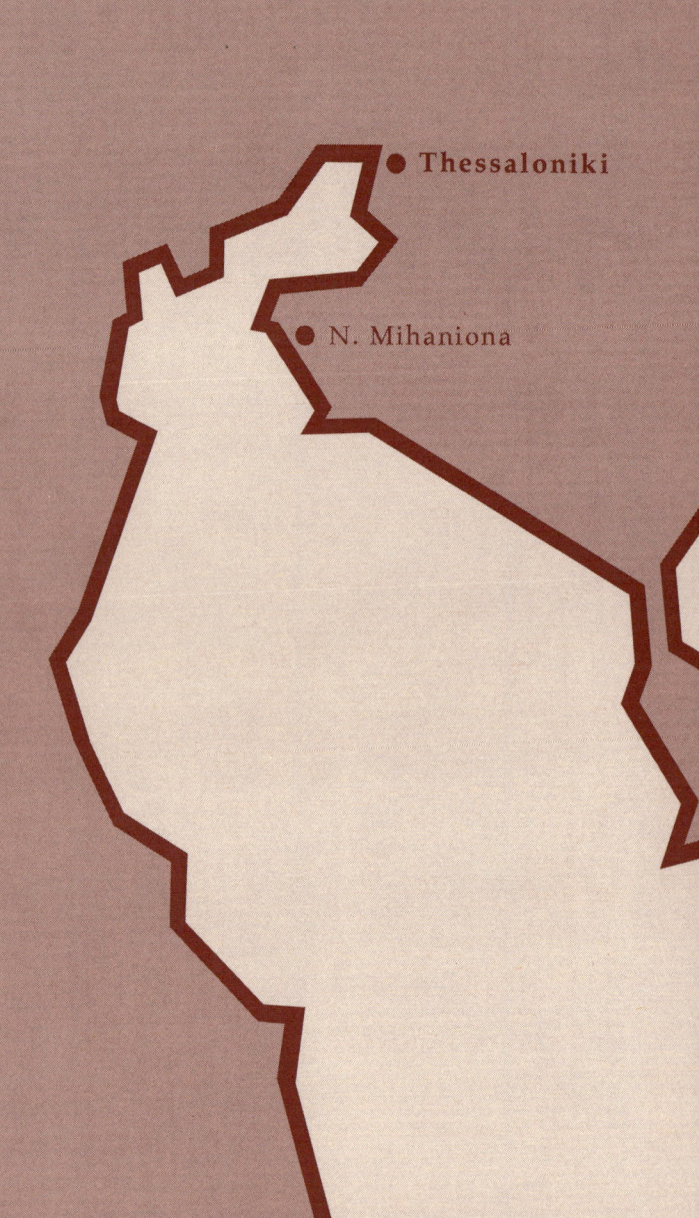

Thessaloniki

N. Mihaniona